刘汉 ◎ 著

随心逆行

心灵强大，为远大理想而活，
就会迎来人生裂变。

光明日报出版社

图书在版编目（CIP）数据

随心逆行 / 刘汉著. --北京：光明日报出版社，
2021.10

ISBN 978-7-5194-6339-7

Ⅰ.①随… Ⅱ.①刘… Ⅲ.①长篇小说—中国—当代
Ⅳ.①I247.5

中国版本图书馆CIP数据核字（2021）第191817号

随心逆行

SUIXIN NIXING

著　　者：刘　汉

责任编辑：谢　香　　　　　　　责任校对：傅泉泽
封面设计：李尘工作室　　　　　责任印制：曹　净

出版发行：光明日报出版社
地　　址：北京市西城区永安路106号，100050
电　　话：010-63169890（咨询），010-63131930（邮购）
传　　真：010-63131930
网　　址：http://book.gmw.cn
E - mail：gmrbcbs@gmw.cn
法律顾问：北京市兰台律师事务所龚柳方律师

印　　刷：北京联合互通彩色印刷有限公司
装　　订：北京联合互通彩色印刷有限公司
本书如有破损、缺页、装订错误，请与本社联系调换，电话：010-63131930

开　　本：170mm×230mm
字　　数：248千字　　　　　　　印　　张：17.5
版　　次：2021年10月第1版　　　印　　次：2021年10月第1次印刷
书　　号：ISBN 978-7-5194-6339-7

定　　价：58.00元

▲ 我的父亲母亲，1987 年

▲ 大舅爷一家。大舅爷曾参加过朝鲜战争，当过高炮团团长，戎马岁月，九死一生，锤炼成一个光荣的职业军人，任兰州军区某师师长，驻防西安

▲ 4 岁时的我，身穿大舅爷买的小军装，1991 年

▲ 大表叔。小时候在大舅爷的众多孩子中，我的父亲与大表叔玩得最好

▲ 我母亲年轻的时候，1995 年

▲ 初中时期，清明节我在安峰山烈士陵园。2002 年拍摄

青春年少，2006 年

▲ 花样玩球

▶ 与塞万提斯雕像合影

▶ 文艺时期的我

▶ 玩吉他

▼◀ 在蓝院公寓练习双节棍

汉合茶道

汉合茶道

❶❷❸❹

2020 年，汉合茶道内刊创
刊时拍摄的茶道主题照片

▲ 2010 年，在美林集团当主编

▲ 2012 年，创办茶马网时期拍摄的照片

▲ 2020 年，汉合集团组建，新的阶段，特意拍摄的照片

我本农家子　无家处处家

诗书长我志　赤脚走天涯

谨以此书献给

我的父亲、我的母亲

我的青春

未来，你好！

（代序）

假设，浩瀚无边的宇宙让我一生只说一句话，那我会说："永远不要轻视地球上任何一个人，他们都是众妙集成，都具备改变自己命运的能力，即使他在嗷嗷待哺，且身处荒陬，他们内心从聚集到裂变的能量都无远弗届，只要他们愿意跨出追问远方的第一步。"

很多年后，那个在遥远黄海边出生的少年，就成了芸芸众生中那个跨出这一步的人。于是，就有了这本《随心逆行》的书，这里记录的就是那个少年追索远方的故事。

写作和出版这本书还有一个特别的缘由，那就是为了我的父亲，我想把这本非虚构书以隆重的方式献给我的父亲。他为此默默等待了十余年，那是我多年前一个无言的承诺。当年，浮夸的承诺，十多年来一直压在我心头，现在想起来，都感到愧歉。

记得19岁那年，我刚到北京不久，写了一部《蔷薇花》的长篇小说，一字一字写在方格稿子上，厚厚的一沓，自认为感觉良好，文风模仿奥地利作家茨威格。我带着小说手稿来到华艺出版社，到编辑部毛遂自荐，一位姓史的编辑老师很有礼貌地接待了我，并留下了小说手稿。回去后，我就天天憧憬着好消息能够从天而降。

不久，史编辑给我发短信说要当面聊一聊，我兴奋无比，想当然地认为史编辑找我当面聊，就是我的小说被看中，一定能够出版了。于是，我按捺不住内心的激动给家里打了电话，告诉父亲母亲，我的第一本书快要出版了！这对我家来说，不啻一颗惊雷。

但见到史编辑后，他直截了当地告诉我，小说写得不够好，初审没通过，我的心一下子就凉了下来。在接下来的交流中，史编辑说文笔和情节都还稚嫩，希望我再多经历一些人生阅历，多读经典，坚持写下去，也许会写出更成熟的文字，然后便把手稿退还给我。

这个结果，如果马上告诉父亲，一定会让他十分失望。另外，我内心坚信我的小说终将找到伯乐，出版只是早晚的事情。于是，我选择不告诉父亲。

就在我已忘了这件事情时，父亲却还在好消息的轨道上继续滑行。他按照自己的理解、推算，带着自豪的心情，与我弟弟一起到县城书店，去寻找那本新书。第一次没找到，又去了第二次，第二次依然没找到，锲而不舍又去了第三次。这些情况，我都一无所知。

直到我父亲给我打电话，带着责问，说去了三次都没在书店找到我的书，我才羞愧地道出实情：我的书暂时还不能出版。我能感受到电话那头父亲深深的失望。

每当想起这件事情来，父亲在书店四处寻找子虚乌有书时的身影，就会浮现在我眼前，我为此感到难过。

十多年过去了，我终于要出版一本属于自己的书了，只不过这一次，我成了书中的主人公，它不再是虚构的文学作品，而是这十多年来发生在我身上的故事。以这样一本书献给我的父亲，这是对当年没有兑现承诺最好的一种回馈。

现在，毫无疑问，这本书，献给我的父亲！以弥补当年的愧歉。

当然，我到北京后经历的很多事情，父母也是通过这本书第一次知道，但是他们从来都无条件信任我，支持我。

一路走来，无论世事多么艰难，我始终怀揣梦想和理想，相信只有经历挫折、磨难，才会让自己变得更强大！在创业最艰难的那段时光里，如果我扛不下来，熬不过酷寒的话，就不会有今天的我。如果没有这些年的经历，也就不会有这本书的诞生了。感谢苦难时光对我的淬炼，感谢百折不挠的毅力。

回忆过去的一点一滴，感慨良多。有些事情就像发生在昨天，庆幸青春时光没有大笔大笔地挥霍浪掷。活着，就应该做有意义、有价值的事情。人要为远大理想而活。远大理想就像一片茶叶，让平庸的水有了甘甜芳香的滋味。

2020 年，突然降临的新冠肺炎疫情，给全世界人们都带来了灾难。疫情是危难，也蕴藏着机遇！疫情期间，让我有更多的时间思考纵深问题。多年的深耕积淀及创新、逆向思维，让我能平静面对一切，并能经受得住一些大风大雨。

我的秘诀是，时刻要保持学习的姿态，拥抱变化。要想把企业做大做强，创始人的格局、运营整合能力，起着决定作用。一个合格的创始人，必须要不断学习进化，弥补自己的短板。

在前进的路上，我学会了心怀感恩，平静面对一切！

以梦为马，我还在路上，你好，未来！

如果人生的旅程上没有障碍，人还有什么可做的呢？

——Otto Eduard Leopold von Bismarck

（奥托·爱德华·利奥波德·冯·俾斯麦）（德）

很多年过去了，当我的脸部表情多样性逐步消退，继而可以快速凝固，进入思虑重重的叠峦山嶂。人们无从知道我内心的追索和我经历的磨难，容颜接受了岁月棱角分明的雕琢，掩藏起少年时代种种空想、可笑的幻像泡影。我目睹自己的容颜变幻全过程，内心由衷地发出惊叹：时间的无声逝水将我冲蚀成了想象外的坚毅模样。

今天，当我——一个无所归依的小镇青年，被淬火锻造成一个全新的我，感受到了阔大世界带来的无尽潮涌。在浪花淘尽粗粝后，内心容积、意志力也随之变得更加丰赡、强大。但我知道，我一直以来深受一个问题的困扰，尤其是最近几年，二十多年来盘踞在我脑海里的海市蜃楼幻像越来越清晰，好像那些迷楼从来就矗立存在过，亦真亦幻之间，我努力追溯这座堆砌在我少年迷楼之上的源头，但总是混沌模糊一片。

现在，我强烈地在内心追索这个困惑，即我的动荡不安的基因来源于哪里？我生命深处隐伏着桀骜不驯、自由不羁的性格，为何我会携带这种追逐远方的基因？记忆中驿动的心、远方召唤似乎神启一样，一直萦绕在我的孩提时代上空，氤氲之气挥之不去，就像我总是对天上断线风筝飘向何方充满好奇。它只一路往北飘荡，摇摇曳曳地不知所终。我仰头看着，怔怔发呆片刻后，会一路追去，直到低矮绵延的群山挡住我的去路，我还在仰视遥望远方，魔怔般自我想象飘荡在脑海里，生成全息影像继续飘向北方。

　　人生的魅惑之处，即身在此处却可以做着远方的梦。在我的故乡，乡人出走远方往往都仰赖某种手艺，手艺往往要独到、精湛，才可以向远方讨生活，但都一门心思谋求眼见为实的实利回报，赢回血汗资本，再回到家乡繁衍生息。老一代带新一代，如此循环，足迹大多也框定在周边二百公里同质文化圈范围内。绝非像我最初叩问世界的方式，仅仅出于一种不成熟的理想主义、空想主义，是出于流浪，是对远方的迷恋，不计后果地被一种神秘力量支配着，单向道式地往远方横冲直撞，是荡子行不归，控制不住内心动荡不安的原始基因，被时代叛逆基因裹挟，递向冲击。

　　而当时年轻的我，只想着追问远方，一遍遍地追问！

目录

第一章

东海 东海

我的东海国

——

　　我至今认为，对我的家乡东海县了解最深的还要数唐朝诗仙李白。他一笔恣肆汪洋、落拓不羁的《赠裴十四》就道尽了家乡的地利：承海接河之概，气吞山河之势。南宋以前并无黄海之名，东海海域与渤海海域连片接域。元朝后，黄河改道从苏北和山东入海，已成定势，明末清初黄海海域仍被统称为"东大洋"，远海称为"黑水洋"。20世纪初，晚清、民国初年才有了黄海的称谓，所以东海县名字生出许多歧义，地处今日黄海之滨，却冠名东海县，怎不叫人一头雾水。吼一声诗仙太白的诗则一切云开雾霁，心情洞朗，了无纤尘。其诗曰：

> "朝见裴叔则，朗如行玉山。
> 黄河落天走东海，万里写入胸怀间。
> 身骑白鼋不敢度，金高南山买君顾。
> 徘徊六合无相知，飘若浮云且西去！"

　　苏东坡说"不识庐山真面目，只缘身在此山中"。斯是诚然，拉开距离才能产生美，拘锢于一种狭小地理、文化成因的浸淫笼罩下，人们极难看清自己的弱点，反而会不断强化这种弱点，这是我拉开家乡16年距离后才逐渐认识到的。

在我的故乡江苏省东海县安峰镇，至今仍保持着聚族而居的传统。我所居住的村落六马村，刘姓占绝对多数，家族身份认同感十分强烈，乡亲们亲缘关系纵横交错，沾亲带故，与生俱来的乡村荣誉感投射着各自行为举止，文化循旧感暗示着因袭的惯性人生道路。乡情、乡愿、乡誉三条纽带维系着乡亲们彼此的日常，大家都被一个自古到今因循守旧的套子规范着行为方式。

家乡地处苏鲁两省交界，西北面是群山延绵下的齐鲁文明及中原腹地，东南面濒临无边的黄海，直至浩渺无际的太平洋。其文化与江南灵秀特点大相径庭，与比邻而居的齐鲁文明也不尽相同，与海滨城市特点也相去甚远。但因衔山如海，却又是欧亚大陆铁路、陇海铁路的启端，通向遥远、神秘的欧洲大陆。乡人们戏谑道："软件还没有对接上，硬件早为你准备好了。"

管辖归属也是几经变易，东汉时期因地处僻远，刘氏皇族后人刘强家族以东海国称王近200年，相安无事。刘姓在东海是巨族大姓，乡人们很难说不是汉朝刘邦的后裔，周边新拓村落更是以刘圩命名。反观司马家族，同样在东海经营百余年王业，却是另一番结局。司马姓氏现今在东海销声匿迹，这大概是王朝兴替，正统与僭越的报复明证，汉朝两汉，得之正统，功业彪炳史册，而司马懿家族的晋王朝全凭诡秘、僭越而来，西晋中原王朝的覆灭也因东海王司马越而起。司马家族都是不光彩历史的肇事者，其后人自是离散凋零。

家乡虽有名义上欧亚大陆桥头堡美誉，诗与远方俱在，但乡人们却并不愿意远行。很难想象，我如果没有受一种神秘力量召唤走向远方，我的人生会是怎样一种缺憾。今天，东海是水晶城的代名词，是世界各地水晶原石和产品销售的集散地。除了盛产晶莹剔透的水晶外，东海还因为中古时期出了一个鲍照（416—466），现代出了一个散文大家朱自清（1898—1948）而名扬天下，两人一个言志，一个行志，倒也与东海的水晶本质相得益彰。

鲍照、朱自清的家乡

南朝宋文学家鲍照以鲍参军称名于世，与北周庾信并称"鲍庾"，与颜延之、谢灵运并称"元嘉三大家"。鲍照是东海人是一个尚有争议的事情，历史上东海辖地包括涟水及山东郯城，古代人特别注重的籍贯往往只是一个概念性地名。千百年来，朝代更迭，辖地伸缩消亡，非今人所能想。但鲍照的言志诗令人拍案叫绝："梅花一时艳，竹叶千年色。愿君松柏心，采照无穷极。"后人都深受影响，以李白、高适最为称道。

而另一个现代文学大家朱自清生在东海，则是毫无争议的，1898 年 11 月 22 日，朱自清出生于东海县平明镇，他在东海度过了 6 年童年时光，可以说是地道的东海人。他自幼继承父辈的家学渊源，受到士大夫家庭的影响，逐渐养成"整饬而温和、庄重而矜持"的文人气质，为以后入扬州、进北京大学奠定了精神气质基础。1946 年 10 月，国民党发动内战，在反饥饿、反内战的斗争中，他身患重病，并嘱告家人不买美援面粉，始终保持着一个正直的爱国知识分子的气节和情操，两年后罹患胃病离世。气节和水晶同时存在于朱自清身上，诠释了东海人的物质与精神性统一。朱自清的出生地平明镇与安峰镇仅隔 10 公里，但在初中以前，我并不知道我的这位著名老乡。等到我要离开家乡北上时，我想到了这个著名的同乡和他的同事沈从文都是以这种方式北上，我就感觉到了一股强大的力量横空而来。

在安峰镇，村落大多以姓氏、方位、地理命名，以定居人数最多的姓氏冠以村名，村落在水边的叫浦、荡、宕，围垦的叫圩，如钟何村、刘圩村、关汪村、马汪村、董庄、王庄，通过村名一目了然，就知道这个村的大姓是什么了。而我的家乡六马村则是个例外，村里仅有一个鲐背老人会津津乐道于村名的来历，因为话语权在他口中，谁也不容置喙。他说："早年间，一个泰州柳姓说书人在村头集市上说书，那天说的是一本《隋唐演义》，说到隋唐第七条好汉罗成，他板子一拍，大声惊叫道'罗成乃幽州刺史罗艺之子，与秦琼是表兄弟，精通枪法，皮肤白皙面容俊俏不苟言笑，以'冷面寒枪俏罗成'名震江湖。秦琼、程咬金等都是贾家楼结义兄弟，是兄弟伙里的老幺。先后助瓦岗军攻破长蛇阵、铜旗阵，反王大会时夺得状元魁。'说来话长，这个罗成，当年厮杀江湖路过咱这六马村，我们这村名来历正是拜罗成所赐。"老人唾沫横飞、言之凿凿："六马正是罗成所牵六匹马，路过咱这里，经过一个水塘，六匹马歇脚驻足饮水，恰有人路过，见罗成牵着马饮水，问道：'敢问这里是什么所在？'罗成一抬头，随口道：'六马庄也'，六马庄之名遂问世。"听到这里，老人们恍然大悟，一阵哈哈大笑，口口相传流布至今。

很多年后，父亲郑重其事地告诉我这个典故，不苟言笑，好像要将重要的文件交给我保管和传承，我也同先辈一样，夸张地哈哈大笑，腹诽道："这罗成是话本小说里的虚构人物，何曾食过人间烟火？！"但这也是乡人们的可爱之处，他们身处荒陬，血管里却流淌着千年侠客英雄梦，填补他们向往建功立业、豪情万丈的缺憾，但历史人物万万千千，为何选择罗成，我至今百思不得其解。

满布传奇的舅爷

在家乡十里八乡，甚至更大范围，我的家族都有着很大影响力，这是因为家族出过一个"大人物"，比之罗成的虚构且早逝，这个"大人物"至今还健在。他们同样是军功赫赫，一个辅助李世民打下大唐江山，但那是虚构嫁接的故事，一个却是实实在在的东海人，他跟随中国共产党军队转战南北，还曾出国参加朝鲜战争，当过高炮团团长，戎马岁月，九死一生，锤炼成一个光荣的职业军人，任兰州军区某师师长，驻防西安，这一切还是 20 世纪七八十年代的事情了，这个东海人，就是我奶奶的亲哥哥，我父亲的大舅。

说起这个马圩村的马姓大舅，我父亲一脸崇敬，一遍遍说起发生在老人身上的神奇故事，这曾经是我们的家族传奇，开头和结局都令人感慨唏嘘，也是战乱年代少有的以悲剧开场，最后却以喜剧落地的故事。

1943 年，东海已被日寇窃据，各种势力在明暗处绞杀，作为奶奶娘家的长子，年轻力壮的大舅爷，是各方军队势力觊觎的对象，大舅爷东躲西藏就为了守在故土，但东躲西藏的结果，还是暴露了行踪，被强行拉去当了壮丁，辗转行军打仗，从此与家里失去联系。奶奶娘家父母为此伤心欲绝，先后离世，去世前甚至都不清楚儿子参加了谁的军队，许多年没有音讯，生死不明。

然而，最大的喜剧就是世事难料，20 世纪 60 年代初期，先是县武装部找到奶奶，送来喜报，这时，我们家族从上到下才知道大舅爷还活着，而且是光明正大的解放军军官，这是天大的喜事。没过几天，村头远远驶来一辆军队吉普车，因奶奶家路窄，没有开进院子，由一名持枪警卫员引导找到奶奶家，那时父亲还是一个幼童，一个人蹲在院里正在玩耍，那个中年军官从兜里抓了一把糖给父亲，问："你娘在吗？"语音难辨，懵懂的父亲指向堂屋，父亲至今说起那种混杂北方官话的发音，还是感觉怪怪的。

孰料那个军官一进堂屋，对着一堵挂满照片的墙就跪下，磕着头大哭眼泪迸飞，墙上挂的是我外太爷和外太奶奶，那个年轻军人在旁边边擦眼泪边劝解："请首长节哀。"哭声将附近田地里劳作的乡人引来了，大家聚拢起来，这时才知道，这是我奶奶的亲哥哥，如今的解放军师长。那个时候，谁也没见过这么大官，大队长赶紧离开人群，冲到队部给乡里打电话。

奶奶在田地里一脚泥一脚水被人拽回来，见到她大哥顿时泪迸满脸，半跪着拥抱在一起，他们已经有 20 年没见了。

大舅爷这次回来，是因为到南京军区开会，开完会，一路轻车简从，没有惊动任何人。据说，后来县里和乡里领导火速赶到，使得轰动场面推向了高潮，以至于以讹传讹，传得神乎其神，其后 20 年里，不速之客频频造访我奶奶家。儿子在外地犯事了，女儿失踪了，工分拿少了，有冤情判决不公了，转业分配工作了，工农兵推荐上大学了，等等，都想给大舅爷托话帮忙，找奶奶是最好的管道。20 世纪 80 年代末严打时，日夜有乡人踩破门槛来找，但大舅爷只对极少数不违反原则的事情打了招呼，其余都由我奶奶搪塞过去了，后来奶奶修了院门阻止登堂入室，再后来大舅爷离休了。乡亲们的求告，一夜之间全消失了。

大舅爷最初参加的什么部队，奶奶一直讳莫如深，但好在他转到了新四军队伍，直至解放军队伍，参加了转战大半个中国的解放战争，最后从朝鲜战场回国，部队驻防西安。大舅爷曾跟奶奶商量，将大姑和二叔以征兵的名义带去西安参军，这时，东海人的守成故土意识，就在我奶奶身上体现出来了，她没有同意任何一个孩子出去闯荡，以求改变人生，牢牢地将他们束缚在这片贫瘠的土地上，一生平淡无作为。也许，只有奶奶知道哥哥失踪这件事，是如何惨烈，过早夺走她父母生命的原因，她不想重复这种无法预测悲喜的现实，大舅爷的喜剧是他自己在大时代的造化，而悲剧已让他父母吞下了。

至于对我父亲，大舅爷从不掩饰对他的喜欢，总是在物质上提供帮助，大舅爷原本希望他通过高考来改变命运，但是事与愿违，父亲三次高考都名落孙山。最后，大舅爷希望父亲前往西安发展，由他提供帮助，但与上次的理由一样，故土难离。

历史总是不断重演，也总是一再无奈。很多年后，大舅爷已到军分区当司令员，大表叔都已是公安局领导，他们全家来东海探望我奶奶，我清楚记得，我们全家在院子里拍摄了全家福，七八岁的我，紧挨着略显苍老的大舅爷，拍照时小手还拽着他的衣角，我身上崭新的小军装即是大舅爷送我的，我在人群中显得分外出众。又过了很多年，大舅爷家里来电话，提及我时，一再叮嘱上大学最好能考到西安去，可以就近照顾，这似乎成了一个家族的夙愿。

父母的神奇婚姻

———

    1987 年，东海无论实干还是思想，都与其他沿海城市、苏南城市有着极大的差距。据我父亲说，那些年他每次漫游回来，车到东海县城刚刚入夜，街市上就一片死气沉沉，连一盏路灯都没有，仅有的几个人影影影绰绰，恍惚不定疾走，有如夜魅无声。看着 30 公里外黑暗里的六马村，游子也只好望洋兴叹，在车站大车店住上一晚，天亮了搭早班车回安峰镇。到 1987 年时，父亲已经连续两年没有出游了，最后一次回来是在两年前，他从遥远的广西平乐县大山深处，带回了神奇的瑶族姑娘——我母亲。自此，他再未离开家乡半步，原因是我在那年秋天出生了，他不再是一个背着行囊漫无目的的四处游荡的单身汉了，那大山里的瑶族母亲和流淌着他们动荡基因的我，都羁绊住了他。

    说起母亲，我想到了我的困惑，我的不安分，我的偏执，我的迷离，我的神秘力量，我的海市蜃楼，我的飘向远方的断线风筝，我的动荡不安的基因，似乎一切都在父母亲身上能找到答案。母亲是中国最古老的民族之一瑶族人，瑶族是古代东方"九黎"中的一支，是中国华南地区分布最广的少数民族，也是中国最长寿的民族之一，传说瑶族为盘瓠和帝喾之女三公主的后裔。瑶族广泛分布在亚、欧、美、澳等各大洲，其中以广西人数量最多。母亲继承了那纯粹的瑶族特性：奔放和闯荡，她能跟随父亲走出大山来到 5000

里之遥的苏北生活，这本身就说明她的无可畏惧和勇敢本性，而这种"种族本能"通过基因传递到我的血液里，使我从小就像穿上了魔鞋，不停旋转，不可停止，向往追问远方，渴望激荡的生活。伟大的"种族本能"在代际传递，其生物密码通过活体激活，将一组组暗示符号培植在我大脑垂体里，随着发育一同递进，跟外界接触网发生横向纵向反应，进而迸发出巴普洛夫生物反射，这就是我许多年来被一股无形力量推着追问远方的原因：我最大限度携带了这种"种族本能"。

父亲在我出生后，整天就在十里八乡转悠。他经常身着一身米黄色卡其布样的工装，年幼的我误以为他是送信的邮差，但后来看到进出村子的邮差衣服是绿色的。看他每天醉醺醺骑自行车和邮差一样，进出各家各户，有时还被轰出来，就问母亲为何人家见到邮差都高高兴兴，而见到父亲总是被轰出来。母亲抱着我看着外面，幽怨地说："邮差是去送喜讯的，送汇款去的，而你爸爸是去讨电债的，人家能高兴吗？"我当时并不理解妈妈所说的"讨电债"是什么？但我幼小的心思知道她在六马村很孤独，没有朋友，听不懂方言，连妯娌、婶婶之间也少有来往。

在我的生命中，父亲曾经在某一段时间里是我的样板。父亲年轻时是一位品学兼优的学生，但因性格执拗，行为离经叛道。在知识普遍匮乏的20世纪七八十年代，连云港地区的文化普及率非常低，充当小学、中学教师的上海等大城市知青都陆续回城，导致教育水准低下，很少有人能升入高中。父亲却一路升到高中，准备参加高考上大学。而那个特殊年代，比大学更加令乡人向往的院校，是初中升入中专，因为中专毕业后可以安排稳定的工作。在上高中这一点上，父亲性格上格格不入意味就一览无余了。初中毕业时，老师动员所有人都考中专时，他却想与别人有所区分，他醉心于上大学。为此，父亲连续3年执着参加高考，在那个高考录取率极低的年代，一个农村中学的考生想考上大学，概率很低，所以，每一次的结果都可想而知。

然而，父亲的执拗毕竟抵不过残酷的现实，当父亲准备好了第四次征战高考时，家里已经无力再供他继续读书了。

此后有一段时间里，父亲通过远走漫游麻木他意志上的消沉，同龄人不敢耽搁一日，只争朝夕的工作、娶妻、生子，本来嘛，这毕竟是乡人面对的真正的生活状态。但父亲心中的大学愿望没有实现，没去工作，也没有去学手艺，在很长一段时间里，他一个人郁郁寡欢背起行囊没有目的地四处漫游。

北至黑龙江祖国边陲，南至云贵高原西双版纳密林，几年里，父亲就像一个孤独的诗人，足迹踏遍大半个中国。对于诗人，我很好奇，父亲居然没有加入他们的行列，20 世纪 80 年代是中国诗歌运动的高潮，绝大多数年轻人都热衷于诗歌嚎叫，借此排遣对现实一成不变的不满情绪，他们的特征就是四处串连、组织地下诗会。但父亲却不是诗人，他只是无所事事地游荡，洗涤内心的忧伤和失望，他以这种方式第一次走出家门，走出县城，就是为了让外面不同的世界击打他脆弱的自我防线。

也就是在那一次次游荡中，父亲遇到了许多从未见过的人，经历了许多不同的事，也得到许多以前人生从未有过的感悟，一点点疗治他的失望情绪。而远游对于父亲的人生来说，还有着一个更大的意外，他收获了重要的且意义重大的女人，他结识了我的母亲，一个同样渴望外面世界的姑娘。

我从未听他们讨论是如何邂逅的，比起他们相距 2000 多公里的遥远距离，更让人关心的是他们如何移动到近处？相知相爱，远与近是如何消弭的？聚焦点在哪里？这似乎都是谜。但我从没有被这谜困扰，因为他们的爱情是自由的，美是天然赐予的，这在那个年代，处在保守的家乡是不可能得到的。我母亲年轻时是那么地美，她是大山深处的小学教师，肯定被我父亲一手漂亮的字折服了，懂得字如其人。漫游的尾声部分，父亲已目标明确，一头扎进广西平乐大山密林里，实施他的浪漫计划和展示才干，赢得母亲家族的信任。外公是开明的村长，最终同意母亲走出大山，远嫁这个天涯海角的东海人，外公、外婆甚至不知道黄海在哪里，黄海边怎么就又冒出一个东海来？父亲漫游的全部收获即是抱得美人归，意志消沉的他，也被母亲的到来画上了句号，他开始了新生活。

自此以后，父亲娶妻生子，老老实实在家乡当起了电力工人，收起了他昔日的格格不入，收起了远游梦，活动范围缩小在本村范围内，东家进西家出，职责之一就是收取每家每户的电费。在20世纪八九十年代贫瘠的苏北大地，这绝对是吃力不讨好的差事。虽然每月有微薄的固定工资收入，但家庭时常入不敷出，尤其是二妹和三弟接续出生，我家更是捉襟见肘。母亲时常埋怨穷困，父亲总是一支支抽烟，躲在烟雾里沉默无语，完全没有了当年背着行囊闯世界的豪气干云。

大舅爷从小看重父亲的聪慧，看到我家困难，托人带话愿意资助一笔钱让父亲做小本生意，但此时父亲已耽于安逸的电工生活，不愿冒险，也就作罢。

贫穷的家庭只能依靠母亲养猪卖钱来糊口，在很多年里，母亲日复一日，年复一年地养猪，一次养上好几头，养完一茬卖一茬，卖完一茬再买一茬小猪仔。那时我总盼着猪娃快点长大，长大后卖钱，家里就有了收入，母亲的脸上就会有笑意。

第二章

水晶梦忆

童年的神秘园

————

　　每个人都对自己的童年、少年时代格外珍惜，视为一生最璀璨的明珠，那是因为每个人第一次睁眼看到的世界，都是最初、全新模样的拙朴之美，美得就像人类最初认识地球洪荒一样，全是原初的鸿蒙、混沌，混杂着自我、神话想象。我 16 岁初中毕业前，除了在年幼时，曾跟随父母前往广西大山深处外，再没有离开安峰镇一步，目力所及，都是山峦起伏和溪流纵横、原野无边，与外界的唯一接触就是集市。19 岁高中毕业前，我的脚步也没有踏离县城半步，外面的大世界生活指南全是拜文学虚构所赐。在没有浸淫文学之前，我就像一块顽劣的璞石，用种族本能在故乡乐土上赤脚奔走，留下一串串至今依然清晰的跫音……

　　自从我的家族出了一个悲入喜出的师长大舅爷后，我们全家族男女老少的审美都与军绿色产生关联，出行都是着军便装，爱好看军事题材影视节目，个个都是军事发烧友，尤其是我父亲，因为年轻时经常前往西安看望大舅爷，亲炙军营日久，居然从他大表哥、二表哥那里学了不少军队习俗。小时候，我胸前时时悬挂着望远镜和行军水壶，走哪儿都拿出望远镜远视一下，似乎不远处就有敌情，再装模作样地拿起军用水壶喝一口，一副十足的军人做派。一套小军装是大舅爷送的，曾陪伴了我很多年，在同村小伙伴中赚足了眼气，直到实在穿不下了，才给了两个弟妹继续穿，但他们不愿穿旧衣服，很快弃之。

六马村在我记忆里，就是世外桃源的仙境，直到现在，只要一闭上眼，我眼前就舒展开一派恬静、生机盎然、梦幻般田园风光的油画，那种静美能转化成熏香，沁人心脾。六马村直到今天，刘姓仍然占绝大多数，至于为何有这么多刘姓聚集于此，老人们都不甚了了。据村里老人说，早年间村里中心位置盖有几座宏伟的祠堂，分别是各支各系，但后来拆的拆、毁的毁，留下的都只徒具形式，而无实质内容，家谱、族谱早已不见踪影。等到我成长的 20 世纪八九十年代，祠堂大多已不复存在，仅留下一小片嶙峋石板铺就的空地，被当作公共晒场，还能佐证老人们回忆的真实。

比起安峰镇其他村庄名字，如刘圩、钟何村、董庄等，六马村人文色彩和历史余韵、联想都要丰富很多，单单一个来无影去无踪的六马就给人无尽的遐想，说书人就地取材、牵强附会也是受此启发，大胆假设隋唐英雄英俊小生罗成信口六马地名，有点像今天的产品代言，总也找俊男靓女代言一样，罗成是虚构英雄世界里难得的白面书生。说书人将一个虚构人物抬出来，多少透着点狡黠和投机，但也不失为一个黑色幽默。纯朴的乡人当然没领会说书人的这个黑色幽默，误将说书人的随意嵌入当作真事，口口相传下去。由此可投射出乡人们憨直可掬的一面，胸中充溢着向往节义、侠气。

说起安峰镇，远古的历史已很难追溯，但中国革命史赫赫有名的"安峰山事件"却是真实发生在安峰镇，当时安峰镇归沭阳县管辖，其时，东海大部分地域都属于沭阳县，朱自清的故乡平明镇，我的家乡安峰镇，都属沭阳辖内。

历史上震惊全国的"安峰山事件"，发生于抗日战争胜利后，国民党发起内战前，是继皖南事变后，中国共产党地方组织和武装又一次遭敌围剿，损失惨重的重要事件。1947 年 2 月 20 日，我党北撤干部队伍 1800 多人，在返回苏北坚持地方斗争途中，到达沭阳县安峰山（后划归东海县）休息时，遭到国民党军队包围，损失惨重，牺牲干部战士 500 余人，被俘 800 余人，失踪 100 多人，突围 300 余人。被俘人员大多坚贞不屈，国民党在退居时，残忍杀害了他们。新中国成立后，党和政府在安峰山上策功茂实、勒碑刻铭建立烈士陵园，纪念死难烈士，这是本镇乡民最引以为豪的事情，因为这是安峰镇第一次参与国家记忆的一部分，自然成为安峰镇第一大圣地，自我有记忆起，阴雨绵绵的四月清明节，我们小学校总要成群结队过来祭扫。安峰山上树木葳蕤，苍柏整齐划一，像威严军人站立台阶两旁，石板则就地取材于安峰山深山处，拾级而上带给我们的层层肃穆感，让我的心"噗噗"狂跳。当台阶消失，豁然露出一组组战斗军人群雕时，我的心脏抖动到极点，像要跳出胸腔，这是勇敢如我年少时从未有过的感觉。所以，我们平时很少到这里玩耍，虽然山上柏树参天，苍翠如盖，洁净如洗，但我总感觉有千百双眼睛紧盯我，有种如芒在背的沉重。

六马村离安峰镇相距 10 余公里，这个距离对骚动不安的我来说并不算远，但镇上缺乏足够吸引人的磁力，所以我的乐园还是在六马村山山水水拓展。山上天然橡树密林和连接山村灌溉的河渠，是我的最爱，年幼时的我们快乐光阴大多在此徜徉、撒掷。

我最倾心的绵延不绝山峦就坐落在村西侧，是安峰山余脉，等我到了上小学的年龄，我路过山脚，会感觉到心头一股暖流涌起，想起儿时山上发生的无尽趣事，会心地莞尔一笑。

暮春时节，站在不高的山顶，可以俯瞰到大片平原上耕地往东南徐徐展开，像一张绿色的地毯，漫无边际，这些矮山郁郁葱葱，与耕地平原畛域分明，乡人们白天都到地里劳作，而我被一伙同龄人簇拥着上山，缓步升高的密林深处才是我们的天堂。平原上的农事，是我们小孩子避之不及的。农忙来临的时候，乡人们苦于没有人看护，也就默认了我们成群结队上山，自娱自乐而无烦扰。在他们眼里，那段山峦也就是一段长一点的土坡而已，毫无秘密可言。

很多年后，有人问起我家乡的庄稼，我想了许久，好像我在南北各地看到的苹果、黄桃、西瓜、香瓜、酥梨、葡萄，在山麓、平原上都能寻觅到芳踪，那些五颜六色的水果曾给乡村集市带去了许多芬芳、香甜、笑声。大地上水稻、小麦、玉米、高粱、地瓜等不能同时栽种的谷物，在这里，却神奇般地一一存活，家乡就是这样，似南又在北，傍海却无海味。

下雨天上山是我的最爱，外面淫雨霏霏，我们小伙伴个个蠢蠢欲动，眼巴巴扒拉门框看着屋外，眼睫毛上全是水雾，不知是雨水漫氲的，还是内心涌出的水意，父母看在眼里，就会故意刁难一下，然后顺水推舟地找借口离开我们视线，更有甚者干脆说晚上没菜下饭，发出暗示信号，我们也心知肚明地知道这个信号意味着什么。

山上有两种东西足以让我们流连忘返：一是上山去捉一种叫山水牛的甲壳虫，它一到天色晦暗就会从天而降，天亮却又消失得无影无踪；二是去铲一种苔藓类植物地积皮，它遇雨而生，雨干即灭。前者拿回家放到油锅里炸煎，富含高蛋白，味道鲜美，有点像奶酪，无色无味；后者拿回家泡发后，与鸡蛋一同大油爆炒，名曰地积皮炒鸡蛋，都是东海乡人餐桌上最常见的两道土著菜。往往等我们采集得足够多了，不是着急送回去烹饪美味，而是席地而坐，热火朝天玩起了我们自己的追逐游戏，将家长等着美味下酒的期盼耐心，一点点消耗殆尽。此时天也黑了，下山的路也看不清，乡人们一个个打着手电上山来找自家的孩子，追逐和嬉笑、怒骂、呵斥都在夜色里滥觞，像倾倒的美酒流觞于夜空里。

上山当然是每天必做的功课，晴天雨天都要去，哪天要是没有上山到密林里钻一回，这一天我保准会像丢了魂似的无精打采、蔫头耷脑，以至于许多年后想起来，仿佛蓝天白云就在头顶盘旋，清澈溪水流淌过心头，汩汩声响清晰可辨，隐隐的，远方的"轰隆隆"开山炮声一阵阵传来，震颤耳膜。

开山炮是由无到有、由远而近响起的。一开始，山上密林里静谧而甜美，白天如同黑甜乡一样，除了昆虫、鸟叫声外，阒无人迹，一如王维"空山不见人，但闻人语响。返景入深林，复照青苔上"的境界。

山上河流密布，有的是雨水积多而成潭，有的则是人工引渠，穿山而过，灌溉四里八乡。夏天，我们有一大半时间浸泡在各种水潭里，都无师自通地学会了各种游泳法，故意溅起大水花给游泳者制造难度。还悄无声息潜水到别人身下，一下子窜出水面掀翻他，都会赢来一串串追闹的高潮。但有时危险也隐藏在这喜乐欢闹里，比我小6岁的弟弟，有一次就差点淹没在水花里，等到水花渐定，水面平静下来，我突然发现离我最近的弟弟没有浮上水面，心知不好，深吸一口气，迅速潜下水，隐隐看见有一团黑影在不远处，就伸出手使劲拽住他拉出水面，拉到岸上时，弟弟已经痉挛，双目紧闭，脸色煞白，也不知谁出的主意，就将他倒挂起来，压了压肚子，嘴里流出一挂水帘，眼睛就倏地睁开了，"哇"的一声大哭，吓得我起了一身鸡皮疙瘩，但很快又下水嬉戏打闹去了，像没发生这件事似的。这件事的结果就是，回家后被我妈狠狠揍了一顿，板子打在我身上时，我还朝弟弟吐舌头装鬼脸，显得若无其事。

当然，大多数时候都有好运气，能在玩乐之余，顺手捉到许多小龙虾和小鱼小蟹、黄鳝、泥鳅，有的要用围网，有的要掏洞，有的则脚踩都能徒手抓住，抓住一个，林子里就发出一串铜铃般的笑声回响。水里玩累了，我们就如猱似猴地攀援上树，有时是掏鸟窝里的鸟蛋，有时则是恶作剧地摇动小树，看着鸟窝支离破碎，纷纷落下羽毛树枝，而此时，归巢的小鸟叽叽喳喳叫得惊心动魄，我们看着它们无巢可归，摇得更加起劲。

傍晚时分，疲惫的我们，各自扛着各种各样的战利品，志得意满地逶迤下山，装在网兜里的胜利品有时并不任由命运主宰，在摇摇晃晃颠簸里逃跑，大片稻田是最佳逃窜地，从高空跳下，很快隐匿游进无边的稻田，我们发现时已所剩无几了，只有嘻嘻哈哈一路狂奔，给无边静谧的夜色撒下激情四射的点点活力。

山川狂想曲

———

横穿过几道山梁，橡树密林深处也是我们常常要光顾的，这是鉴别小伙伴胆量的最佳时机。相随走进深山的，也就寥寥五六个。这个勇士班底一直维持到小学阶段，在孩子王的我带领下，一路披荆斩棘。一开始，满山都是低矮稀疏的松树，枝干虬曲，跟乡间所种水杉、槐树大异其趣，间以其他杂树点缀，踩在松针、干草上，松软无痕，时间仿佛凝固了，寂静地能听到松针被踩压、抽离时慢慢弹起的"簌簌"声，我们正被这出离静止吓得心脏"噗噗"跳时，小松鼠"嗖"的一声打破了静谧，它故意在我们面前的林间横来窜去，丝毫不惧怕我们的到来，还在树干上张望我们，朝我们挤眉弄眼，我们慢慢松弛下来，也用手拉长鬼脸，作势朝松鼠扑过去，试图捉一只，拿到山外小伙伴面前炫耀一下，但面对调皮精灵，这又谈何容易。

越往纵深处走，越是藤蔓纠结，过了不知几个山头，穿过一大片藤蔓过渡地带后，眼前豁然开朗：热带雨林里的高大橡树，一排排矗立在眼前，这是低矮虬曲松树完全不可比拟的高大挺拔，阔大的树叶，颜色墨绿的不像真实的，风在林间穿行，刮得大家站立不住，大家就在橡树林里疯跑起来，仰头看树梢，上面硕果累累，我们此行的目的就是摘橡果，以我们的攀援技术，这种树根本不在话下。

进山时，大家身上光秃秃的毫无饰物，等到钻出密林时，小伙伴们脖子上都挂着一串串佛珠，那都是橡树的馈赠。摘下来的橡果用藤条串成一串，人人手里拿着橡树树干做成的手杖，佛珠在胸前左右摇曳，大家眉飞色舞，与当时热播电视剧《水浒》里鲁智深挂着的佛珠相似。再次跟守在外面的小伙伴相见时，就像连环画上两军会师时那样激动。小伙伴们摩挲着我们的佛珠，流露出艳羡之色，使我们更加得意。我将多余的橡果分给小伙伴们，他们也依葫芦画瓢串成佛珠。我则取了最大的一个橡果，在中间钻了多个孔洞像埙一样吹，居然还能吹出曲调来。

有一件事，至今没有告诉外面留守的小伙伴们，那是我们一致决定的，就是在回来的路上，经历的一件难以想象的离奇事情。但他们看出我们脸色红一阵，白一阵，就抢先说："你们肯定是被炸山炮吓坏了吧！那是六马村人炸山开采石料呢！都说他们疯了，把几万年的山神都吵醒了。"

是的，我们是被吓坏了，走着走着，突然，天空响起一阵巨大的霹雳雷声，一个接一个连环袭来。我们听到一种我们从未听过的巨响，紧接着，山体持续抖动，整个山峦也在震动，回响声浪在山谷间变得如此恐怖，我们第一次感受到自然静谧的山川，受到死亡威胁，胸前的橡珠晃动不已，也像在战栗发抖。我们一个个怔在山梁上，仰头看见树梢上惊鸟四散飞窜，有的甚至过度惊吓掉在地上。这时，雨却不合时宜地下了起来，让我们短暂产生了幻觉，刚才那炮声似乎是天上发出的排雷，雨滴次第打在脸蛋上，像刀割一样疼，炮声过后是死一般的寂静，天色一下子暗下来，只有雨声哗哗地在喧哗，我们醒悟过来，赶紧找避雨的地方。然而，松树林里只有稀稀疏疏几座破败的坟墓，雨越下越大，顾不得平时对坟墓的忌惮，大家都躲进了一座墓穴里，这是一座颇具规模的家族墓，有飞檐，有抱厅，甚至还有影壁，像极了一个带有弧度的老房子，中间那间墓房黑洞洞地敞开着，我们都低头钻进去，进深很浅，里面空空荡荡了无一物，但大家都不敢往里走，老人们平时说的鬼故事，此时阴森森样攫住了我们，我们谁也不敢回头，扶着门洞边沿看着外面瓢泼大雨，有的脚都在墓门外。雨声掩盖了一切，但我分辨出有一种声音发自身后，胆大如我者，回头一看，是一个斗大的蛤蟆趴着，在"呱呱"叫，那是我看到的最大的蛤蟆，它躲在墓洞角落里，眼睛恶狠狠瞪着我，发着幽光，更加瘆人，像要随时扑过来撕咬我。我联想起戏台上的复仇故事，感觉这只超大蛤蟆是那些被我残害青蛙、鸟雀的化身，找我来报仇了，想到这里我浑身一颤，起了一身鸡皮疙瘩，扶我肩膀的小伙伴感觉到了我的异样，问我："怎么啦？"我的心迅速爆炸了，猛地冲出墓门，在雨中大喊："有鬼，有鬼，有鬼！！！"小伙伴们吓得魂飞魄散，一个个四散逃离墓洞。

炸裂生活

————

　　梦幻般的田园生活，就这样被"轰隆隆"炸山开炮声强行中断了，我们对上山的欲望也大大下降，橡树林里乐土成了绝响。大家远远仰望那片绵延起伏的山峦，眼睛里流露的全是失望黯淡情绪。六马村也从"新石器时代"一步迈入"工业时代"，被乡人发现的"工业"就是开山卖石料。

　　我从来没有想过，自此以后，六马村再也回不到那个静谧村庄了，空气、道路、乡人、思想都发生了巨变，那场午后的奇遇是分水岭，是最后的告别式。很多年后，我猛然想起那场印证六马村拐点的奇遇，那只巨大无比的蛤蟆，身上粗粝的褶皱，瞪着我的奇怪哀情眼势，那道幽光，它听到炮声似乎想表达什么，最终却吓坏了我们，那幢带有飞檐的无主墓房，那场被人工炮声带来的暴雨。我记得，我们逃跑后下一刻，太阳光线就射进树丛，雨瞬间就收刹住了，像有人在操纵这一切，但我们总觉得这光线有点失真，总之，那天的一切都有点像梦忆。这也导致我们一致决定，不将所见所闻和逃跑的事，告诉山外守候的小伙伴们。

　　六马村开采石料是一个完整的工业化过程，从一开始小打小闹，在远离人烟的深山，用原始方法自己填炸药开采石料，"隆隆"炮声三两天响一次，然后人工敲碎，产量很低，却需要大量人力，六马村的乡人不再出去打工，甚至原本是木匠、瓦匠、裁缝的都不再出去，男男女女、老老少少麇集于石料厂，一时间干得热火朝天。我父亲经常亲自前往收电费，但他回来都闭口不谈去过石料厂，他大概也为失去一个我们的乐土感到悲伤。

紧接着，村里引进外商参与开采，高大的机械化大部队一字排开，耀武扬威地喷着黑烟，"轰隆隆"碾压过村庄道路，碾压过我们幼小的心灵，像一把刀子直插深山。村庄石板路、石子路、水泥路都被碾压得惨不忍睹，一遇雨天，我们的上学之路异常艰难，泥浆迸溅，怨声载道，但炮声还是照常炸响，日夜不歇。那时我正在隔壁钟何村上小学四年级，遇到炮声连连响起，老师就撇起嘴，无奈地垂下手中的书，停下讲解，嘴里正在讲什么，但我们已听不清了，依口型判断是说："同学们，现在看书自修！"紧闭的窗户玻璃被炮声震得"嗡嗡"直响，胆小的女同学一个看一个捂起耳朵，看嘴型交流。

刘氏家族对此最为愤怒，他们为自己的恬静生活遭到毁灭性打击而愤怒，为幽灵样响彻乡间云霄的炸山炮声而困扰。大家都集体得了神经质，更让他们不满的是，外商和村长都赚得盆满钵满，外商一车一车将加工好的石料拉出六马村，村长则开着豪车呼啸来去，他们经过时扬起的灰尘让大家愈加感到愤怒。在诸多不满中，对村长的姓氏是最大的不满，六马村异姓乡人在私下里言谈中冷嘲热讽，含沙射影地对刘姓这个姓氏进行攻击，仿佛石料厂建起来，刘氏家族是最大的受惠群体。

村长是刘氏族人，但他从没有想过给乡民们任何补助，对将平静的村庄带进炮声喧闹也无歉疚感，引入外商后愈加趾高气扬，有人到刘氏家族里辈分最高的鲐背老人那里告状。也商议了几种制裁方法，形成了两次口述的文字，由人誊写清楚，送到村长家，内容有：第一，石料厂以后进出不得从村内道路行驶，须绕村进出，之前毁坏的道路要由石料厂整修；第二，石料厂账目公开，六马村全体村民均应享受盈利分红；第三，严格控制炸山时间，以免炮声扰民、打扰学生上课，白天炸山时间应公布，按时间严格放炮。6点黄昏后不得炸山，以免侵扰山神。最后一句话是老人叮嘱一定要写上的，因为他也长期被炮声惊扰而失眠。

之所以没有送往村委会，因为族人觉得这是家事，但过了一段时间，村长毫无反应，刘氏族人觉得家族族规对他毫无约束力，就集合外姓乡人告到镇上，甚至去过县里。

当山清水秀的田园生活结束，炸山无论白昼，持续不断地炸响，空气、道路甚至地理环境都在恶化，我的小学学生生涯也次第在钟何村、刘圩村展开。先是到邻村钟何村上小学一年级到四年级，再到刘圩村上五、六年级。整个小学生涯都在炸山声中度过，有点像战争年代上学的感觉，炮声一响起，老师的朗朗读书声就随之中断。在这静默的片刻里，我就想到我那一身传奇的马圩村大舅爷。他还是经常来六马村看我奶奶，我父亲总是第一时间带着我赶过去看他，他在军绿色手提包里探一探，总能拿出一个个称心如意的礼物来，笑眯眯地给我，礼物绝不重样。不同于大舅爷的礼物以军事玩具为主，我五爷、六爷从山东打工回来，带着当地的媳妇回门，给我的礼物则全是原始的山东吃食。这种吃食，我在刘圩村集市上经常看到，发糕、花卷、炸糕、米花糖等。这些甜食，暂时让我忘记了山上的珍奇宝物和无休无止的炮声。

母亲的忧伤

———

童年时光里，最依恋的当然是母亲。父亲总也不在家，母亲笑着对我说："你爸不是在酒桌上，就是在去酒桌的路上。"我小时候，时常看见母亲张望村口的来路，就咿咿呀呀地问她看什么？母亲搓着双手，像秘密被我突然发现，脸上有一丝羞赧红晕，含着泪光看着我，嘴里喃喃道："小东西，我呀，看看风能刮多远，能不能刮个活人来！"很多年后，我想到这忧伤的一幕，我隐约知道了答案，那是母亲在异乡寂寞，听不到乡音，看不到亲人，她希望那条路上走来爹娘、妹妹或别的什么亲人。后来，她听说平明镇上嫁来个广西阳朔的女人，就跑去看她，回来高兴地嘀咕什么，但我一句也没听懂。

母亲性格里有山里人的执拗，又有山里人天然的正义感。她是个太要强的女人，从不愿意低头求人，更不愿意欠人人情，即使自己生活再苦，也都是自己解决。山里人的疾恶如仇表现得比平原上人更彻底、直接，母亲善良、独立而又倔强，与村里的乡人有点格格不入。她身材矮小但从不懦弱，在我们刘氏大家族里总是孤零零的，妯娌之间也因为语言、文化、乡俗不同，一开始少有来往。但一种独立而不依附的骨气，慢慢也赢得大家的尊重，和父亲的潜移默化相比，母亲对未来、远方的希望寄予更多。她的这种性格直接遗传给了我，在年幼时，就直接决定了我与众不同的品性，与揖让进退、循规蹈矩的乡人性格大相径庭，母亲的强悍基因带给我一生的影响和烙印，使我血液里充溢着永不言败、桀骜不驯的性格。

出走家乡很多年后，我时常审视自己，也曾对自己不安分的思维与偏执的性格来源产生疑惑，后来才明白，这所有的一切，都源自我母亲在那个村口的张望远方。

也许是思乡太切，也许是孤独难挨，总之，母亲曾带着我回到她广西大山深处两次，所以，后来我考上县城高中，她陪我去时，我说第一次出远门感觉怪怪的，她马上反驳我，说我小时候有两次广西之行，但我却一点儿也想不起那两次所见所闻。母亲说我特别享受坐绿皮火车的感觉，第一次去刚会走路，颤颤巍巍地走在车厢里看这摸那，看什么都新鲜，她对我悠悠地说："那一次，我就在心里念叨，你长大了肯定会走远路，比我还远！"我惊奇地发问："那我见过真正的大山啊！"母亲奇怪地看了我一眼，满是讶异："你当然看过，岂止看过，就天天住在山上，后来你在安峰山那套本领，还不全是在山上时学会的？只是你那时还小，忘得差不多了。"这时，我才猛然感觉到大山影子总也影影绰绰地出现在脑海里，不是幻觉，而是我亲临其境，那是浮出记忆地表的暗示。

有一段时间，我母亲热衷于骑自行车到刘圩村集市上采办东西，我自然闹着要跟随前往，集市上聚集了我从未见过的果蔬和吃食，比起安峰镇的集市，规模和种类就小多了。去的次数多了，母亲就动了去刘圩村摆摊卖货的念头。她自己因为要照顾我们兄妹三人，就怂恿入不敷出的父亲去，最看重面子的父亲当然干脆直接拒绝了。

去安峰镇是一件大事，需一大早起床，到马路上搭城乡中巴车前往，车上各种气味都汇集在一起，到镇上赶集自然少不了带自产的土特产，买和卖同时进行，而于我，什么味道我都能忍受，只要能逃离随时随地要炸山的六马村。观看安峰镇集市上的山东马戏团，也是我最新的嗜好，那些云南野象、新疆骆驼、四川矮马、峨眉山猴子、南美鹦鹉等，都是那时的我闻所未闻、从未见过的，有一次，我一个人脱离了母亲的视线，跑到演出帐篷后面空地上，去揪矮马尾巴，没想到，看上去矮小的马竟然一抬后腿撂倒了我，疼得我哇哇直叫，幸好没踢到要害，只是伤到了小腿，但也一瘸一拐了很多天，才恢复正常。

六马村的孩子王

上小学后，我的调皮捣蛋、恶作剧、顽劣达到高潮，像打开了潘多拉的盒子，源源不断地往外飞窜祸乱，这让父母头疼不已。家里经常出现陌生的邻村家长来讨说法，他们的子女则哭哭啼啼跟在后面，而我，躲在屋子里不敢出来见人。最疯狂的一次，我在上学路边水沟里锁住了一条无毒赤链蛇，那火红的斑纹一下子让我脑洞大开，我熟练地扭断了蛇头，在路边的树林子里，剥下了那张在我眼里绚丽的蛇皮，勇气和豪放让我对这冷血动物没有丝毫害怕，最后一个步骤就是给这张完整的蛇皮灌满水扎住，如此就完成了我的恶作剧工具，我拿着这条绚丽无比的"长蛇"进了教室，无须甩动，女学生和男学生就惊叫逃窜，教室里顿时哀鸿遍野，几个胆大的男生却无所畏惧，凑上来观看我的杰作，我在这场啧啧称奇的事件中迅速奠定了孩子王的地位。

开山炸石让我的"山大王"梦彻底破灭了，我的童年清梦急遽收缩，对大自然一下子毫无兴趣，转而对人大感兴趣。走路勾肩搭背，脚底像带着风火轮，踩满旋风，人气很旺，后面总也跟着几个我都认不全的孩子，成了六马村、刘圩村一带默认的孩子王，但我个子矮小，淹没在人群里，经常闹出"擒贼擒错王"的笑话。走在路上，只要看谁不顺眼，就上前干架，即使每次受伤的是我们，也乐此不疲。有时我们专挑那些比我们年龄大很多的人打架，有刘圩村小学、六马中学，甚至安峰中学，完全不管是不是他们的对手。结果是，一到晚上，我和小伙伴每每被打得鼻青脸肿，乘着夜色偷偷各自趄回家。过几天伤好了，继续周而复始地寻找撞击。如此一来，那些高年级的学生倒有点怵我们了，看见我们像见了瘟神逃之夭夭。现在回忆，那时好像血液里时时涌动着远方的召唤，有一股子往外闯的冲动，好像身子不是我自己的，自己控制不住自己。

想做孩子王，就得有独特的魅力让人佩服你，一路跟随你，我除了一身如猴似猱的空翻、后翻本领，好像也没有什么独特本领了。于我而言，我需要前呼后拥的气势，就像电视上天天播的《上海滩》里许文强那样，被一伙人簇拥着进出洋楼，英雄般抖落身上的大衣，后面的马仔准确地抓住时机接住，要表演这种潇洒，贫瘠的家乡根本无法实现。

在一段时间里，我有独家秘籍，能保持多年孩子王地位不容撼动，就是用领先的玩具俘获小伙伴们的心，用小卖部的零食俘获他们的嘴，无论玩具还是零食，都需要钱，我的金钱意识就是在那时朦胧建立的，而这都跟我父亲有关。

父亲的工作很普通，甚至有些卑微。他是一个电工，管着六马村、刘圩村那一片的电力。虽说在县电力公司上班，听上去是个"铁饭碗"工作，但在 20 世纪八九十年代，却是没有编制，收入不高的临时工，实际上就是一个接到通知去维修电路，每个月定期到村民家收电费的普通电工。

父亲的性格总是大大咧咧，丢三落四，其实不适合做收电费这种细致工作。而他另一个嗜好，却是收费最大的忌讳，一到晚上，经常喝得醉醺醺回家，为了喝酒这件事，母亲经常和他吵架。但是，父亲依然故我，隔三岔五和各路朋友喝酒，每次喝醉到家，都已不省人事，衣服一脱，手提包一甩便倒头睡去。每到月末，我知道他的手提包里会装满皱皱巴巴的钱，那是刚收上来的电费，对孩子王的我来说，那是充满诱惑的零花钱，是孩子王王位的保证。于是，试探了几次，发现父亲醉酒后，毫无知觉，就拉开拉链伸进小手，在里面摸索出几张纸币，心扑通得快要跳出胸腔，攥成一团赶紧溜回被窝里瑟瑟发抖。

自此以后，我成了村口小卖部的大客户，伙伴们的嘴被我彻底俘虏了。大家笑嘻嘻地将各种零食吃了个遍，就想着买新潮玩具，我们的钱自然买不起簇新的玩具。有人提议去钟何村废品收购站，那里有从城里刚收来的新潮玩具，擦拭抛光后，就再次卖给乡下孩子。我们选了心仪的玩具，玩得不亦乐乎，但钱也很快花完了，我又盼着父亲喝醉酒那天快点到来。但时不我待，往往等不到醉酒那天，我就被内心催促着行动了，等到父亲睡着了，我就从他包里抽走一些面值不大的纸币。后来胆子越来越大，我开始趁他不在家，或者不注意的时候，明目张胆拿走几十甚至上百元钱。行动多次，父亲却始终没发现。

现在回忆起来，我怀疑父亲是否知道自己到底收了多少电费总账？少了几十上百块，他如何对得上账目？父亲常在外面喝醉，包里的电费应该早就岌岌可危了，也难怪在做电工的这些年里，我们家总是入不敷出，父亲还总拿家里的钱贴补公家的电费，母亲为了钱总是和父亲吵得沸反盈天。

眼看我一点一点惯性滑向悬崖般的深渊，却在父亲的一次强烈警示下，我戛然而止了我的脚步，醒悟了过来。

那一次，我和之前一样，蹑手蹑脚，小心翼翼地来到父亲的手提包旁，如往常一样用熟练的手法，从包中抽出一张纸币，全然没注意睡觉中的父亲，以为这次"作案"神不知鬼不觉。可就在抽出钱的那一刻，父亲突然惊醒了，瞪着一双大眼睛直愣愣看着我，不说话，也没有动弹，只是瞪着两个眼睛直视我。那一瞬间，我的全身仿佛被电流注入，从头顶到脚底，一阵麻木。像是世界末日到来，又像是在黑夜里干坏事，突然被日光灯照亮，所有人的目光都投向我一样。等待着我的，将会是一场暴风雨般的狂揍，短短几秒钟内，我已闭上眼，预想着我会如何被一向温柔的父亲拳脚相向。

然而，几秒钟后，父亲还是没有动弹，没有说话，却顺势躺下，一会儿还响起了呼噜声。我鬼使神差般地迅速逃离，像是什么都没发生过一样。这大大出乎我的意料，父亲在第二天把这件事忘了个干干净净。只是询问我是不是拿了他的钱，我连声否认，父亲也迷迷糊糊记不清前一天到底发生了什么，嘴里一直嘀嘀咕咕："最近怎么老是对不上账？"拿着包意味深长地看了我一眼，这一眼洞穿了我所有的把戏，也终止了我坠入无底深渊的惯性。

恶作剧的幻觉

———

　　自从我到钟何村上学，我把学校的条条框框规章制度，每一条都想象成了唐僧发送给孙悟空的紧箍咒语，除了一开始灵验，后来，我就慢慢挣脱了束缚，猢狲嘴脸就露了出来。都已经上二年级了，我还没有课上课下的概念，上课时，只要老师一转身，我就对着六马村的小伙伴挤眉弄眼，抛掷纸团，上面已经画好一天的活动地点及安排，有的字不会写就用原始符号代替，如上树掏鸟窝就画个人爬一棵树，树梢上有一个鸟巢，一目了然。有时，在空中飞翔的纸团，着落点发生误差，降落在女生发辫上，就会引起"外交"抗议，结果是惊动了写板书的老师，女生毫不犹豫地揭发我，罚站一堂课，俯瞰他们像应声虫样念书，也能引发我心中的一波波笑浪。如此一再上演，老师也渐渐放弃了对我的管束，我被列入差生行列，流放到最后一排。纵是如此，我倒认为因祸得福，捏好纸团扔向告密女孩的后脑勺，却被女老师发现了，气愤地将粉笔头一次次扔向我的座位。她知道，示众于我已经失去了意义，放弃了对我的进一步谴责，只是在需要反面教材和嘲讽对象时才想起我。母亲为此几次穿梭于学校和猪圈，被老师耳提面命训斥。她在老家山区当过民办教师，知道如何微笑应付，但晚上一进家门，我总被关起门来一顿哭天抢地地揍。

　　但是我还是不改进，依然我行我素，对老师布置的各种作业，总是找借口不交，收作业的同学都绕开我，我为此特别得意，在小伙伴面前吹嘘了半天。小学二年级夏天，我二姨、二姨夫从远方来探亲。这是我第一次看到远方不同口音的亲人，他们与我妈交流时的怪腔怪调，让我隐约觉察出远方召唤的来由，但很快我就被物质所诱惑，忘得干干净净。我天天缠着二姨夫买各种吃的，眼看着暑假快过完了，作业却一页都没做。我只能央求二姨夫帮我做，但很不幸，又被我妈侦察到了，难逃一顿暴风骤雨。父亲看见了只是摇头，一言不发走开了。

上四年级那年，班里来了一个老先生，教我们语文，同时兼任班主任。看上去 70 多岁了，人瘦削清癯。他是本地有名的老教师，家在邻村，退而不休，被校长请来专治我们这班顽皮孩子。他一开口不再是先前老师夹杂土语的普通话，发音很标准，板书、书法也特别工整，我从没见过将汉字写得如此端庄、漂亮的人，内心为之一振，好像是被什么戳击了一下，一眼就喜欢上了书法，班级风气似乎也为之一新。首先是座位大调整，按照身高一视同仁，而不是成绩与嫌弃程度。我因为个子矮，被调到第二个，不再坐在与我身高严重不符的最后一个，其实在最后一个的日子里，我几次想看黑板上的字，但前面几座"高山"挡住了我的视线，根本无法看清内容。其次，他从不特地表扬同学，总是一副你本应如此的态度，使全班蔓延的骄矜风气荡然无存，被嫌弃对象一下子都像被电击似的安分了许多。

我被安排坐在第二个，前面一个女生是全班第二名，后面一个男生是我们班的学霸，在各种考试中，总是雄踞第一，而我这个全班最差生却因为身高介于他们之间，被安排坐在他们中间，这被当作一个笑话，被同学们课后广为传播。

戏剧性的结果很快就来了，四年级上半学期期末考试，我夹击在两个山尖中，心怦怦地乱跳。老先生时而倚在门上思考，时而到窗外过道里踱步。我内心很多东西被唤醒了，我觉得我该有所作为，就频频回头，照抄后排的学霸试卷，后来的考试成绩证明，我误将数学试卷上他写的 6 看成了 9，屈居全班第二名。如果不是抄错，我将与学霸并列第一，闹出更大的笑话。现在，全班都知道我抄了个第二名，原来的第二名反而落后我成了第三名，面对这个荒诞的结果，大家都笑得前仰后合，尤其是目睹我抄袭的同桌，投射过来的眼光更是夸张，简直就是狂笑不止，我听出里面全是戏谑的音符。

傍晚，我带着鲜红奖状回家了，毫无疑问，它从来没有出现在我家过。我父母像看英雄一样地看着我，昏暗中，我能看到他们脸上泛着赞许泪光。第二天，传奇般的故事才刚刚上演，我在弟妹的艳羡目光下，得到了许多梦寐以求的零食、玩具，我第一次感受到，我的好成绩可以得到如此丰厚的回报和重视。神奇的事情继续发生，金口难开的班主任当着全班同学的面，第一次郑重其事夸奖我刻苦学习后来居上的精神，虽然我看到了大部分同学都忍俊不禁地想笑，我却陶醉在这幻境中不能自拔。这一幕我到今天依然能清晰地还原出画面。老先生是教育行家，他并不一定不知道真相，但他确实将这个少年送上了求知轨道，而不再下坠。

一次尊重，改写了未来

接下来，我就要告别钟何村小学，转到刘圩村小学去上五、六年级，虽然我呈现的是不真实的成绩，且是不光彩得来，但遇到宽容的老师，因材施教变相鼓励，使得我学习神经第一次被触动了，虽然动力来自奖励，但我已开始正视学习，渐渐喜欢上了学习，虽然它多少裹挟着些许虚荣心。

但现实却是残酷的，到了五年级，我有意识下力气学习，数学却总是不见起色，成绩徘徊在中下游，而且要命的是，我又分心喜欢上了唱歌和画画。尤其是唱歌，一天不唱就心痒痒，这源于活力十足的新任语文老师。他们都是一批刚毕业的年轻中专生，第一次当老师，还未脱离稚气。语文老师的帅气与林志颖不相上下，事实上，林志颖正是他的偶像，他天天跳着节律鲜明的青春舞来给我们上课，嘴里哼着《十七岁的雨季》曲调。有一次，我们全班索性就和着他的调子唱起了大合唱，弄得他拿着讲义尴尬极了。

那时，我最喜欢唱的歌，是陈星的流行歌曲《流浪歌》，走哪儿都在哼这首歌，伴以我自创的舞蹈，有同学说我迟早要去远方流浪。慢慢地，唱着唱着，下决心提高学习成绩的决心被唱歌所磨蚀，而变得模糊起来。

真正的惊人变化，是在刘圩村小学最后一年发生的，那年上六年级。这显示了我及所有人，在教育方式发生改变时，都会有条件反射般的因应结果，使得潜在的能量大爆发。很多年过去了，我也经常在一种方式不起作用时，会用另一种路径思考或进入，但始终将所有人作为尊重、鼓励的对象，而不是贬损、嘲讽，这样总会有潜在的奇妙现象出现。

六年级一开学，我第一次感受到危机感，我知道这是小学的最后一年，马上要升入初中了，但我的成绩如此糟糕，被钟何村小学四年级那场恶作剧游戏唤醒的学习意识，正在慢慢湮灭，我隐隐地感到羞愧，我需要更大的暴风雨洗礼，才能向内心的远方致意。

我不知道的是，改变我一生的韦群老师正向我走来。他不过也是中专刚毕业那一群里的一个，看上去并无特点，他身兼三职，既是班主任，又是数学老师，还是美术老师。我在他面前一天天自卑着，身子缩小地想消遁，上课都不敢正视他。他也绝少在数学课堂上问我问题，我都怀疑他是否叫得出我名字，学期第一场考试成绩出来后，就更让我自惭形秽。

很少有刻板的数学老师来教美术，但我们学校就这么做了，韦群老师一改数学课上的严肃，连穿着打扮都富有艺术气息，绝不是那身数学课上中规中矩的衣服了，那衣服的后背，印满了阿拉伯数字，看得我头欲炸裂。他的第一节美术课，要求我们每人画一幅自己擅长的动物。我画了一头正在拱食的猪，慌乱之中连名字都没写就交了上去。第二节课上，韦群老师捧了一叠画作来，他说："今天的任务是选出一名美术课代表。这名课代表首先必须美术基础好，还要态度、性情温和，最后要有服务意识。有了一名优秀的课代表，我们才能把德智体美劳中的'美'学好。现在开始毛遂自荐吧。"他的话说完了，没有一个人出声，因为我们都不知道什么是"毛遂自荐"。韦群老师扫了一眼全班同学，说："既然大家没有人选，那么，我根据上次课的作业来推荐一个，你们说好不好！"大家异口同声地说好，韦老师说："这幅画是最有潜力的，我推荐这位同学当我们六（2）班美术课代表，他是谁呢？上面没有写名字。"大家面面相觑，小声议论起来，韦老师关子卖够了，就揭开谜底："这位没写名字的同学是刘汉！别的同学都写了名字，那么剩下的那个人就只能是刘汉。"

当时这句话不啻晴天霹雳，我的恶作剧光荣史从来没有被同学们忘记，平庸已很快将我湮没得声息无存，现在，我又将登上老师的座上宾，班长当时就举手反对，说我成绩差，是班里觉悟低的差生，曾经将赤链蛇带进教师吓唬女生。我听了，恨不得有个地缝钻进去，脸上红一阵白一阵，但韦群老师扬了扬我画的那张拱猪图，铿锵有力地说："你们哪位同学的动物画比他画得好？我觉得刘汉同学最合适当美术课代表，我是班主任，我比谁都清楚他的主科成绩，但作为老师，我相信，刘汉同学肯定会像画这幅画一样，用心用力将主科成绩画美——"他停顿在最后一个"美"字上，同学们鸦雀无声，韦老师继续说："同意刘汉当美术课代表的，请鼓掌通过。"同学们还是默不作声，我的几个小伙伴已经鼓起掌来，暴风雨般的掌声随之而来。我在这掌声里泪流满面，也第一次强烈感受到知耻而后勇的无穷动力，因为就在这掌声里，我暗下决心，必须学好韦群老师的数学，投桃报李，方能不辜负他对我的欣赏。

有时候，受到前所未有尊重的力量，比起鞭策要来得强大得多，这是撞击我内心脆弱、自卑最有力量的一次，我在还没有全身心投入前，就喜欢上了数学，爱上了考试，这是一种意志前置，对坚韧意志力的人来说，这是背水一战，上了高中后，我看到汉朝刘向有一句话："士为知己者死，女为悦己者容。"正是我的真实内心写照。

从此，我像被穿上了安徒生童话里的红舞鞋样不停旋转，停不下来，迷上了学习，停下了所有的玩乐，因为要报答美术老师韦群的认可、赏识，爱屋及乌般地喜欢上他教的数学，像瘾君子样疯狂找各种题型做，等到六年级下半学期时，我已经牢牢占据全年级第一名的位置，小升初考试时，我以全年级最高分升入六马初中。

第三章

《天才》时间

"第一"是等来的

———

　　回到村里上六马初中时，听到最大的事是：村长收受贿赂被上面带走调查了。这是刘氏族人大义灭亲、带头到镇上不懈上访的结果，但奇怪的是，炸炮声浪却还在六马村上空盘旋，像天天在过除夕夜似的，持续不断炸裂半空，外商控制的石料厂并不因为村长被带走而停产，反而加班加点炸山运石料，好似世界末日来临的疯狂，整个六马村被笼罩在石粉里喘不过气来，令六马中学全体师生十分气愤，但又无可奈何。

　　村长没过几天就回来了，还示威似的在村子里转了一大圈，回到村部用喇叭亲自嚷嚷他的业绩，说他清清白白为集体做事，却被人眼红中伤，软中带硬威胁上访的乡人，说如果再上访，就要采取铁的措施，还说上面让他放手大干一场，说大城市石料市场大得很，全国都在搞基建，大干快上，北京盖部委大楼都用我们六马村的石料呢！说完放了一首《好日子》，铿锵声特别刺耳。

　　村长自从开办了石料厂，他就不再接受刘氏族人的劝告，甚至鲐背长者写来劝戒信时也不予理睬。这次他神气活现地回来，像找到撑腰的了，更加变本加厉地疯狂扩张石料厂。村里环境脏乱，污水横流，下雨天上空也飘着石粉。近山处被爆破的差不多了，村长想起了深山处，那里是六马村百余年来天然的坟场，埋着村上各家各户祖坟，村长在喇叭里勒令各家限期铲平坟头，说是要扩大再生产，赚取更大利润，为新农村建设添砖加瓦。这下可炸了马蜂窝，六马村全村老少群情激愤，主要针对刘氏家族，异姓人围攻刘姓人，说再不收拾刘村长，大家讨饭也要到县城、地区上访咧！北京也敢去！

我在一片纷扰、混乱中，每天步行前往六马中学，上学像穿过一片战区，炮声在远方轰隆隆不断炸响，地壳一阵阵抖动，泥泞的道路，黑污的水流，都在提醒我动荡不安的基因向往远方。

躲进学校自成一统的办法就是做各类题库，忘掉外面的喧嚣，本来作为一个办在村里的农村中学，图书馆形同虚设，我去了几次都是铁将军把门，遇上上级检查，得以一睹芳容的时候，却发现报纸、杂志都是前几年的，且全是本地本省报章，看了也是井底之蛙，索性不看也罢，断了念想，全身心做各种油印的数学试卷。这时，小学六年级以来爆发即巅峰的成绩，已让我暗自有一种自得在脑海里产生。但诡谲的是，到了六马中学，经过了几个回合的考试，刘圩村小学那种一览众山小的得意全部消失了，不管我怎么日夜努力，成绩排名始终只在年级第六名徘徊，难以跃进半步，这让我很苦恼，那种锐气受挫的感觉，让我第一次有种泄气感。

经过观察后，才得以稍稍释然，原因是排在我前面的五个人，居然清一色都是教师子女，其中董成龙是第一名，他父亲是化学老师，同时还是学校教研室主任，这让我震惊之余又很不服气。但现实就是如此残酷，初二上半学期以前，我拼尽全力将所有时间用在学习上，排名结果还是没有改观，他们像商量好的，总是略胜半筹，受到表扬的总是他们，快要念到我这儿时就省略了，戛然而止了，我的名字处于"等"的一大片学生。正在郁郁寡欢的时候，学校举行了一场莫名其妙的考试，考完后，他们在这所农村中学再也没有出现过，我平时很注意这五个人行踪，他们是压在我心坎上的人，有一天，突然一个也不见了，我心里"噗噗"直打鼓。

答案很快就揭晓了，首先是父亲不寻常行踪透露出的信息，他走进学校，故意在我班级窗外逗留，当时我们在上课，他先是招手和老师打招呼，后来又向我看了看，我当时就感觉奇怪，父亲虽然因为电工的身份，经常出入学校，据说校长还是他高中同学，但都是维修和收电费这类事情，从没有来班级外看过我。

　　其次，老师们看我的眼神也不对了，校长在上课时间突然推门进来，眼神扫射一遍，须臾间停驻在我身上，弄得老师措手不及，连忙让我们全体站立说校长好，校长只是微笑，连说："你们继续，你们继续，我只是突击检查一下上课秩序。"

　　这些怪异的事情接连发生，很快就在学校门口一张喜报上得到答案，红色喜报张贴在一面影壁上，突兀而显眼，六马村村民经过学校，都可以一目了然看到。现在，这张喜报上我是主角，我是这场无来由考试的第一名，名字后面括弧里写着六马村。我看到此处才恍然大悟，但同时又增加了新疑惑，我前面的五个人凭空消失了，这在我心中成了一个不大不小的"谜"。

　　谜底不久后就水落石出，这次无来由考试多少有点表演性质，大概是专为这五个人而设，因为考完试，他们就集体转学到县城最好的实验初中。自此以后直到毕业，我都是这面影壁的主人，这让父亲有事没事都在这面影壁边转悠，只要我在学校里看见他，他就必定在影壁周围。我也很享受名字长期盘踞第一的荣耀感，出了校门就是村里，乡人看见我，总是自来熟的热络，连悭吝出名的小卖部胖婶都拦了我好几次，送我文具，说是给我妹妹在家学习用，眼神里流露出企羡的目光。我想，他们肯定都是喜报的忠实读者。

　　仿佛我的荣耀还不够绚丽似的，这五个人走了以后，我的独角戏中还有一件轰动学校的事情，增大我的明亮，我是第一个根据化学老师的课堂提示，仅仅用石英砂和活性炭这两样东西，就做出了一台家庭简易版简陋净水器，并开始在我家试用。一时，许多人来我家尝水，村子深井里的碱水通过净水器过滤，居然也稍稍具有山泉水的甘甜味。我父亲叼着烟远远地看着，烟雾里的笑声膨胀开来，罩在头上，像一朵祥云在漂移，这是乡亲们说的。

亚里士多德老师

我的竞争对手都走了，一个都没留。他们甚至都没跟我打招呼，学校里也没欢送他们去县城实验中学，留下的我简直成了六马中学的独孤求败。各科老师都视我为他们的代理，很快，我就成了同学们嘴里戏称的"二老师"，各科老师布置完作业潇洒转身后，课后由我转述、发布、执行所有的课务事宜，同时还兼任试卷批改员、板报总设计师、各科课代表，更有甚者，班主任英语老师马亚德开始让我独立批改作业试卷，其他老师也纷纷仿效，使我在学校里，像陀螺样转个不停，一周一次班里的板报书写，倒成了我的休息时间。

马亚德是六马中学资历最深的英语老师，他所住的村庄马圩村就是我大舅爷的老家，这让我格外亲切，他教英语以形象生动而远近闻名。六马中学学生都来自周边五六个村庄，大家抬头不见低头见，家长都互相熟识，所以马老师教英语时往往撷取学生们日常接触的最直接事物，形象化切入转化成土著英语发音，这样便于记牢，比如我们班有个姓周的同学，父亲是个司机，有一课讲到课文里的单词 Driver，就让周姓同学念，周姓同学抓耳挠腮念不出，他就说："这是你父亲的职业：抓一把。"大家哄堂大笑，周姓同学就将发音和意思牢牢记住了。

有一次，我学到人名 Aristotle，据形象化转化原理，我就给马亚德取名为"亚里士多德"。他听见了也不生气，坦然接受了。马老师英语教得好，他带的毕业班大多能考上不错的高中。我们之间的关系也一步步熟稔，一方面我是整个年级里各科排名第一的学生；另一方面，我一个堂兄也是他的学生，当时考上了县里最好的高中，很多年后，堂兄考取西安交大硕博连读。平时只要一放假回来，他就来找马老师打乒乓球，大家说说笑笑。还有我父亲管着村里的电力，跟所有人都相处融洽。

在教师办公室批试卷是一件枯燥乏味的事情，我还没有适应这种身份，感觉办公室里很多双眼睛盯着，甚至同学还扒着窗户虎视眈眈，指指点点，既感到内心得意、虚荣心满足，又觉得知识、能力不够，但脸上还装着全知全能的样子，手心里的红笔满是手汗，其实这些紧张大可不必，这些马老师都已想周全了，他往往批一张示范卷，我只需依葫芦画瓢，对着答案看对错即可。

相对同学们雄视如炬，让我如芒在背而言，到镇上去阅卷就轻松许多。进入初二下半学期，很多考试都是全镇统一试卷，集中阅卷、集中评分，立即分出教学优劣。我很享受这一次次旅程，一来可以浑身放松离开气氛紧张的六马中学，坐上马老师的摩托车，风驰电掣般穿行在乡间小道，驶向10公里外的安峰镇中学，感觉旅程是如此地漫长和惬意。二来可以吃到很多家里吃不到的美食，寒冬里，外面扬起一丝丝如刀割般的雨花，我们来到镇上的一家羊肉馆，相对而坐，吃着满是热气的羊肉酸菜汤，互相看不清对方，我想着厨房里烤排正等待最佳火候，抑制不住地心花怒放，等烤排端上来，烤排上空的金黄色的焦香气穿过云雾，我都有点恍惚了，这些都是让我如此执念，至今难忘。最后，带着饱胀感离开，我们的摩托冲破雨雾黑障，一路开到马老师马圩村的家，住在他家，第二天再一起穿过熙熙攘攘的学生人群，享受大家投来的羡慕目光，我心里一连几天都美滋滋的。

可能是我和亚里士多德过于熟络，常常同时进出学校，他私下里与我说话玩笑和批评并存，从不将我当一个学生辈看待，有时甚至带着同辈之间的刻薄语气。有一次，我在学校上晚自习，人都走得差不多了，夜深人静时，我就无意识地唱起歌驱赶困意，突然，亚里上多德出现了，他尖声尖气地拉长声音怪腔怪调道："哦唷，刘汉，你唱歌实在太难听了，你还真敢唱，这么大声音，隔了几个教室都能听到，在黑夜里我都起了一身鸡皮疙瘩。"他的讽刺语调让我羞惭得满脸通红，一语不发。他见我当真了，哈哈大笑，转身走了，远远地传来一句："开个玩笑的，你还当真啊！"这个玩笑使我像背负着沉重十字架，很多年都满负自卑，不敢在公开场合开口唱歌。

满溢幸福的生活只持续短短一个学期，人生中第一次被抛弃感就降临了，我被这突然袭击的怪物弄得手足无措，无数出离愤怒、背叛、伤害、失望虆杂在一起袭击我，我的心脏快要爆破了，没有任何迹象，没有任何交代，没有任何歉疚，亚里士多德——竟然跳槽了。抛下我们一个毕业班，弃婴似的孤儿，不负责任地逃得无影无踪，他被挖到县城一所待遇优渥的私立学校去了。

强烈的不受尊重、被抛弃感升腾在我脑海里，难以排解。这是人生第一次产生孤独、落寞、背叛、伤害，我躲到没人的地方哭了很久，还是没有缓解过来，像依恋的亲人无缘无故弃我而去，感到无尽懊丧和无奈。

爱与痛同在

　　接替亚里士多德的小刘老师，很快就在初三第一学期到来了，她刚刚踏出中专校门，是学校刘主任的女儿，稚嫩地连讲义怎么写都不会，我们班里的同学都压抑地大声朝我吼叫，好在我们班副班长兼班花拦住了他们，说："亚里士多德跳槽跟刘汉有什么关系？他哪里管得了老师的腿迈向哪里？"有同学说："他天天跟屁虫似的跟着亚里士多德，能不知道？现在派一个毫无经验的女孩来教毕业班，真会开国际玩笑，简直不把我们当人看待！"我一看是"抓一把"，班花摔书生气道："有本事你来教？！人家不管怎么说也是师专英语系毕业。""抓一把"嗫嚅嘀咕了一句，不再吱声了。

　　小刘老师很快找到了突破点，她向我借了所有课堂笔记，很快梳理出亚里士多德的教学路径、模式，再加上她打扮得有点洋范儿，头发也染黄带卷，说英语带点伦敦腔，这都是收听英语台学来的，她还我笔记时，跟我商量用互动式教学模式上课，寓乐于教，要我配合，当她的课堂托，我只有答应的份。她很快就信心满满地渐次实施，哪承想，她所有的层面全想到了，唯独忽略了面对的是一帮山村顽劣少年，上课时威严不足，过度活泼，互动失控，使得班上的学生乘机捣乱、插科打诨，尤其以"抓一把"闹得最凶。我因为个子没有他们高，难以震慑住他们，这时，就需要副班长班花来管理捣乱者了。说来也怪，捣乱者听了班花三言两语，都偃旗息鼓了。如此，周而复始，小刘老师都用目光求助班花，而不是我。但一段时间过去了，收获的教学成效并不乐观，热情高涨的小刘老师并不气馁，她转而用多种方法强化学习，带着我们几个排名靠前的学生，去镇上中学听名师讲课，还借来《中学生英语报》，做上面的习题，油印各种英语题库，希望我们几个优秀生带动全班，等到我们适应小刘老师时，毕业班也快要毕业了。

班花是那种传统型、长发飘飘的高挑女孩，具有乡村女性少有的柔性身体，走起路来，一阵阵兰花香洗发水味道，在空气里忽隐忽现，我在心里默默称她为"兰花姑娘"。从初一上学开始，她的成绩就紧随我之后，不知怎么的，她在历次考试中，从没有越过我，"五座大山"移走后，我们各科分数差距越来越大，竟有三四十分之多，最初影壁喜报上有时还有她的名字，看上去总要小一号，后来慢慢地她的名字淡出了喜报，但她班花的地位不容撼动。因为我擅长书法和画画，初一开始，班里的黑板报就成了我的专属。在亚里士多德弃我而去、毕业班躁动不安的艰难日子里，长发飘飘、兰花香味的班花，像幽冥里星星萤萤，点燃我的暗恋期冀，我每次放学留下来出板报，故意动静很大，又是催稿，又是找粉笔，她心有灵犀留下来帮我。我们很少说话，静的只有粉笔在黑板上"唰唰"声，我站在凳子上写字，回头一个眼神，她就能准确地递给我东西，脸自始至终粉红着，像冬雪里盛开的梅花。

我对班花的暗恋，在学校里始终没有当面说出来，但帅气高大的"抓一把"已经将"我爱你"嚷得满天飞了。他好几次放学拦住骑自行车的班花唱歌，班花只好下车推着，先是唱林志炫忧伤的《单身情歌》，后来模仿张宇沙哑的声音唱《雨一直下》，服装、发型也像极了海报上的张宇，真是形神兼备。班花微笑着一语不发，绕过去绕过去，找到空隙骑上就走了。

这无疑刺激了我的自卑，我回家哭着要增高，我看见县电视台上有增高鞋的广告，在鞋子里装有磁场的模块，只要坚持长时间穿，人能增高10多厘米。母亲就带我去了一趟县城买了一双增高鞋。我美滋滋地天天穿着增高鞋，希望有一天醒来出现奇迹，突然蹿高一大截。我父亲一个堂妹的丈夫，是六马中学生物老师，也算乡村知识分子，有一次在考察完我家的饮食结构后，下结论说增高鞋没有多少科学依据，我的个子矮问题是遗传母亲山里人基因，但大问题出在我们家的食草性饮食习惯，如果多吃高蛋白、高能量的食物，情况可能大有改观，但那时父母亲时时发生抵牾，我们兄妹的饭菜，总是阴晴圆缺，波浪似的起伏不定，哪里还有什么选择饮食结构的权利。

长高肯定是水中月了，奇迹也没有出现，最沮丧的当然是我了，身高、唱歌这两个令人自卑的事情令我郁闷，让我在班花面前无所作为，好在有学习上的荣耀，可以让自卑的痛苦减轻一点。

不久，我参加了全镇奥数竞赛，出人意料地击败了所有选手，排名第一，名字被写在一张阔大的红纸上，张贴在学校光荣榜上。父亲像导游样一拨一拨带人来看喜报，陶醉在喜不自禁的氛围里，因为他听校长说，凡是奥数第一名，上县重点中学十拿九稳。

安峰镇想再接再厉，一举在县里奥数竞赛上拿下好名次，但最后还是事与愿违，我并没有在县奥数竞赛中排进前三名，虽然排名已经史无前例地为安峰镇争了光，这对一个没有受过任何奥数训练的乡村孩子来说，已经是足够好的了。还有一件事情，在中考前，县里来了场模拟考试，成绩却一直不公布，我也从没有将那次模拟考试当回事，但后来的事实证明，其实，我在中考前就已经因为模拟考试成绩，被县里最好的高中内定录取了，中考的成绩反而已经不重要了。

中考成绩公布时，我想去找班花说一句话，但已经在人海里找不到她了，她似乎也在躲我。我的名字照样出现在影壁喜报上，这次是两个人，我的中考成绩里数学最好，差2分就满分了。我的一个同村人，这次也出人意料地被东海高级中学录取了，有意思的是，我们的父母在最近一两年里互相明争暗斗，每每言语上你来我往，夹枪带棒，互争上游，但就似双方政治谈判，并非取决于伶牙俐齿，而是取决于战场上战争实绩，毫无疑问，处于下风的总是他们。我在村上享受荣耀时，班花由于考试发挥失常，只考取镇上的安峰高中，从此以后，我再也没见到她，我们甚至都没有机会说声再见，只有当看到扔在家里某个角落的增高鞋，才会让我产生一丝惆怅。

《天才》是一本书

自从六马中学"五座大山"被搬开后，我拿回家的奖状、证书呈井喷式增长。父亲对于我取得好成绩，从不吝惜奖励。零花钱、零食或者是我自己想要的礼物通通满足。得到物质鼓励后，通常我会在下一次更加努力，于是成绩在这种刺激中越来越好，我像一个宠儿一样，得到的礼物也越来越多，但它们只是满足了我膨胀的虚荣心，丝毫没有触及我的内心需求。一直到了初中毕业，我得到了一份改变我一生的礼物，那是我在电光火石间决定的，这大概包含着我的某种隐秘的自我虚幻期待。

六马中学影壁上的光荣榜张贴很多天了，"全校的希望""全村的光荣""全镇的希望"风声，已经不胫而走。村里都在疯传：全镇第一、名次进入全县前30、考进县重点高中奥赛班的人出在咱村，那所学校是用来培养清华北大学生的黄埔班。好像我一只脚已经踏进名校，前途不可限量。事实是，我不仅考进县里最好的高中，还被遴选进最好的班级，获得了三年学费全免的资格，这对于贫穷家庭来说不啻天大的喜讯，对于贫穷的六马村来说，也是很大的荣耀。那些天，父亲从在学校影壁边转悠，改成在村里转悠，主动接受乡人的祝贺。在父亲眼里，我为他争了光，成了他骄傲的聊资。从成绩公布一直到暑假结束后很长一段时间，父亲都带着兴奋、骄傲的语气和人交谈有关我的成绩，甚至在话题谈农事时还绕引到我身上，他的脸上始终挂着酒后的酡红。

作为全家的"风暴中心"，我也为自己取得的成绩感到兴奋，更因为自己为父母争光感到骄傲，那种虚荣与父亲如出一辙。接下来，奖励自然是值得期待的，尤其这次"全镇第一"，我希望得到一个别出心裁的礼物。

夏天的一个早晨，父亲骑着摩托带着我直奔县城。从家里去县城有 30 多公里，但这一路对我来说是漫长的一次，我不知道即将到来的礼物是什么？我沉浸在遐想中，无比激动，对于物质的渴望局限了我的想象和视野，一路上摩托车的轰鸣声像爆豆一样噼里啪啦，夹杂着夏季聒噪的蝉鸣，我们父子怀着各自喜悦的心情，驰骋在通往县城的路上。

那条通往县城的老公路，今天可能早已不复存在，那辆破旧的摩托车也杳无踪迹，但那天发生的事，那一份父亲赠送的礼物，使我永生难忘，原因是它改变了我一生的轨迹和趣味，打开了我的局限性价值观。而关于那份特殊的礼物的形状，是我在摩托车上神启般点亮的。

一进县城，我就吵闹着要去新华书店，那时的新华书店像是优秀学生们必备的信仰，是好学生身份的证明，任何一个爱学习的孩子，都会把逛新华书店当成首选的目的地，但对我倒是例外，我除了教科书，做油印的各种卷子外，并未阅读过多少课外书，似乎也没有这个渴望。在鸡鸣狗吠包围的六马中学，虚荣心和荣耀感填塞满了我的全部渴望，而这一切需要影壁的光荣榜来不断刺激，现在我要摆脱这种虚荣性带来的格局局限性了，隐隐之中，我觉得。

走进书店后，父亲让我选一本自己喜欢的书，价钱无论多贵都可以。我怀着好奇心在书店里转了好几圈，看遍了教科书上耳熟能详的名人名著，最后鬼使神差地把目光落在了一本名为《天才》的小说上面，封面正中间上面印着"天才"两个大字，上边是英文"The 'Genius'"，下边是作者"（美）西奥多·德莱赛"，正中央是我看不懂的时尚封面图，页脚位置印着"上海人民美术出版社"几个字，这些是我在这本书的封面上，获得的所有信息，除此之外，再无其他。

我不知道作者是谁，不清楚它的内容，更对它是由哪家出版社出版的没有兴趣，让我选择这本书的原因，就是书名《天才》两个字。"天才"两个字击中了我的内心，像击垮了水库的牢固大坝，猛兽般的水倾泻而出，内心有些气流正在呼应、对接，有些朦胧的画面正在快速清晰化，那就是我觉得我就是一个天才，这是一本我需要的书。至于它是一本文学书，还是美术书，都无关紧要。父亲笑眯眯地看看书，看看我，脸颊在那个阳光照耀的上午格外酡红。

在新华书店买了一本《天才》，是父亲郑重其事赠予我的礼物，走出书店我们还逛了商场，买了几件新衣服，最后去了音像店，父亲看也不看价签，就给我买了一部随身听。随身听给我带来的满足感，让我忘记了其他奖品，在那个乡村音乐稀缺的年代，能够随时听歌对我来说，是多么奢侈的一件事，当时，就连新衣服带给我的欢愉，也超过了那本暂时无关紧要的书，因为我还没有打开那本书，那个盒子。

很多年过去了，我才深刻意识到，那个夏天，父亲带我在县城买的所有礼物中，只有那本《天才》，决定了我今后的人生走向，这一点，大大出乎父亲的意料之外。

回家后，我急不可耐阅读了这本书，后来我想，从我翻开这本书扉页的那一刻，那个近百年前的美国老人，一定在高处看着只有十几岁的我，一边含笑点头，一边说道："这个年轻人的新世界大门就要打开了。"而当时的我，对这本书对我有如此效用还一无所知。

小说的主人公叫尤金·威特拉，是一位正直且很有才华的青年画家，出身在小城镇却怀有远大理想，出于对美的直觉和热爱，他走上了追寻艺术的道路。也因为出身贫穷，他要努力摆脱现状，离开小城镇，奔向大城市，先是芝加哥，后是纽约，都是他的向往沉醉之地。这一情节与我非常相似，我同样出身贫穷，同样出身乡村，同样觉得自己是"天选之子"，同样向往奔向远方，我的一生注定不凡。在看书的过程中，我渐渐开始了自己对美学、理想的追求，并且越发感觉到自己就是小说的"天才"主人公尤金，我想要像他一样优秀、勇敢，去大城市闯荡，去大都市纵情。

《天才》这本书带给我的影响，并不单单是读完了一个年轻人的故事，被这个故事震撼了这么简单。这本书开启了我对美学的向往，对文学的向往，对未来世界的无尽追索，正因完整地读完了这本书，完整读完了我人生真正意义上的第一本书，我一生的阅读之旅就此开启了。很多年后，我对文学书籍如痴如狂，从古至今，从中国到外国，我几乎读完了我所能接触到的所有文学类书籍。

时至今日，我已阅读过很多个版本的《天才》，每一次阅读都会产生新的感受，新的力量，但都没有当初的那种炸裂般的感觉。很多年后，我在北大校园内的二手市场淘到了一本完整版的《天才》。书已破旧不堪，像是已经被上百个人翻阅过，每个人又都看了很多遍似的。我如获至宝地买下，我想它肯定也影响过谁，但肯定没有超过我。我总喜欢买新版的《天才》送给朋友，希望朋友们能和我有相同感受，并且因为阅读这本书，获取一些方向和力量，给各自的人生带去一些改变。

第四章

「高光」时刻

夏令营篝火之夜

备战中考期间,当我匆匆赶往学校,利用路上时间默念英语单词时,乡人的喧嚣透过耳机传了进来:村长这次真的被免职了。县里来了调查组,当着乡人的面宣布镇上的决定,开除党籍,接受受贿和渎职司法调查,当场就带走了他。村长这次算是彻底栽了,炮声当天就停了下来,我也算第一批受益人,享受在久违的清静中复习了,并能带着愉悦的心情参加中考。

我被东海高级中学奥数班以全镇第一名录取后,不仅学杂费全免,学校怕我这样的尖子生外流,节外生枝被连云港高中抢走,专门为我们准备了一份意外的惊喜,用"攻心为上"的思路,办了一个为期七天、全县尖子生组成的夏令营,让我们尽早熟悉高中生活,稳定人心,保证全县尖子生尽入彀中。

我已经不记得我是如何前往县城的,但肯定是意气风发、踌躇满志、志得意满,带着"天才尤金"化身前往的。对于一个辗转于村小、村中学习的人来说,东海高级中学绝对是天堂,在看到正规学校之前,我从一个身处鸡鸣狗吠包围的学校走出来,大部分的同学都被我远远甩在身后。现在,我这个"天才",一步跨到了天堂般的学校,它是去年才完工的天堂,殿堂般高大的教室楼宇,氍毹般碧绿的草坪,温柔无语的蜿蜒小溪,连各种假山、树木都是器宇轩昂,傲视群雄,我愈加对自己是"天才"深信不疑。

在离开六马村的一瞬间，我脑际里划过 1889 时期的伊利诺斯州亚历山大镇，我努力想象那个美国中西部的小镇，太小了，只有不到一万人，已经盛不下尤金·威特拉那个 17 岁的男孩了，他向往远方，好高骛远。六马村、安峰镇也是我即将离开的第一步，现在我已经 15 岁了，比尤金还小两岁，他坐上火车前往芝加哥，我呢？天才之门刚刚开启，我前往县城，县城比芝加哥近多了，只有短短的 30 多公里，而且无须坐火车，但毕竟离开了，六马村被远远地甩在了身后。

夏令营活动全部在花园般的校园里进行，自有记忆起，我就没有离开过父母、家乡，广西平乐之行，都在有效记忆之前，对我来说等于没有发生。现在，我的人生、视觉、经历都处在瞠目结舌的湍流里，闻所未闻的事情一桩桩发生，第一次吃到如此好吃的饭菜，第一次看到如此多的书海，第一次接触到如此优秀的人，第一次与漂亮女孩近距离相处，第一次住在高楼宿舍里……

对我来说，比起许多第一次奇观，还有一个天大的意外令我始料未及，它撞击着我年轻的心，让我第一次生出感慨和睥睨混杂的心态，准确地说，当意外突然降临时，我和意外的对象都惊呆在原地。很久前销声匿迹的"五座大山"，现在居然有"三座大山"不期而遇出现在我面前，印象最深刻的是其中之一的董成龙，我们都对视一眼互相报以尴尬一笑。

接下来的七天，与二三十个少男少女朝夕相处，让我的心每天都颤抖一遍。他们大多是县城人，他们是如此优秀，见多识广，他们玩的游戏我一样也参与不了，一副扑克牌，他们可以玩出许许多多花样：二十一点、德州扑克、猜二十四、争上游……他们讲的话好听极了，完全不同于我的难懂的土话，文雅很多。他们知道罗贯中、普希金、钱锺书、希区柯克、茨威格、吴承恩、曹雪芹，去过连云港、南京、苏州、上海、北京、西安，甚至还跟随父母去过东京、伦敦、巴黎、纽约。他们会唱歌，流行歌曲、英文歌曲，张嘴就来。他们张嘴就能朗诵诗歌，普希金、徐志摩、戴望舒、裴多菲、李白、苏轼……

甚至当年转学的邻村学生董成龙都能用铿锵有力的语气朗诵诗歌：

假如生活欺骗了你，

不要悲伤，不要心急！

忧郁的日子里需要镇静：

相信吧，快乐的日子将会来临！

心儿永远向往着未来；

现在却常是忧郁。

一切都是瞬息，一切都将会过去；

而那过去了的，就会成为亲切的怀恋。

——（俄）普希金《假如生活欺骗了你》

一个面容如秋月姣好的女孩，甚至用英语朗诵诗，她叫李晓彤，听别人说她是教育局局长的女儿，但我自始至终没有向她求证真伪，她的博学多艺令我自惭形秽，即使如此，7 天太短了，她天天还在给我意外，这首诗我只听懂了 Bian Zhilin 的发音，觉得应该是个中国人写的诗，其余一句也没有听懂。

Part of Article

By Bian Zhilin

As you are enjoying the scenery on a bridge

Upstairs on a tower people are watching you

The bright moon adorns your window

But you adorn others' dream

你站在桥上看风景，

看风景的人在楼上看你。

明月装饰了你的窗子，

你装饰了别人的梦。

　　　　——卞之琳《断章》

　　还有同学唱帕瓦罗蒂的《Nessun Dorma》（今夜无人入眠），我从头至尾都惊奇地瞪大眼睛看着、听着，完全不知所云，这些都是夏令营篝火晚会上的朗诵节目，大家都使出浑身解数表现才艺，想尽一切办法展示自己的优势，好几个陌生的老师在旁边看着窃窃私语。

换了人间新天地

——

这些五光十色的场面，都是我从来没见过、听过、看过的。我暂时忘记了尤金，我暂时忘记了亚历山大小镇。我在芝加哥，我必须忘掉亚历山大小镇，我是天才，我一再告诉自己，我必须参与其中。但我怎么参与？前空翻、后空翻，还是街舞、掂球，这些把戏都无法融入这个文雅场面，而唱歌早就被亚里士多德判了死刑，想都没往那方面想。此刻，我真是羞愤难抑，这时我想起了尤金，对，尤金·威特拉，他刚到芝加哥时也是这样手足无措的，但他毕竟是天才，很快就适应了，篝火映照的红晕慢慢退却了，内心平静不少。

就在夏令营的 7 天时间里，我看到了人生中最多的书，而它仅仅是学校图书馆的一层而已，它敞开着，随时可以翻阅，不再像六马中学那样铁将军把门绝尘多年。这么多书已经让我震惊不已，想不到更让我震惊的是，李晓彤说这些书她大多都看过了，《红楼梦》《围城》《世说新语》《雷雨》《志摩的诗》《红与黑》《包法利夫人》《普希金诗选》等，她早就看过，她又说出一串外国人名，泰戈尔、托尔斯泰、司汤达、尼采、茨威格、卡夫卡、波德莱尔、兰波……这些人名我牢牢记住了，后来等我入学后，第一件事情就是办图书借阅证，攻克这些人名筑起的无形堡垒。我留意看了，外国文学书柜上没有《天才》，我长吁了一口气，觉得总能有一本很多人不知道的书，像揣着天大的秘

密一样，脸上扬起一丝得意。

在离开夏令营，回到村里的那段时间里，我就开始思念她了，想着她阔大的知识量赢来的成片羡慕目光，莲花吐舌的英语朗诵，我暗下决心，我这个天才也要拥有这些大有来头的知识，但在六马村，乃至安峰镇，到哪里能找到这些大部头？我就盼着开学的那一天。

那个夏天是如此地漫长，度过每一天，简直都是对我生命韧性的挑战、挨到报到的那一天，我绝早就来到东海高级中学，我在排队登记，远远就看到李晓彤走来，她朝我站立的方向粲然一笑，亲切得仿佛昨日才分离。随后我听到分在一个班的消息，更为巧合的是，我们还是同桌，这次轮到我朝她笑了。她也笑得那么灿烂，以后我再没有看到如此天真无邪的恬笑。令人无解的是，董成龙也被分在我们班。

开学后，我就迷恋上李晓彤了，但还是那么"盈盈一水间，脉脉不得语"。她现在是我的同桌，同时也是不曾走出我梦中的夏令营女孩。但现实中，我们都保持着某种矜持，虽然比六马中学时，与班花的静默以待默契很多。班花早已杳如黄鹤，似乎从我脑子里消除了，形象也漫漶不清。李晓彤可不是黑森林女郎，她是芝加哥女郎。有时在宿舍里，夜深人静时，我脑子里会打乱《天才》与现实的界阈，将身边出现的人物与书中的人物互为参照。

高一的闲散时光，我们是如此默契。我想看的书，总是在第二天一早，从她课桌那头推到我这头，源源不断地，比图书馆还丰富，而图书馆的书总是处于被借阅状态，《围城》《边城》《复活》《城堡》《象棋的故事》《雷雨》《尼采哲学》《恶之花》《兰波诗选》……鲁迅、沈从文、曹禺、高尔基、郁达夫、托尔斯泰、尼采、茨威格、波德莱尔等，历史星空里璀璨明星都排队编织进我的梦里。我看着他们的文学遗产，走进了他们的人生河流，想象他们的彷徨、激进、温和、冷眼、热烈……最让我惊异的是沈从文，他14岁浪迹行伍，在湘川黔蛮荒地区流浪，1924年以高小文化进入故都北平，仅凭着一股初习写作的执着、虔诚、热血，文化水平谫陋，却在故都扎下根，受到徐志摩、郁达夫、胡适的赏识，从而开始了长达25年的文学之旅，一路成为大学教授、文学大家，成就了一段前无古人后无来者的传奇。还有毛主席的革命生涯也让我着迷，他从只有28块银元的北大图书管理员干起，到最后成为一国领袖，游学北大，问学胡适，都让我充满向往和钦佩。

小说看得多了，往往耽于幻想，喜欢将小说中的人物脸谱进行排列组合，但大多都找不到感觉，不管是聂赫留朵夫还是方鸿渐，我都找不到共鸣，唯有尤金，这个风马牛不相及的100多年前的小镇青年，是我的血脉兄长，长相上也好像是一张带有东方特征的脸。因此，《天才》在我心目中还是排在第一位，它甚至嵌入我的下意识，一步步成为我的条件反射，举手投足之间，我都在想，尤金会这么做吗？！至于西方哲学书，我则是硬着头皮在看，当我翻看那些厚如城墙砖的大部头时，李晓彤和同学们都会投来艳羡目光，这就是我需要的。我在这目光里，沐浴重温在六马村享有的聚焦荣耀，而对书中所讲理论却不甚了了。尼采的话更是不解其意，但当时看了他一句话："凝视深渊过久，深渊亦回以凝视。"到了十余年后的今天，我还只是弄懂其中一半含义。倒是亚伯拉罕·马斯洛的需求层次理论一目了然，人的需要由生理的需要、安全的需要、归属与爱的需要、尊重的需要、自我实现的需要五个等级构成。看到这里，我知道我和尤金现在都属于第一层级的。

那两个学期对我而言，是打开我心门的一整年，整个世界熙熙攘攘的论说，仿佛都在我面前孔雀开屏，而我自诩自己为"天才"却显得如此闭塞，我内心生出惭怍、自卑，但又转念一想，尤金在16岁时还没走出亚历山大小镇呢！芝加哥近在咫尺，他都无法亲近，我的"天才"心又再次强大起来。

爱是不能忘却的

————

　　我从来没想到这一整年是如此悠长，又是可以如此酷美。我每天盼着清晨到来，我总是第一个到达教室，迎着晨曦射进的光线，满脸笑意地迎接她。她背着光线进来，头上顶着道道金光，阳光如流黄碎锦，金剪刀般裁出一个人像，手指像是透明的，带着无数光芒，少女睿智的脸庞带着蒙娜丽莎微笑飘逸移步。我看着都发呆了，她变魔术似的，从她的书包里，一样样拿出点心、书。书在课桌上平移过来，像一个大陆板块漂移过来一样，点心被包裹得严严实实。她会温柔地小声说："中午拿到宿舍去吃，保温着呢！"而我一次次知道，我从未吃过如此精致的美食。

　　有一次早上，她顶着阳光急匆匆进来，我看见她脸上飞起两朵红晕，她坐下后，没有遮挡的阳光狠狠刺迷我的眼，我忙用手挡住来光，李晓彤已经将书包里的一卷画递给我，我打开定睛一看，就知道这是最近大流行的"把你的名字画成画"游戏，就是以我名字笔画作为线条画成人像，一般要求提供照片，这样才惟妙惟肖。县城路边一夜之间摆出许许多多的画摊，专门给年轻人青鸟殷勤传鱼书，表达无声爱意。收到这幅画，我十分惊讶，脑门像被安峰山炸山轰了一下，这是第一次有女孩含蓄地向我表达爱意，我像尤金第一次收到黑森林女孩安琪拉·白露的回信一样兴奋。再看李晓彤的粉红脸蛋，我低声道："也不太像啊！"只听见她悄悄地说："我看挺像的，我可是拿了照片让画的。"我知道她拿的是那张夏令营的合影，心里涌起一股甜爱滋润着心田，就像尤金第一次到黑森林女孩安琪拉家做客一样激动。

那天晚上，我失眠了，脑海里一直浮上沉下飘着一些断符式的诗句，它像从海的那头飘来，在我的脑海里冲刷，我能听到海的潮汐声，不知是夜里几点了，我翻过身醒来，在床上写下了我的第一首诗《我曾偷偷爱上一个女孩》，写完连台灯和笔都甩在一边，第二天一早，我起床看了两眼，一字未动将它放进书包。

"看看我昨晚写的诗。"我尽量镇定自若地快速递给她，她接过来，摩挲着纸面上的字，满脸羞红，音调暗哑地说："你写的呀？可以给《萌芽》杂志投稿啦！"我不敢肯定，胆怯地说："我写的行吗？杂志能发吗？"李晓彤说："那个杂志正在搞新概念作文大赛，你投过去，说不定就是第二个韩寒呢！"

那时我正热衷于看大部头哲学书，看经典西方文学，听西方经典音乐，饶是听不懂、看不懂，还是拿出一副高人一等的架势，连宿舍里的舍友，看见我放柴可夫斯基、莫扎特音乐就会吐舌头、作鬼脸。李晓彤的话像在我心中投下了一颗石子，泛起了一圈圈涟漪，与我在阅览室看报所得形成了呼应。报上正连篇累牍地争论"学校应当培养全才还是专才"，有的报刊对应试教育是否能融入全球化教育理念提出严重质疑，其中争论的双方都抬出了各自的标杆人物，以佐证应试教育中牺牲专才的案例，"韩寒现象"几乎成为反应试教育的标签，后来又抬出斯皮尔伯格、钱锺书、比尔·盖茨、高尔基，甚至苹果创始人乔布斯、Facebook 创始人扎克伯格，他们是大学辍学或严重偏科的专才，民国时期教授金克木、沈从文、钱穆、吕思勉、梁簌溟等压根儿就没有上过大学，皆持小学、中学学历任教大学，但都是中国响彻云霄的开山文史大家，史学大师陈寅恪游学欧美却无大学文凭，学术上寂寂无名，回国即任清华四大导师之一，时年仅 36 岁就与当时中国最有名望的学者梁启超、王国维、赵元任比肩，可谓不拘一格降人才，在清华有"教授之教授"美誉，

报章大声疾呼："钱学森之问"的拦路虎就是应试教育，挞伐之声不绝于耳。但反对者亦振振有词，素质教育和应试教育都基于平等、均衡原则培养人才。

　　上海的韩寒退学、反叛、反对应试已有经年，但"蝴蝶效应"的叛逆风已经刮向全国，今年最为狂烈，家乡这座小城，节奏总比其他城市慢半拍。他的小说也在同学们中间传阅，我倒没兴趣去读，但我记住了他退学时对答老师的话，老师问："你退学了，如何在社会上生存？"韩寒回答："稿费啊！"这句振聋发聩的话一直盘踞在我脑海里，现在的事实证明，韩寒的书在书店大卖，他确实能靠着稿费生活得很好，据说还是个狂热的赛车手，在赛道上能飙出 200 公里，这个速度对我来说简直是天方夜谭，这个职业、这个速度已经远远超出了我的想象疆域。有时，我真想去发达的上海滩会会他，看看他长什么样。

北大梦破灭

第五章

足球让我仇恨转移

我和尤金一样，传回六马村／亚历山大镇的都是好消息，乡人们都在惯性思维里以我为荣，但其实已经时过境迁了，那是高一时期，我享受着应试红利的最后荣光。随后，我的价值观和世界观开始主宰我的大脑，叛逆和骛远时刻盘踞在我心头，韩寒的那句叛逆金句，掷地有声地时时摔响在我耳际。沈从文衣衫褴褛流浪进入北平，尤金第一次离开亚历山大镇，坐夜火车进入芝加哥时的惊诧，都像慢镜头一样，缓缓在我心坎上一遍又一遍流淌过。我对整天考试的生活已经厌烦透顶，整个应试教育体系都被我视为寇雠。

唯一美妙和依恋的是在高一奥数班时期，我与同桌李晓彤暗生情愫，在微妙、默契的互动中表达着无声爱意，在日日昊阳中凝视彼此，但又仅限于此。我广泛涉猎西方书籍、音乐，将此作为自我虚荣和吸引注意力的一种方式，又将无处排解的剩余精力用在足球上。时时能看到大汗淋漓的我，在绿茵草坪上孤独地跑动，自我运球，身心还在狂风暴雨的叛逆风中挣扎、浮沉。即使如此，整个高一时期，我的各科成绩依然保持着"天才"的水准，排在全年级的前列，同村的另一位同学，虽然努力拼搏，却还是被远远地甩在年级排名末端，传回六马村的消息，使得我们各自家长在村里的地位依然如故，不容撼动，这让我每次回家热衷于迂回曲线，这样能多看见乡人，多得到几句美言，多享受投来的赞许目光。

高二一开始，各方面的狂风暴雨接踵而来，不再有高一和风细雨的学习节奏，更没有流黄碎金的晨曦遐想，有的全是战时动员和无休无止的题海，高二、高三的教科书早已被同学们提前自习完了，只有我沉迷在文哲书里难以自拔，每个人都来去匆匆，脸是那样模糊，全是剪影般存在，连那个在钟何小学、刘圩小学、六马中学，一路追随而来本村同学的脸，在我印象中也是扁平扁平的，我甚至忘记了他的脸型是哪一种，身形也有点飘忽感。

而我，对于这暴风雨却泰然处之，似乎两年后决定个人命运的高考与我无关，我在逃离六马中学应试教育之门后，像打开了闸门，重新认识世界一样，沉湎于文哲书籍中，虽然最初的动机是假借阅读大部头书带来虚荣感，以掩饰自己见识的闭塞，但究其实质还是对知识匮乏的水吸效应。在阅读过程中，慢慢形成了独立的判断，正应了尼采的话："凝视深渊过久，深渊亦回以凝视"，我被先哲们凝视而改变着。当韩寒们裹挟的叛逆狂飙，席卷进家乡县城时，我视之为同路人遥相呼应。

作为暴风雨先声的是文理分班，我被分在理科班三分部，我的同桌李晓彤，却被分在文科班一分部，她曾经跟我说过她小姑在一分部当老师，希望她去上一分部，我们中间隔着一座二分部大楼。说起我坚持到理科班，也是我盲目自信的结果，这是一个悖论式的选择结果，一方面，我进入东海高级中学以来，将绝大多数精力和时间，都花在阅读文史哲大部头书籍上面，物理、化学、数学成绩已经露出下降的端倪；另一方面，我受我父母及世俗影响，还将几十年前的老调子"学好数理化，走遍天下都不怕"奉为圭臬，以不屑的目光看待文科班。文科班女生多，而理科班则男性居多，普遍都是尖子生，虚荣心和自大意识，让我硬着头皮选择了理科班。可笑的是，虚荣心决定论是在我内心一瞬间产生的，起源就是一次刻意上厕所的经历，文科楼一间教室靠近厕所，作为理科生的我心血来潮决定前往，主要原因当然不是上一次厕所，而是心理怀揣着对李晓彤"剪不断理还乱"的挂念，在闪进厕所的那一刻，我仔细观察了文科教室里的状况，偌大的一间教室里，只有区区6名男生，其余三四十位都是艳红柳绿的女生，我羞愧难当地迅速钻进厕所。

后来，政治老师汪老师像占卜师似的，预测我在理科上将无所作为，几次动员我到文科班，但都被我坚定拒绝了，原因就是那次可笑的一瞥。我和李晓彤之间也出现了缝隙，她没有进一步向我表白什么，我也茫然无措，感觉我们之间像横亘着一座大山似的，渐渐音信趋淡。

而我好像变了个人似的，不爱学习，不看教科书，不做试题，不与同学交流，我越来越反感应试教育，觉得天天刷题简直是在浪费生命，我又回到了在刘圩村小学四年级以前的状态，只不过那时是懵懂状态，现在是有意为之。我天天关注报上关于韩寒的消息，出了什么书，到哪里去参加赛车比赛，骂了谁，等等。感觉身处小城像隔绝的世界，有无边的枷锁环环紧扣，大都市就像尤金心中的纽约一样，不可触摸，远在天边。

从此以后，我把爱、欲望、力量、精力都倾注在足球上。我的足球天赋一日日展现出来，足球成了黏在我身上的贴身伴侣，像携带行走的影子，上课、自习都踩着这个风火轮进教室。只要我一出现在食堂，低年级同学敲着瓷盆大声叫好。同学们都习惯了我的放诞，上课时，我总是坐在最后一排，老师绝不叫我回答问题，数理化三科成绩越来越差，我已被一日千里地甩在年级最后位置，这让我更加自暴自弃。教科书上各种知识点，对我来说已非常吃力。但我对转到文科还是绝不松口，这并非是我没有自知自明，而是从那时开始，我已经开始绝缘应试，学习的动力降至最低点，但还没有韩寒退学的勇气。

一场事先张扬的轰动事件

高二一整个学年，对我来说注定是动荡的一年，有两件事情加速了我被文科班争取。一件是我在全县高中的模拟考试中，语文考了很高的分数，作文居然得了满分，语文老师将我写的那首长诗《激活》作为范文，让我在理科班当众朗诵，点评我文笔了得，这又给了我信心短暂回潮；另外一件事，政治老师汪老师先后三次到我们班找我，目的只有一个：转到文科班。汪老师是整个高中时期少数几个欣赏我的人。他夸我思考问题有逻辑、有条理、有见解，我不知道这是不是作为深渊的西方哲学书，凝视我的结果，还是我凝视深渊过久的缘故，总之，我没有答应汪老师。没去文科班是因为我对整个应试高考彻底失望，一直在内心挣扎着要不要退学，所以无所谓去文科还是理科，两者对我而言都已经失去意义。

高三第一个学期开学后，很久没有李晓彤的消息了，我决定干一件大事，以引起她的注意，将她吸引过来，但没想到这件最轰动的事情，差点提前破灭了我的"天才"梦。

一天晚自习后，所有学生涌出教室奔向宿舍，空气里弥漫着疲惫、慵懒气息，突然，有人大喊："好！再来一个后空翻！"但见人群的头顶上，有人似鹞子翻身似的一连弹跳，欢呼声一下子起来了，一扫各自心头的沉闷，气流也为之一振，大家都聚拢过来。没错，这是我在一分部与二分部接壤处空地上表演，聚光灯像舞台灯光一样聚焦，大家一再欢呼，令我表演兴头大增，倒忘了初衷，也没向人群扫看李晓彤，只觉得自己浑身力气，身轻如燕，一翻再翻。直到值班校长急匆匆赶来干预，我才滑进人群像鱼一样溜走了。

但雁过留声，人过留痕，我的名字早就像长了翅膀到处飞扬。第二天一早，我还在被窝里睡觉，就被急促的敲门声惊醒，班主任亲自来通知我，校长大人震怒，让我马上通知家长来校，如有延迟，可能面临开除学籍的严重后果。

就这样，母亲第一次踏进东海高中，专为处理此事而来，这让我感到无比沮丧和羞愧。我至今不知道母亲是怎么应对校方的震怒的，总之，我只写了一份情况说明给班主任，口头保证不再犯错，就被小心轻放了。与校长谈完，已是下午四点多，我送母亲去中巴车站，坐末班车回安峰镇，我们两人一言不发，母亲看见车来了，才说了一句："心里有什么憋闷，周末就回家放松放松吧。"我看着车缓慢地驶远，心头飘过一丝不安。

母亲的县城之行，没有掌握我成绩急遽下降的准确信息，她大概从班主任口中知道我焦躁不安，所以才有了半夜空翻的疯狂举动。我对此不太放心，特地在随后的一个晚上，请同村同学在食堂里吃饭，让他回村时守口如瓶，至于守什么口，我没有说，我想他心知肚明。但不久，村里就有流言蜚语，版本却很多，有游戏说，有早恋说，有不努力说，有鬼迷心窍说，总之，归根结底是为我成绩不好找托词，但有趣的是，乡人没有一个人相信，那些目睹我名字历经几年雄踞光荣榜首位的乡人根本不信，到我父母那儿愤愤不平，诉说有人眼红污蔑我。

自从那次轰动校园的后空翻事件过后两天，李晓彤就在食堂里找到我，我才知道她当时就在观看的人群里，她问我是不是太压抑了，才会如此疯狂，又说谁不压抑呀，不压抑才不正常啊，高考跟我们考生无关，倒是跟家长息息相关，真是怪事。她笑嘻嘻地告诉我她的秘诀，说她解决压抑的办法就是看言情小说，这就叫"庸俗转移"。

我对她一直看着，只有我知道那天的疯狂是因为什么，但经她一说，似乎压抑自然就存在着，不仅我压抑，她也同样压抑和牢骚满腹。我决定将熄灭的灰烬再次点燃，我总觉得她说的言情小说是一个摩斯密码式的暗示。虽然言情小说对我来说是一个新命题，在我的阅读史中，还没有阅读言情小说的记录，但我还是决定找几本来读一读。

当我举着韩国言情小说《菊花香》来到李晓彤面前时，她被这郑重其事的馈赠惊呆了，"你打开闻一闻，油墨自带着100朵菊花香味。"我用目光不断怂恿她，李晓彤翻动书页嗅了嗅，扫了一眼故事简介，吐了一下舌头，做了一个劫后余生式的鬼脸，低语道："这个时候看爱情催泪弹，简直是空难啊！"

很多年后，我一直记得她将看爱情小说比作"空难"，大约是针对高考而言，所以我一直想知道她是否看完整本小说，但这一切都已无从得知，因为这本《菊花香》是我们的绝唱，我后来再没在校园里看到她，再后来，我听说她考上南京大学外语系、去往法国留学、嫁做人妇，消失在茫茫天际。我像站在钟乳石倒挂的山洞中央，一声叹息，有四面八荒传来深深浅浅的回音，但留在我心中的，只有夏令营朗诵诗歌的那个女孩剪影。

第六章

向远方致敬

水往高处流

————

2006 年 6 月，我参加了那年酷热无比中的高考。

高考倒计时三个月时，我突然灵光乍现，认识到"天才"尤金与自己的距离，开始重读教科书和认真复习。高考绝对是一场海洋潮汐冲刷运动，海洋生物被巨浪支配，体重、力量、信念、意志力都是决定是否冲刷到岸滩的指数，留下者继续遨游深海、志得意满，冲上岸者，命运堪忧。我在高考最后一刻，梦中出现了巨浪滔天的海洋冲刷，我连海滩都没去过，但潮汐运动形象的汹涌在我梦里，醒来我有一丝惶恐不安，想到了天才尤金在芝加哥、纽约的搏击命运，也想到了父亲没有考上大学的遗憾，还想到了六马中学那块面对乡人的影壁喜报，字迹苍虬，跃跃欲动，我决定应该给他们一个交代，在潮汐运动中勇敢搏击一番。

有一段时间，李晓彤在我视野里出现又消失了，我日日与足球为伍，在操场上挥洒汗水，不去想她。一个马上要参加潮汐运动的学姐天天来操场找我，说她也是那晚后翻空事件的观看者，早就想过来表白心中的钦佩之意。她长得早熟而丰满秀丽，我们就这样交往起来。有一天，我们去往食堂的路上，她突然认真地说要认我做弟弟，我一下子想到了安琪拉·白露，她也比尤金足足大 5 岁。但我们的友谊只是保持到临考前一个月，她送我一本《哈佛女孩刘亦婷》为止，我看着这本书的封面，倒觉得封面女孩跟她长得有几分相似。再后来，我也不知道这个学姐考到哪里去了，总之，她也没了消息。

高考时间如钟表上的针锥，转动一次就扎我一下。我决定拿出在六马中学学习时的认真、刻苦，并为自己的决心举办了一个一个人的仪式，将我的高考心愿写在一张白纸上，纸上只有一行字：北京大学。然后装进一个玻璃瓶里密封，天黑了埋在学校广场的旗杆旁。很多年后，等我挖开那个小坑，想找到那个心愿瓶，却发现小坑里一无所有，仿佛我从来就没有埋下过什么心愿瓶。

高考结束了，我陷入了巨大的虚无中，回到了六马村，什么人也不想见。其间毕业典礼、拍毕业照等，我一概都没到场。踢足球成了最好的宣泄，我跟一些完全不认识的少年，在六马中学操场上奔跑，如入无人之境，完全没有在技术和速度上跟我匹配的对手，我所在的蓝队都是我在进球，红队全队都在对我进行围堵，依然难挡我运球、进球，直到我浑身湿透无力奔跑，四仰八叉地躺在草坪上，我用双手枕着头，神情木讷地看着蓝天上快速飘移的云翳。我有一种预感，这是我在家乡的最后一个暑假，年少时的骛远冲动、向往远方正在一点点变成现实，是到了追风筝追过山头的年龄了。风筝一路向北，越过无数冈峦、河川、平原，我也要学古人仗剑远游，抑或是离开家乡上大学，抑或是远走高飞，年少时的梦正在越来越清晰。

是该登上开往芝加哥的夜火车了！我想尤金。

高考分数出来了，语文考了 128 分，英语考了 136 分，但数、理、化就逊色很多，总分 550 多分，我"咯噔"一下，既出乎意料，又在意料之中。毫无疑问这个分数，离我心中的考上北大极其遥远。父母亲已经好几次催我填报志愿，但我还是决定放弃了。他们依然喋喋不休地问哪家大学录取了我，甚至问投递员有没有快递。我告诉他们通知书将寄到学校，父母就催我上县城去取。那段时间里，我都想为了父母的大学梦退步妥协了，因为我知道这个分数已超过公布的一本录取线，上个一本大学应该没有问题，或者退一步再复读一年，不达目标誓不罢休，这些犹疑不定弄得我心烦意乱。但尤金没有这样的经历，我无章可循，尤金是一个美术天才，而我现在是足球天才。身高也不成问题，足球教学片上马拉多纳、梅西身高都只有 165 厘米，这一点给我带来许多充满遐想的自信，点燃我心中的希望之火。

"天才"戏谑

眼看着村里同学收到了录取通知书，正在家门口放鞭炮庆祝，我不得不采取行动，一个戏谑游戏，在我脑海里产生了，在产生那一刻，我随即有一丝内疚，我永远不能实现父亲的大学梦了，但随即遭到内心另一种声音反驳，上大学不过是沿着应试教育的路再多走一段，最终还是要回到工作、事业上来，况且现在能上的大学，只是一个离心愿目标遥远的大学，与其在应试教育上越滑越远，浪费时间，不如早早实现天才梦。主意已定，我就马上行动，找到一个考分与我大致相同的同学，他已收到山东一所一本大学录取通知书，我借了过来，到文印店扫描了一份。

当我将这份录取通知书递给父母时，他们脸上显出兴奋异常，父亲当即让母亲去村头小卖部买鞭炮。母亲走后，我一五一十将心中的想法和盘托出，最后告诉父亲，我已被北京国安足球俱乐部录取，将前往北京试训半年。他凑近一看，发现通知书上没有公章，父亲若有所思地点燃一支烟，耐心地听我述说我的足球天才梦。讲到最后，母亲回来了，也在边上听我描述天才梦，脸上落寞了许多，父亲看着屋外，沉吟片刻，吐了一圈烟雾，无奈地说："不管怎么说，你是刘家第一个考上大学的，只是你变怪了，考上了不想上，想踢球，我心里纵有一百个不乐意，但做父母的还是支持你！放！"他吐出最后一个字，拿起鞭炮走出屋子，村里第二次响起震耳欲聋的鞭炮声，乡人们就知道我家放的是什么鞭炮，纷纷来道喜。

那年暑假的末尾，溽热还未散去，大学快开学前几天，我人生自有记忆起，第一次站在了东海火车站候车室里，此时，我想起了尤金·威特拉，那个 17 岁离开家乡的美术天才。现在，我们是同龄人了，我今年 19 岁了，他在美国中西部伊利诺斯州亚历山大镇火车站启程，我在东方中国的东海火车站出发，我们两个跨越了 100 余年，但都是第一次出门闯世界。他坐上 20 世纪初叶的慢火车，穿越一夜一百英里的暗嶂，去往芝加哥，我在百余年后的一个早晨，前往高出他一倍距离的城市，我的目的地是虎踞龙盘的南京，我与尤金一样，都是去远方领略大都市的意义。

此刻，我站在这个建于 1925 年的老式火车站里，从内里看，完全看不出它有 81 年历史，我在县城牛山镇学习 3 年，居然不知道县城有如此年代久远的建筑，远处牛山在水晶玻璃幕墙里若隐若现，我有一丝游离感，想着尤金也要赶火车前往芝加哥，他的夜火车更迷人，我依然觉得我是同他一样的"天才"，他有他爸爸和姐姐到火车站相送，而我没有，只是孤零零的一个人。

在那次鞭炮声响过，乡人们理解了我们家发出不言而喻的信息后，我父亲就被很多乡人催着办宴席请客，父亲一拖再拖，终于在一周前，在家里办了流水席，他哽咽着对我说："我和你妈妈都支持你去实现足球梦，这场宴席就当是离别宴。"在我家乡，出远门都要请乡人们吃个饭，图个吉利。我从眼神里知道父亲有许多不甘，但他都咽了回去，我安慰他道："踢足球要趁年轻，年龄大了就要退役，等 4 年过去，我肯定实现不了这个梦。"父亲说："这个我懂。"

那天晚上，乡人们走散后，母亲将一个厚厚的信封交给我，什么话都没说就转身走了，父亲已经醉意朦胧，从口袋里捏出一张纸条，郑重其事地塞给我，语无伦次起来："8000 元，是你妈给你攒的大学学费。纸条上两个电话号码，一个西安大舅爷的，一个连云港公安局王叔叔的，你都收好，以后遇到难办的事，就打电话给他们！"

第七章

叩问金陵

再见，东海

火车是在黄昏时分缓缓进入南京站的，我在这条蜿蜒的游龙上，第一次度过了整整一个白天，火车在铁轨上奏响的咔嗒咔嗒声，对我来说，胜过听过的任何一首高雅音乐，咔嗒咔嗒声是致远方的美妙狂想曲，高雅音乐里的赋格是我永远不能走进的，我如此抒想，18 岁的尤金也是如此，这是我真正意义上的第一次离开东海，我感觉这是尤金去了芝加哥，我们之间的区别，就是我没有坐夜火车。金陵这个名字太好听了，但总觉得它将不是我的终点，我的终点是无限梦想，无限可能的远方，而南京，高中历史书上总描述它虎踞龙盘，王气外泄，王朝短命，偏安难久。

南京对我来说完全是陌生的城市，这是我离开东海到达的第一个大城市，从随着人流裹挟出站，我就感到空气、语音、街道、建筑样式，都与东海县城有着很大区别，就像尤金来到 100 英里外的芝加哥一样，在我心中，我还停留在乡镇记忆的阶段，完全没有城市的概念，城市有多大，边际在哪里，人们怎么生活，都一无所知。看着熙熙攘攘的人流在霓虹灯里快速流动，我茫然无措地不知往哪里去。我突然失忆似的怔在出站口，不知来南京干什么？呆怔了片刻，我脑海地表浮出足球，就马上想到舜天足球俱乐部，脑子像添加了润滑油似的快速转动起来，精神随之亢奋起来，关节肢体也热络起来，跳上一辆出租车就走了。

那天晚上，我被出租车带着一通乱转，最后停在一家快捷酒店门口，结账时，我才看到电子计价器已跳到百位数，付完钱有点心疼，但一想第一次来就看了金陵夜景，也就释然了。

人的一生中要发生许多第一次，每次我都会莫名其妙地焦躁不安，毛孔一张一翕的像溺水样，在水中挣扎，比如考试，三年级以前，我不知学习、考试为何物，四年级那次抄卷子后，人格尊重、物质虚荣让我喜欢上了考试，开始了真正意义上的第一次考试，但浑身紧张，字写得抖动倾斜，过了一两年才修正过来，到六年级时，考试对我而言，已是家常便饭式的轻松。

现在，第一次离开家乡仗剑远游，一开始，我跟着预设的想象路线走：先去实现足球梦，再去实现文学梦，因为我觉得我就是天才，尤金式的天才，我感觉我的精神世界，从我得到《天才》那天起就大变样了，狂想像永动机样无休止转动，永不停歇，大脑处于高热度旋转。虽然，看过的这么多书里都有这样的场景描述，沈从文、高尔基，都是以闯荡开启他们理想之路的。但从南京站走出来，我稍稍有点降温清醒了，现实步步惊心地就摆在眼前，去哪里？怎么去？干什么？为什么？

舜天俱乐部

当天晚上我在快捷酒店入住后，自动弹簧门先是"咿呀"，后是"哐当"一声，优雅地滑嵌上，像沼泽黑幽灵般无声吞没生命那样轻悄。我扔下行李，陷入了前所未有的疏空中，全世界现在没有一个人注视我，管理我，看护我，告发我，教导我，我也消失在六马村家里、东海高中教室里、绿茵场上、乡人们的谈资里。我在哪里？我在短暂的黑垩里，虚空地问自己，很快就感觉到整个身体像在燃烧，血火高焰，一点点延展，夜晚才刚刚开始，窗外是黑金般诱惑，外面走廊里脚步声穿梭不停，满世界都是急迫的回响，我脑袋"嗡嗡"作响，受到一个白天的火车嘈杂浸染，让我无比疲惫，各种困惫因子啮咬着我，使我昏昏沉沉。黑金夜色里，霓虹灯波浮现出谜一样的灯红酒绿，向我射来柔情一击，让我亢奋不已。

第二天醒来，已是艳阳高照，我发现昨晚窗帘没拉严实，刺眼的光线直逼我的眼睑。我一跃而起，脑子快速运转，马上就清楚地认识到身在异乡，毫不犹豫地洗漱完毕拉着拉杆箱出门，出门前，我特意穿上了一身球衣、球鞋，在前台退房时顺便叫了个出租车，我刚到门口，出租车就准时停在我面前，我对我的效率很满意，跳上车说："五台山体育馆"，在暑假里早就查阅了舜天俱乐部的办公地址，还打了个电话给北京国安俱乐部，但两个电话都无人接听。等到了体育馆后才发现不对，栅栏上张贴着通告，凑近一看，写着足球俱乐部临时迁移至山区训练基地，还附有一张路线图，扭头一看出租车正在掉头，赶忙招手喊停。

那是一片遍地都是温泉疗养的山区，到处水雾氤氲缭绕，出租车穿行在雾霭云黛中，亭台楼阁隐浮绰约，有九霄仙境之感，沉闷的司机突然甩出一句黑色幽默的话："舜天在这里踢球，怎么能有个好呢？老话说，温柔乡里只出软骨头。"我听着他的自说自话，觉得挺有几分道理。

最终，我连训练基地第一道防线都没有突破，门卫以没有预约而拒之门外，在我的预想中，并未将南京作为我的最终目的地，所以也没有再据理力争，只能将目光远远地投向绿茵场上，看到几个像我一样年轻的球员在奔跑训练，无精打采的样子，觉得这不是我要找的队伍。

很多年后，我已经回忆不起当时的心情，只是清楚地记着，我兜里有一张子夜时分发车的火车票，这是我预先购买好的火车票，目的地是北京，那个遥远的地方。那个沈从文开始的地方，那个眷顾"天才"的地方，那个尤金的天堂纽约，那个能让我领略大都市意义的地方。

第八章

北京 北京

远方之远

————

　　太阳还高悬在天上，我拉着拉杆箱直奔火车站去了，没有停下脚步看一看南京的名胜古迹，哪怕是一处景点。虽然，我从历史书上知道南京古称金陵，虎踞龙盘，六朝古都，帝王都会，历史上壮丽繁华，不乏可观可游之处，对于金陵，我记忆最深的是杜牧的诗《泊秦淮》，"烟笼寒水月笼沙，夜泊秦淮近酒家。商女不知亡国恨，隔江犹唱后庭花。"每次背到此处，总想着以后去看看秦淮河怎样柔乡、秀美，听听后庭花如何妩媚，现在到了南京，却有一股情怯之感。搜罗了一下脑海里为应试准备的古诗词，觉得吟咏金陵的诗大多与国亡、家灭或者遗迹凭吊有关，总感觉有一丝怜惜、痛在心头。

　　在南京火车站候车室，我开始漫长的等待，有一丝前途未卜的忧虑在心翳间忽隐忽现，但"天才"的自信又像氍毹样掩过来，南京汤山训练场的碰壁，让我有一点点警惕，北京国安俱乐部会不会录用我？足球梦能不能实现？又想到梅西追求足球梦路上，也是坎坷、波折，尤金的"天才"梦更是一波三折，还去山区砍伐木材，经受沉重的体力劳动考验。孟子说："舜发于畎亩之中，傅说举于版筑之中，胶鬲举于鱼盐之中，管夷吾举于士，孙叔敖举于海，百里奚举于市。故天将降大任于是人也，必先苦其心志，劳其筋骨，饿其体肤，空乏其身，行拂乱其所为，所以动心忍性，曾益其所不能。人恒过，然后能改；困于心，衡于虑，而后作；征于色，发于声，而后喻。入则无法家拂士，出则无敌国外患者，国恒亡，然后知生于忧患，而死于安乐也。"我心里默念起来，我稍稍为我的"天才"背诵能力得意。这些为准备高考而背诵的名言警句，这时成了我打发时间的精神武器。

看着一群又一群同我年龄相仿的学生，在候车室上演欢笑离别戏剧，而我茕茕孑立一个人，没有帷幕隔开彼此，看着这阕敞开大戏，再强大的内心也会心生伤楚，但影像的指针只要拨到那个"天才"少年尤金，我就释然了。忽然，我想起了什么，从拉杆箱边侧里摸出了一张父亲给我的纸条，看着上面写的两个电话号码，默然摇头，塞了回去。

上车时已是午夜时分，同学们依旧缠绵难分，情绪高涨，最后，当喇叭里传来检票声音时，才相拥着走向检票口，男女各自劳燕分飞。他们热烈相拥时，自然不会发现身后有一个心事重重的瘦弱青年。

车过长江时，已过子夜，但车厢里引起一阵小小的骚动，没有出过远门的学子们，都纷纷探头来看，铁路桥外灯火通明，映照着桥下浑浊的江水流逝，我心事重重地坐着没动，我也特别想看看滚滚长江，但我抑制住了哄闹凑趣，我知道车过长江就是北方，就是告别家乡，离家乡越来越远，来到了真正的北方中原大地，我调整一下方位，朝着南方心里默默道："挥一挥衣袖，不带走一片云彩。"

明末隐士张岱说夜航船最难打发时间，其实，要我说，夜火车才是真正的难挨，尤其以坐硬座为难挨之最。我乘坐的这趟夜火车，虽已装有空调系统，在燠热难耐的夏季算是舒适的了，但还是难抵夜行嘈杂带来的疲惫感，一夜行旅后，到早上才冲破夜的迷障，进入眼帘的，是我从未见过的北方大地，苍茫、荒芜、广袤，我站在两节车厢连接处，看倏忽一瞬飘过的苍茫大地，心里想着沈从文也是怀着如此心情进京的，只不过他与我走的线路不同，他走出苍莽武陵源，奔入荆楚河川，穿过中原河洛、燕赵大地，最后到达北京。

我们走的路线有很大不同，他在 1923 年夏天，从西南大山深处出发，跋涉几日才能到达北京，而我在 2006 年夏天，从沈从文的反方向向北京进发，一夜即可抵达北京，其间已时隔 84 年之久。火车已过丰台，北京就在正前方，我想起了 1923 年 8 月下旬的一天，沈从文带着一卷简单的行李和七元六角钱来到北京。走出正阳门火车站之后，一位车夫把他拉到西河沿街的一家小旅馆。三天后，他搬到"位于前门附近不远外杨梅竹斜街酉西会馆一个窄小房间里"。这个京都怪客是带着七元六角来的，还有他想当作家的理想，仅此而已。

当起了服务员

清晨，晨曦刚刚拉来帷幕，火车已经在昏昏沉沉中稳稳地停在站台上，喇叭里反复播放着出站信息，我被这股猛然形成的人流裹挟着往一切出口挤。

巍峨高耸的北京西站，是如此的气吞山河，气派十足，东海和南京火车站与之相比，都不可同日而语，这是我出站后回眸的直观感觉，比起在南京的心情，我的茫然感愈加强烈，与人潮汹涌成正比，我从未见过如此滚滚人流麇集涌往出站口，摩肩接踵下，我的脚步是被后人断了下脚的地方，而不由自主快速惯性向前抢步，仿佛是闸门打开洪水倾泻而出，出站口就是洪水末端，前面只见黑压压全是背影，出了闸口人流又迅速在偌大广场疾速散去，留下的一点点虚空让我生出巨大的茫然。我无意识地驻足在广场上，就有个捡瓶子的老太太过来，在喧嚣的声浪里问我要手中的瓶子。我仰头咕嘟咕嘟一口气喝下瓶子里最后剩下的水，把空瓶子递给了老太太。

老太太笑着温和地问我："小伙子，你是来北京旅游还是找工作？说出来，我给你出出主意，兴许就帮了你。"我不假思索地脱口而出："找工作。"我觉得安置下来体验一下工作乐趣也不错，先住下，再去找国安俱乐部。想起南京之行的瞬间失望，我对到国安俱乐部当一个足球运动员还是充满着希望。

老太太一惊一乍地说："嗨，你早说呀，我领你去见个人，让她给你介绍一个不要住宿费，包吃包住，还月月有开支的好差事！"

穿过川流不息的人流，拐进胡同来到了一个职业介绍所，见到的却是一个瘸腿中年女人，精悍而矮小，头发梳得一丝不苟。在屋里一角，她坐在办公椅上，灯的黄色光晕淡淡投射到她头发上，生出一种奇妙的金黄色，她绕着我走了一圈，腿脚不利索显而易见，但看我的眼神却是凶的。她上下打量我，顿了一下道："你是想当保安呐，还是想当饭店服务员，总之都得交介绍费500块。"我对此毫无经验，但听到要交钱，本能地想离开这里，说了一句："这么多？"感觉捡瓶子的老太太拽了我的衣服下摆，加快语速对我说："嗨，这点小钱，也就工作小半拉月就回来了。"这句话影响了我的脚步加速，我心动了，想着体验一下，也未尝不可。

我停下脚步思忖了一下，满是疲惫地说："服务员！""得嘞！我立马就带你去。"瘸腿女人边说边伸手要钱，我只得心疼地从信封里抽出五张百元大钞给她，她拿到钱后快步拽着捡瓶子老太太到一边，我见她塞给老太太一张纸币。回转就兴奋起来，喋喋不休介绍起将要去的酒楼："那是西站附近最大的酒楼，歇脚的、等车的、转车的、找事的、旅游的，南来北往都去那里吃饭住宿，口味也是南北皆宜，老少通吃。"我不知道她是哪里人，但听口音觉得是北方话，我也能听懂她的话，因为我从未接触东海以外的人，母亲是唯一的"外来口音"，记忆中她的口音与乡人们格格不入，听乡人们说，母亲说的话是南蛮子话，但等我长大，她说的东海话比乡人们还地道。

我们穿过地下通道，又跨过一个过街桥，走到桥底，她停下脚步不走了，举起电话对着那头说："人到了。给你带到桥根前儿了！"不一会儿，就出现一个年轻人耸着双肩一颠一颠来接了。见了年轻人，老太太一下子抬高嗓门吆喝道："回去给老板娘带个话，我可带来个精壮小伙子，你瞧这一把子肌肉，全是力气，就擎等着酒楼兴旺发达吧！"小伙子笑笑就将我领走了。

我被带着拐进一个胡同，在尽头处一座十分气派的酒楼前，停下脚步，路上走着走着我有点发怵，疲惫感一阵阵袭来，迎面而来的人拖着行李箱行色匆匆，一看都是赶火车或下车后被人引来吃饭歇脚的。

进了酒楼大厅，一个职业黑色裙装打扮的精干女人迎过来，头发油光锃亮，气质超群，气势压场，我感觉接我的小伙子一下子蔫儿了，低头走开了。我就知道这就是瘸腿老太太嘴里的老板娘主管，主管让我坐在大厅一角餐桌旁，倒豆子一样问我："你是哪里人？多大岁数？什么文化程度？来北京干嘛？"

我没有对谈过如此咄咄逼人的女性问话，但也不怯场，就说了来北京踢球的缘由，女人脸色缓和下来，露出惊讶的表情道："你个子那么矮，能踢好吗？"我一下子条件反射地激灵起来，瓮声瓮气地说："我比马拉多纳、梅西还高一点呢！"主管就退去惊讶神色什么也不说了。

我的拉杆箱被命令放到一个储物间里，门立即锁上了。立马换了服务员服装，被指使去端盘子，这时快临近中午了，客人陆陆续续进店吃饭，我坐了一夜硬座生出的疲惫不断袭击我，开始昏头昏脑，走路趔趔趄趄，第一次做服务员，盘子也端不稳，摔了两个油腻空盘和一个汤匙，被主管在厨房里好一顿数落。等到下午二三点钟，客人渐渐稀少了，我们才上桌吃午饭，桌上就两个菜，一个豆芽炒海椒，一个白菜炒土豆，两个菜里面还羼入莫辨种类的神秘肉类，简直像泔水池里捞出来的，我怀疑就是将客人吃剩下的食物烩了一下，我还从未吃过如此糟糕的食物，吓得我只敢吃米饭，但米饭里又有白白黄黄的米虫。主管一直站在身后，主要是盯着我，嫌我吃得慢了呀，如果不动筷子，就说不吃到后厨打下手去，语气刻薄。我闻所未闻，恶心得快吐出饭来。干呕噎回去后，浑身乏力地离座走开，我感觉得到她朝空气踢了一脚。19岁的我，长得精瘦精瘦，十几个小时的硬座时间，将我折磨的全没有一个足球健将该有的英武了。

这一天下来，我的自尊和心力都两相交瘁，我第一次尝受到如此严酷的劳动和尊严挑战，虽然今天看来也不过如此，但当时第一次跨出家乡，从六马中学、东海高中的学习"天才"，追逐足球成功梦路上的"天才"，走出第一步就被他们肆意羞辱，却是我万万没想到的，在举目无亲的异乡，我现在唯一的想法，就是想美美地睡一觉，再去寻找美丽新世界。

　　酒楼的特殊地理位置，使得客流与火车到站潮汐同时涨落，营业时间一再延长，我们也像陀螺一样，不停旋转，下班时间一拖再拖，直至晚上10点，我才被女主管吆喝着去休息。记忆中，我母亲驱赶牲口也没有如此恶意。我领了拉杆箱，跟着一个老员工拾级而上，去往酒楼员工宿舍，它位于顶楼整整一层，随着大门打开，一个黑黢黢的房间祖露在我的视野里，这个房间之阔大，大大超出我的想象，令我咋舌，感觉是写字楼的敞开办公区，在无数盏油腻腻的灯盏下，是黑压压连营式的上下铺，有二三十张之多，密密麻麻一眼望不到边，只见幽幽的灯盏在摇曳，我被安排在上铺，我想着爬上去就能忘记一切，蒙头大睡一场。但事与愿违，房间里嘈杂声浪一浪超过一浪，已经快午夜时分，但五湖四海各种方言却从无数个方向交汇到我耳际，我第一次听到发音如此古怪的方言，它们像点燃的烟火，"噼里啪啦"在脑海里炸裂，此起彼伏的声音让我根本无法入眠，我痛苦地在上铺辗转翻滚，有一次已经半个身子滚出铺面，足球运动员的敏捷让我下意识牢牢抓住床头的钢管，这时我发现居然都没有护栏，这个让我恐惧不已的发现，一下子扫除了疲惫昏沉意识，我躺在床铺中间，在晦暗里睁大眼睛，对自己发出一连串问话：你是谁？你在哪里？要走向哪里？何以出走？目的是什么？

清、北之间的蓝院

　　第二天一早，我已精神焕发地在车上遐想翩翩，我已想不起午夜对自己的一连串灵魂拷问，出租车驰骋在北京的三环上，街景高楼一点点像快马奔来又逝去，我想到《围城》里的一句话："他想这一晚的睡好甜，充实得梦都没做，无怪睡叫'黑甜乡'。"方鸿渐所谓的黑甜乡，我一直领略不到其中的妙处，但现在，我彻底领会了其精髓所在。

　　从下火车出站以来，我始终眩晕着，北京那种无限的大，远远超出我的想象，并加剧了眩晕和无所适从感。以至于鬼使神差地去了酒楼，还被骗了500元钱，都分辨不出是车站中介骗了我，还是酒楼精干主管女人骗了我，抑或两人联起手来骗了我。总之，天亮时分，有人来推我，睁眼看到屋顶的一刹那，我就知道这不是我待的地方，我被骗了，我得离开。一个鱼跃起身，拉着拉杠箱下楼，向酒楼反方向疾步快走。

　　离开酒店，街面随之豁然开朗，在宽阔的马路上疾走了几百米，一拐弯，长安街的宽广就震慑了我，从小在六马村长大的我，从未见过如此宽阔的马路，阳光正一点点从一排排高楼后面俯射下来，这时我才感觉到身上开始灼热起来，夏天的感觉一点点恢复到我身上，我上了一辆出租车。

　　出租车的目的地是北大清华之间，这是这位不善言辞的出租车司机帮我总结的，北京的司机察言观色绝对是一把好手，我只开口说了一句："去北大……清华……"司机就一脚油门，呼啸北去。第一感永远比深思熟虑回报得快，尤金也是被时势和机遇推动着走的，在做家具厂收账员时，发现美术学院招生，这有助于自己实现美术家梦，尤金的第一感来自居安思危，他认为天才是创造出来的，绝对不是等不来，我深有同感。

出租车稳稳地停在清华西门，我打开车门一抬头就看到了那个鼎鼎有名的清华牌楼，心情一时激动，立在原地正犹豫间，就有一个中年胖男人上来搭讪，"这位同学，上蓝院看看，床位便宜，北大清华都在百米之内，两个名校一肩挑，考研读书两相宜，两边亲戚都照顾得到。"最后这句话把我阴翳的心情给我逗乐了，就跟着他亦步亦趋走到一排公寓门口，我抬头看到"蓝院学生公寓"几个蓝色大字熠熠生光。

第九章

英雄是等不来的

英雄逆生长

我又找回了住集体宿舍的感觉，在蓝院，我被管理员安置在一个靠窗的下铺，但这个靠窗毫无实际意义，因为房子在背阳的走廊一侧。我很奇怪，这张最好的床位无人问津，静静地虚位以待它的主人。后来明白了，这一屋子6个人，都是奇怪、放诞和谜团的集合体，是我此前连想象都难以企及的人。

我的上铺是姜彦，是从北京一所大学退学出来的，据他说，他前后参加高考三次，最后一次曙光乍现，被北京这所大学录取，其中酸甜甘苦馨竹难书。他说之所以屡考不中，是因为他的家乡风水所致，他的家乡是屈原投江处，从此千余年，怨忿流布人间，人人都苦瓜脸，过去状元、探花、榜眼都与之无关，现代高考也普遍录取率低。我听了对他的逻辑深感怀疑，但又感觉其中有黑色幽默、戏谑、调侃成分。

他如此艰难地考上大学，自己并不珍惜，仅仅上了一个学期，旋即退学，住进了这个无人监督他的宿舍，他解释退学理由时振振有词："我考大学是为父母而考，非为自己兴趣、理想而考，考上即交易结束，我有权终止为交易而设的合同。"我听后为之震惊，一直以来，尤其是离开家乡北上寻梦，我有时也对自己的叛逆产生歉疚感，考上大学而不上，空想北上追逐足球梦，离父母的殷殷期望越来越远。但没想到，姜彦更极端地将之喻为交易，是与父

母契订的合约，履行完毕即告终止，这种逻辑比我走得更远，其思维令人瞠目结舌。

在一天之内，我就领教了姜彦的放诞，在蓝院空前的受尊敬程度，他的住宿费是长期免费的，在小食堂就餐也同样如此，如果他排队买饭在队伍尾部，大师傅会特意谦虚地伸出头呼喊他，给予最优先打饭待遇，且是免费的，这是礼遇，蓝院老板认为他的放诞是天才之举，我对此百思不得其解。

不出两天，他俘获老板的秘密武器就传入我耳朵，这是一本书，名曰：《李敖全传》。就是这本书，不仅让他在蓝院名声大噪，收获了五万元稿酬，更给他放诞的权利，由此，他成了嵇康第二，唯一的区别就是不嗜酒。这个信息像电光火石般刺激了我，五万元稿酬一下子蹿燃了埋藏在我心中的岩矿，写书可以赚如此多的钱？这个数字对我而言，简直不啻天文数字。

第二天，我就与他像老友般熟稔，聊起各自经历，却无意识地流露出天才尤金的芝加哥、纽约闯荡经历，从此我就视我为中国尤金。他在"秘密武器"的扉页上郑重写上"小天才刘汉雅正"，我第一次作为受赠主人，享受作者的亲笔签名，内心激动而羡慕，脸上挂上了醉后的酡颜。那本秘密武器给了他更多放荡不羁的理由，找他的人更多，但一般他都不屑一顾，走路也拉风式的扫荡摇摆，傲视一切生灵。我因为一穷二白，白纸一张，不知前因后果，懵懵懂懂，年龄最小，他也就本色相待。但我也慢慢看出来，视他为无物，人后蔑视他的，也大有人在。

对于我而言，蓝院是一个万花筒的存在，对于我这个刚刚迈出小镇思维的人来说，是一个超级世界多棱镜，各种奇特的人和奇异的事每天都在蓝院上演，我的视界是被蓝院强行打开的。我们这里简直是中国大融合，东西南北的怪人、异人都在这里聚合，隔壁宿舍住着一位赫赫有名、后来被称为"非洲表哥"的人。他的前传就是在蓝院发生的，他的刀削脸让人过目难忘，他的身份也是一个谜，他自己说是来自台湾，祖籍河南，现在在北大访学，但却有中国大陆的身份证，他的许多行为和谜直到离开蓝院都没人解开，但他经常性地串门聊天，却让我感知了他广阔视野的博学，尤其是中国史学方向，为我打开了思考世界和现实的另一个路径。后来，他以"非洲表哥"网名行世，走遍非洲，一时名声大噪，追捧粉丝达百万之众。

有一段时间，一个叫"孔乙己"的年轻老男人经常出现在我们宿舍。他不苟言笑，脸讪讪着，没有人跟他说话、打招呼，连一向大大咧咧的姜彦也不搭理他，但他却并不觉得尴尬，他来只为跟我这个年轻的小镇青年说一句浙江口音浓重的："你好！"说完转身就走，不等我接话。他在蓝院行为怪异、服装老旧，锅底眼镜一圈圈不知所限，绝少与人接话。据说是在上成人大学的课，浙江绍兴人，鲁迅故家，由是，"孔乙己"之名得以流传，后来不知所踪。

真心话大冒险

第二个怪诞之人，是铺位紧挨门口的潘虎，他住在下铺，离门口只一步之遥，下床抬脚就是门外，因此在宿舍里可以做到来去悄无声息，不像姜彦下个床跟地震似的，床摇地动。我总也感觉他随时随地会遁迹无形，经常不经意间抬头，就已不见了，不知他何时消失，也不知他何时回来。同他的来无踪去无影一样，他的经历也充满谜样谍影。我从他的只言片语和外围了解，他的故事大致是这样，吉林大学法学院毕业，说起吉林大学，我突然就想起了初中时"五座大山"之一的董成龙，他后来从东海高级中学文科班考入吉林大学法学院，应该是潘虎的学弟，想到这些，我心里生出一丝惆怅。

潘虎当年被分配至江苏苏北一个县城当公务员，但什么城市，什么局，他却一直讳莫如深。在机关里，局长拿他当智力长工使唤，无论上班还是休息时间，一个电话，就要给局长愚不可及的儿子当家教，备战高考，要随叫随到，最不能容忍的是局长父子俩根本没将他视为教师，给予应有的尊重，时不时流露出呵斥属下的嘴脸，最后他终于冲天一怒，但非为美人，只是想自由自在地活着，即使壮士断臂辞职，他也不愿过这种屈辱的生活。

据潘虎说，越想越满腔悲愤，越气愤越感觉没有出路，苏北的冬天没有暖气，在冷清的宿舍里，整夜整夜辗转难眠，他想着等到春天，过江去苏南看看有没有机会。有一天大雪飘扬，寒冷异常，快下班时，他在办公室又接到局长电话，用责怪的语气责问他怎么教的，儿子模拟考试成绩只考了57分，言下之意是自己没有好好教，潘虎当时怒从胆边生，在电话里歇斯底里失控骂道："去你妈的57分，你儿子就是世界上最蠢的那个人！！！！老子不伺候你们这对蠢猪！！！"说完，就重重地摔了电话，旋即冲向火车站，雪夜直奔北京。我听了，感觉有点像在演戏。

在寂静的子夜时分，灯已经熄灭很久了，我们宿舍满员后玩的第一场游戏正在上演，这是"真心话大冒险"游戏。平时跟谁都不苟言笑的潘虎正在说他的传奇故事，我们似乎还听到了他的哽咽声和啜泣声。姜彦闷声闷气地说："痛快！就该这么骂这蠢货！"我听到他雪夜奔北京的故事，就想到了林教头风雪山神庙的苍凉心境，林冲是所有的路都断了，被逼上梁山，我正在纠结于北京／梁山之间的异同，轮到我讲真心话了。我讲了与李晓彤的恋爱故事，讲了篝火晚会和画像故事两个细节。姜彦酸酸地说："讲到最后，还是没有上床，没劲。"黑夜里一阵哄笑，大家鼓噪姜彦讲风流真心话，姜彦却没有满足他们的胃口，只讲了他为了满足父母的愿望，头悬梁苦熬3年，在家族的白眼中考了三次，终于有朝一日考上大学，却毫不犹豫瞬即退学，不为父母断粮断钱威胁所动，宁愿放飞到北郊，也不愿回到大学完成学业，过自由自在的生活经历。现在父母都傻眼了，而他愈开心。他说："这就是革命，愈革命，愈要做爱，这是法国20世纪60年代学生运动的名言。"我们在黑暗里打趣他："我们不知道这句名言是不是你编的，只知道你说的愈革命愈要做爱。可见你就是伪君子，将风流史藏着掖着捂着不说。"但激将法撺掇后，姜彦还是不说。

"真心话大冒险"游戏后，我们宿舍彼此都成了透明人，大家的来路都大致清楚了，在一起就融洽许多，但每天天一亮，谁也不知道谁将去哪儿。一屋子人只有潘虎明确说要考北大法学院研究生，他经常性的神秘消失也有了合理理由。

《乌合之众》之众

　　这是我人生中首次与不同年龄段的朋友，做平等而愉快的交流，"真心话大冒险"拉近了我与潘虎的关系，后来在同这位名校高材生有限的交谈中，可以听出他博览群书，他自顾自讲自己的读书心得，对我提出的书籍不予交流。这激起了我争强好胜的自尊心，我再次炫耀地讲起我的"天才"经历，他连眼皮都没抬，只淡淡地说："你说你是'天才'，但在我看来，你看的那些书，大多不值一哂——"他故意拖长了"shen"的发音，迟疑了一会儿，眼睛在他的床头书架上巡弋了一圈，语气傲诞不经地说："我敢说，你事实上没有真正读对书，也没有读懂书，哪些有价值，哪些根本没有价值，你还欠缺辨识能力，要么读歪了，要么读错了，所以你读的书没法帮你建立稳定的价值观、世界观、人生观。"我听了他这一席话，犹如醍醐灌顶，像家乡安峰山炸山炮一样炸裂在耳际，在东海，乡人一直将我划归"先生"行列，还从来没有人这么赤裸裸地说我读书欠缺和读歪了，现在，我刚到北京，就被来了个下马威，而且还集中在读书少上对我进行讽刺。读书多，是我作为"天才"，最值得骄傲的资本。小镇青年的执拗和无畏让我不能认输，就强作挑衅地回怼道："竟然还有我没看过的书，拿来我看看。"潘虎就随意抽出一本《乌合之众》的书。

　　这确实是一本我没看过、听过的书。读完《乌合之众》我惊呆了，原来世上还有这么有先见之明的理论，原来我自己就深深被这个道理左右着、笼罩着、驱使着，其中的群体运动理论特征在 1895 年即已传遍世界，其中名言："当个体成为群体一员后智力将显著下降"，而变得盲从。它打通了我的精神经脉，潘虎确实没有夸大其词，如果能够更早读到这本书，我的人生肯定会发生改变，就算在那时才读到这本书，以后的思维也将被改变。

《乌合之众》这本书的全名叫作《乌合之众：大众心理研究》，主要研究群体心理。这本书里细致描述了群体的特征，分析了人们在群聚状态下的心理、道德和行为特征。与我国春秋时期的哲学家管子的"乌合之众，初虽有欢，后必想吐，虽善不亲也"有异曲同工之处。

这里的群体指的是聚集在一起的个人，无论个人原来是什么民族、职业或性别，也不管是什么事情让他们走到了一起，都称为群体，听上去似乎离我们很遥远，而实际却并非如此。上学时我们一个班级是群体，工作后同事的小团体也是群体，群体与我们息息相关，发生在我们生活中的每一天。

《乌合之众》中，法国社会学家古斯塔夫·勒庞对群体这个概念保持着警惕。当个人处于群体中时，往往会丧失自己的意识，把自己的感情与思想融入群体中，个体的差异从而被隐藏、模糊，而群体的特征都是负面的，"盲目""冲动""狂热""轻信"这些特征，往往能够轻而易举地发生在群体身上。一个煽动者将设计好的断言（谎言）反复宣讲，群体就会被传染，继而卷入运动，成为运动的口号，会像潮水样自行涨潮，一波又一波。我为这本书的这个意涵感到震惊："谁向他们提供幻觉，谁就可以轻易成为他们的主人。"

《乌合之众》书中解释到，"自觉地个性的消失，以及感情和思想转向一个不同的方向，是就要变成组织化群体的人所表现出的首要特征"。当群体聚集在一起，群众往往都会情绪高涨，失去理智，盲目做出一些没有意识的行为。比如冲动与多变，面临问题时通常不做预先的策划安排，危机出现时会情绪压倒理性、盲目冲动代替思考，这就对于陷入群体的个人，在看待问题

时容易产生障目的情况。

这么表述或许有些晦涩，其实道理很简单，群体是盲目的，个体是清醒的，小到做出正确的决定，大到推动历史发展的，往往都是少数人，这也就要求我们在生活中要保持一颗清醒的头脑，避免陷入群体的盲目当中，拥有自己判断事物标准，不轻易被他人改变。

《乌合之众》这本书就从侧面告诉我一个道理，在社会生活中，一定要认识自己的实际处境，独立思考，坚持信念，不跟风盲从，不被风气裹挟，这对于年轻漂荡的我而言，如及时雨般切中肯綮。

高中时，我总认为自己和别人不一样，是一个学习"天才"，格格不入的性格，让我不屑和别人玩，孤傲、不合群，读完这本书，庆幸自己没有陷入群体中随波逐流是正确的。

第十章

我的两个梦想

足球是生活

———

  足球，足球永远是第一位的，在我的"天才"梦里占有最重要地位，我的"天才"梦需要足球来打开局面，就像尤金需要用画画闯出一条路来一样。我在蓝院公寓安顿下来后，第一时间就是去国安俱乐部，但结果同南京一样，长久的准备、等待、期盼，坍塌却只用了几秒钟，好运梅西的故事根本就是虚构出来的，而我一直以来认为中国梅西就是我，只要像韦群老师那样，给我路径和自尊，我就会还你一个足球天才，但现在没有撬动地球的杠杆。当我一早迎着第一缕阳光兴冲冲赶到工人体育馆时，发现根本没有什么国安俱乐部办公地址，出租车司机也是不甚了了，问了几个路人，都莫衷一是，转了一大圈，最后只好放弃。失望像巨大的问号一样，排山倒海从心底汹涌而来。我能听闻内心的瞬间坍塌声音，茫然感让我抬头寻求阳光的同情。那排阳光光晕下，一栋拔地而起的高楼矗立在近处，在阳光下金灿灿的发光，我看见几个金色大字：美林集团。

  远方第一次在一瞬间让我有点害怕，在回蓝院公寓的出租车上，我快速分析我眼前的处境和形势，南京、北京足球俱乐部之行都以失败告终，以毛遂自荐方式进足球队根本行不通，必须选择其他方法通往足球成功之路。但现在我的处境与尤金在芝加哥主攻油画一样，要想到达成功彼岸，还是应该将足球梦作为核心加以突破，既来之则安之，不要轻易言败。中国顶尖大学

北大、清华就在左右两翼，像两支对抗的足球队，何不融入进大学，看看大学到底什么模样，游学其中，徜徉其中，岂不快哉！绿茵场上有曲线迂回突破射门，我不妨先去会会他们的足球队，说不定能打开局面呢！天知道！

第二天，一团火烧云旋风般飘过蓝院公寓大门，那是我脚下带球一路奔走，从高空看，火红球衣在北京灰蒙蒙的西郊，像一个流动色块，充满着活力和青春，我又找到了小镇上"天才"的感觉。那个流动色块涌动于北大和清华绿茵场上，双方学生都将我这个不速之客，互相视为强劲对手，我也不做解释，用脚来回答他们的猜度，一次次让他们输的人仰马翻。有一次我偶然跟随姜彦去颐和园游玩，北大一支学生足球队居然杀气腾腾杀到清华来找我，当然无从找起，最后对绿茵场上训练的几人"大开杀戒"，大胜得归后，哈哈大笑地甩下一句话："让那个穿火烧云球衣的小子，来北大找我们报仇！！"扬长而去，让清华的几个业余球手目瞪口呆、莫名其妙。等几天后我再去清华踢球，我的火红球衣迅速被他们锁定，其中一个问我："你是不是老去北大踢球的那个火烧云小子？"不等我回答，他们就围过来，七嘴八舌道："你是哪个系的？你哪里得罪他们了？他们组团过来寻仇了。"吓得我瞅准机会将球踢出界外，追着滚球逃之夭夭。

踢遍北大、清华后，我又开辟了中国政法大学、中国化工大学、北京工业大学、中国石油大学绿茵战场，但都没有对手。后来味蕾出卖了我，又换了件球衣来到北大踢球，毕竟北大食堂做的菜太勾魂了，种类、色香味俱全，远远超过了东海中学夏令营的饭菜。尤其是这里的烧麦和包子，我总喜欢带几个回蓝院，给室友们当早点尝尝，却经常没等到早上，早就一扫而空。在北大，一晃而过几次见到潘虎，有一次我想跟踪他，看看他到底在干嘛，但他像魅影样迅疾消失在楼群里，难觅踪迹，这使我有点怀疑他在备战考研的说法。

在不踢球的时候，我像北大学生样快步奔向一个个大教室，听各个学科的名教授讲课，世界政要、科学名人来北大演讲时，我总有办法混进戒备森严的百年大讲堂，因为我太像北大学生了，穿着随意不羁，神情稍稍有点颓废但又不失理性。有时，我在下面听着世界政要慷慨激昂、声情并茂的演讲，肚子却饥肠辘辘的"咕咕"叫，等冲到食堂，才发现口袋里钱已所剩无几，我第一次感觉到生存形势严峻，8000元钱在不经意间从指缝里一一流走了。

文学是态度

同时，当足球梦变得黯淡无光，仅仅流于在各个大学踢对抗的形式时，心中的文学梦，像中秋一轮明月，在清朗的夜空冉冉升腾。现在，我心中累积的表达欲望在一点点喷薄而出，身在异乡，每天面对新鲜事，酝酿成地火在地下运行、燃烧。写作，在宿舍肯定不行，宿舍里只有潘虎不知从哪里捡来一张写字台，紧挨着他床头，被他天天擦拭得干干净净，其余都没有专属写字台。仅有的一张公用条桌，仅限于吃饭和放置洗漱用品，因为产权不明，大家尽可能地在上面施展懒惰成果，你追我赶，蔚为大观，你吃完饭留下一大摊油渍，我摇动咖啡泼洒在油渍上，最后又被下一个喝茶的人用茶渍洇染上湖光山色，如此层层叠加，恐怕以后连考古学家也很难断代，要采用碳 14 放射才能测定年代。桌子上面污秽不堪，满是残山剩水，倒也不失为一大景观。我要想写作，只能周游蛰伏于各大学的公用教室，至于哪一个大学有这幸运，就要看我早上起来的心情，比如说，今天心里涌起了浪漫，想信马由缰地写诗，那我就去北大学二教室；想写有情节故事的小说了，我就去清华教室；想写排解忧愁的散文了，我就掉头去中国政法大学教室。

一段时间后，我将写的手稿拿到文印店，学着研究生毕业论文的模样，装订成一本本书，随身携带，习惯性向人们展示其中的诗文，赢得许多人赞许的目光。也受姜彦的启发，向文学报刊投稿，但都泥牛入海，有去无回。

渐渐地我有股恨意升起，我决定自己办一个文学社，自己出一本刊物，文学社名叫"荷塘诗社"，杂志名曰《破梦》，这是因为从我家乡地理辨识度出发而起的刊名，我本来想用家乡"东海"作刊名，但一想，肯定会产生歧义。

现在，由我来主宰别人的诗文发表，这种想法一出，我就天天扑在文印店，将我囊中剩余的钱都花在上面，我决心将精神食粮从物质食粮里挤出来，因此，一到食堂，我只能吞咽口水，经常买几个馒头，一份蔬菜，或者干脆喝学校免费的菜汤。这导致我的饭量像开闸的洪水，吃了三个又买三个，菜汤喝了一碗又盛一碗，肚子被灌得鼓胀难受，心里腹诽我最新学的一个词语："仇恨转移"。

"荷塘诗社"的名字灵感，来自于本乡闻人朱自清的散文《荷塘月色》，在北大、清华走动，如果诗社名字格局狭小，没有典故出处，无法引起这些天之骄子的垂青问询，现在将清华娘家人搬来，我又来自于娘家人的娘家人，可谓亲上加亲，再加之荷塘作为一个清华人文符号，更加具有象征意味。我亲自撰写了"荷塘诗社"文学社章程、宗旨、目标等文字，接下来就是发展社员，我将我能想到的著名人物，都罗列到荣誉社员里，并冠之以顾问，其实这些都是我只闻其名未见其人的人物，现在统统被我拿来装点门楣，这使我有点飘飘然。接下来，发展所有的舍友加入诗社，姜彦痛快地带头答应了，轮到潘虎时，他却明确拒绝了，这使我很尴尬。

第一期杂志也在文印店如期出版了，打印机吐出满溢芬芳的一张张纸，我想到了沈从文。80多年前的冬天，1924年底，他蜷缩在北京一个死胡同的一间狭小房间里，眼看着已到山穷水尽，沈从文甚至想到了轻生，第一笔稿费却翩翩而来，像暖风样吹来的喜悦，马上让这个年轻人精神抖擞，一篇发表在《晨报副刊》报屁股文章挽救了一代文豪。现在，整本杂志都是我的，我在此唱我的独角戏，杂志扉页是一首大字号的诗：《天才》，这是号角样的宣言。

我带着我的崭新杂志，在清华周末跳蚤市场上隆重登场，引来许多人驻足问询，果不其然，"荷塘"这个符号太直接了，大家在翻看杂志的同时，都以为是清华学生会办的杂志，这给我带来小小的得意，等我解释完娘家人的娘家人，大家意外又钦佩。

在以后的一周时间里，我天天如沐春风似的流连于周边几所大学。我想将文学社做大做强，而会员是必不可少的，来源当然是我不断贴大字报招徕。那上面邮箱和QQ、电话一应俱全，我的全部生活，都被办刊、会员互动信息充塞得满满的，但我还在开疆拓土地到大学校园贴大字报。

直到有一天早上，我还没出门，就被喊着到公寓办公室接一个电话，这个电话太神秘了，我脑子里还没想好的去向，都被电话那头的人用低沉音调说了出来，直到现在，那个电话还是一个未解之谜，声音幽幽地仿佛从石窟里传出来，而我正沉浸在文学梦的高峰，根本不予理睬，我满脑子想的是，这肯定是舍友在恶作剧调侃我。

我坐公交车去了中国政法大学，那是我脑子里跳出来的去向，电话里那个声音，让我立即停止非法张贴行为，否则后果自负。我总怀疑那声音是潘虎捏着鼻子变声说的，想着他一改平时严肃神情，拿腔作调，我就乐开了花，他肯定在那个欺负他的局长手下压抑惯了，内心有大量阴郁郁结心头，见不得别人自由自在生活。

奋斗开始时

梦想终结处，

第十一章

破梦而出的文学社

————

　　那个让我得意的"荷塘诗社"和《破梦》杂志只存活了几周而已，对今天的我而言，它是我文学生涯的全部，虽然当时还迷惘。它的夭亡就像我手举一块水晶，有人却横冲直撞而来，手上的水晶脱落在地，无数碎片晶莹透视我的幻灭。

　　在中国政法大学校园里，我孜孜矻矻堆砌着我的文学堡垒，在通往大教室的十字路口摆下文学氍毹。我还写了一个横幅，上面写着："'荷塘诗社'文学社招募会员"，还有一行小字"《破梦》杂志创刊号出版"，下课的学生纷纷过来，里三层外三层的围观，七嘴八舌问我各种各样的问题，我的同乡朱自清先生，不仅在清华有极高人气，就是离开了清华也让无数人产生联想和好感，有的女生当场就填起了表格，因为填完表格可以免费得到一本杂志。这时一辆白色面包车飞车般驶来，远远传来拖着长长的刹车声，车没有停稳就走下来三两个黑衣男子，为首的强行拨开人群，低声喝问我："早上的电话你当作耳旁风了？！"第二个男子低下身子，抓住地摊布两个斜对角，往上一提，所有的书刊杂志尽在彀中，扭头就走，为首的推搡了我一下，想拽住我衣角，我很快意识到事情不对劲，退后一步，一个假动作，转身以一个职业足球运动员带球攻击射门的速度逃之夭夭。

　　这天回到蓝院已是黄昏，我整个人都是懵的，悄悄踅进宿舍时，我猛然看到潘虎斜躺在床上看书，这是极少有的情况，他总是神龙见首不见尾。以往我在抬头与低头间一刹那，他才会突然空降，现在他却稳如泰山悠然自得地躺着，这让我生出一阵惊惶，那个疑团一直盘旋在我脑际：那些黑衣男子是他所派的，恐吓电话自然也是他打的。我长长地"哼"了一声，一屁股坐在他的写字台上，恶狠狠地瞪着他，潘虎放下书坐立起来，不解地问："兄弟，你这是怎么啦？"我阴阳怪气地出言不逊："潘虎，你就是个小人，那些人是你喊的吧！代价不小啊，租车来赶尽杀绝啊！别以为我好欺负。"我瞪着他，眼神里露出仇视的光焰，这下潘虎慌了，站起来急促地说："好兄弟，你遇到什么事了？快说出来，我不加入你的文学社，不是对你有意见，同是天涯沦落人。你别误会，快说，遇到什么麻烦事了？"我看他情真意切，不像是装出来的，就说："难道那恐吓电话不是你打的？人也不是你喊的？"他更加困惑地跺脚道："什么恐吓电话，什么喊人？都什么乱七八糟的。"我就一五一十说了一遍。他听完继续跺脚，前仰后合地大笑不止。

我怔怔着等他笑完，他才幽幽地说："你呀，还是年轻，真是天真的可以啊！你碰到的有可能是文化稽查大队，他们专管出版物盗版市场。一句话，你被人举报了。"他看我疑惑地看着他，忙摆手道："绝不会是我们这个宿舍的人，你的文学社和杂志是人畜无害，我们怎么可能举报呢？肯定是那些大学学生干部。"经他这么一说，我眼前真有一些可疑分子晃来晃去，他们问东问西，还拿笔记下来，还问我住哪儿，电话号码多少，说要来拜访我，最后拿走了"荷塘诗社"章程和《破梦》杂志，我当时只将他们当作热心会员看待。疑心不断发酵，一个政法大学学生会主席和流动女学生也显得热心过头，这是我为了能在大学落地发展寻找的发起人，现在都影影绰绰起来，变得十分可疑。

那天晚上，我一直在清华通往北大的马路上晃荡，路灯下摇曳着我斜长的身影，伶仃孤独地踽踽独行，北京的冬天来了，风是那种我在东海从未感觉到的刺骨，满街是卷起的残叶，我像缩小比例躲在硬纸壳里的生命，颤抖不止，内心哀鸿遍野，我第一次感觉内心空落落的，而在东海家乡，我每天都充满自信，"天才"如影随行，时时刻刻出现在我脑海里。说来也怪，自从那次见到阔大的长安街后，脑海里"天才"信号逐渐微弱，甚至消弭于无。我看着无尽的夜空，心里生出无路可走的怅惘，父母、尤金、沈从文、尼采、马斯洛、韦群、亚里士多德、李晓彤、校花……一张张古今中外的脸，在我心上，像水漂样滑过，从未有过地被抛入深渊感，一次次撞击我的意识，足球、文学此时像两颗行星，正在快速陨落，坠向茫茫无极宇宙。"天才"尤金也在挣脱我的手，我无限惋惜地恋恋不舍，他还是大踏步地退后直至遁迹无形。

人生在绝境时，有时会有倒退回去重新来过的妥协，虽然，时间老人从不给你这机会，但一些突然出现的事情，会让你滋生出退缩的情绪，像战场上被血雨腥风消蚀斗志的战士，想着调转回头偷生一样，我在足球梦和文学梦同时破灭的那段时间里，从家乡听到了足以消蚀我奋进斗志的信息。

去年高考与我相似分数的两个同学，后来都被青岛一所一本大学录取，他们在上学一年后，却对学校很不满意，不约而同选择了退学复读，这个信息极大地刺激了当时困境中的我。我也萌生了要回去复读重新参加高考的想法，仅仅一闪念的念想刚涌现，就被我强烈的自尊击打了回去，现实、现状根本不容许我有丝毫退缩，如果跨出妥协这一步，我将无法说服自己当初的雄心壮志、追问远方是怎么一回事。

进入西餐厅

我思考下一步该怎么走，我想起了夏天在离开家乡时的满眼憧憬，现在却一无所有。思绪继续游走，突然，我想到了父亲那张纸条上的两个电话，这是诸葛亮出具的锦囊妙计，但尊严比天高，我强行掐断了想起那张纸条的念头。

第二天醒来，我睁开眼突然就明白了，接下去该怎么做，我的意识迅速锁定了清华对面一个颐和园西餐厅，走来走去的我，早就留意到西餐厅门口挂的招门童、服务员牌子。西餐厅的工作特别辛苦，早上 10 点上班，一直到晚上 10 点才能休息，月薪 900 元，转正 1500 元。我想，比起上次交了 500 元介绍费，才找到一份工作又进步不少，至少，这是我第一次按照招聘启事找来的工作。

但是，我的第一次出击，很快就像流星样消失在无尽宇宙里。我在西餐厅仅仅工作了半个月，再熬半个月，我就能拿到我人生中第一份工资，但天公不作美，我在后厨帮厨时，将客人的一份罗宋汤煮糊了，侥幸端上去没过多久就被退回来，主管狠狠骂了我一顿，当场决定扣我 50 元，50 元是我两天的工资，在我眼里是一笔巨款，我无法接受如此严苛无情的惩罚，第二天就不再出现在西餐厅了。

古希腊神话里，潘多拉和埃庇米修斯生活在一起。普罗米修斯带给埃庇米修斯一个大魔盒，并反复叮嘱一定不能打开，但潘多拉是一个好奇心很重的女人，趁埃庇米修斯外出时，潘多拉悄悄打开了盒子，结果里面并没有潘多拉所期待的东西，而是无数的灾祸虫害跳出来。在潘多拉打开盒子以前，人类没有任何灾祸，生活宁静，这是因为所有的病毒恶疾都被关在这个魔盒中，人类才能免受折磨。由于潘多拉的好奇，灾难与瘟疫逃了出来，从那时起，灾难们日日夜夜、处处危害人类，使人类吃尽苦头。在慌乱与害怕中，潘多拉关上了盒子，结果留下盒子中唯一美好的东西——希望。因此，即使人类不断地受苦、被生活折磨，但是心中总是留有可贵的希冀，为了这个遥远的希望而自我激励。在死亡前一刻，希望永远存在，人生也充满着美好的希望。

我的性格里面有死轴的一面，但一旦走到死胡同碰壁，陷入绝境，我并不会变通掉头回转，而是直面绝境，继而翻过围墙，再找新路，一路向前，绝不回头。足球梦和文学梦梦断后，生存压力让我直面人生的最基本本能，理想主义迅速被终止，西餐厅工作是潘多拉盒子打开后第一个跳出的，此后源源不断的生计跳出来，严格说是逼出来的，潘虎就是我一直窥视的对象。

潘虎的行踪诡秘，是我们全宿舍人心中的谜和痛，表面上他在备战考研，但我们谁都不信他的鬼话，证据是他床头没有一本考研书，但他无时无刻不在外面，回来就是蒙头大睡或看书。痛处就是姜彦他们早就行跟踪之事，但都一无所获，甚至寻踪觅迹还跟丢了，说起来，大家都捶背痛心，视之为大恨，我暗自跟踪几次，也都无功而返。

自行车风波

　　转折就在我丢了西餐厅工作后出现了，这应了那句老话：置于死地而后生。我总是觉得潘虎的谜和躲闪，肯定蕴含着商机。果不其然，我在一时找不到出路，虎视眈眈各种机会，他的各个细节都被我咀嚼千百回后，终于在跟踪中发现了他的谜底：他实际上一直从事二手自行车贩卖。他建立了一个以修车铺为散点的低价收购网点，分布在北大各个大门，而行踪诡秘是怕有人复制他的收购模式，最后在各大学贴吧和三角地张贴广告发布信息，高价兜售出去。我发现后如获至宝，决定在他的基础上改进他的模式，扩大辐射圈，尽量不触及他的势力范围。

　　首先，我只用网络联系买进卖出，但收效甚微，因为买进卖出都在公开的网络上，大家都能看到透明的价格，差价就微乎其微，所以我只能将卖出在网络上发布，买进采用落地收购模式。为避免被潘虎发现我正在侵蚀他的王国，我就延伸到海淀周边西城、昌平、朝阳，甚至更远，如此这般东奔西颠，绕道操作，最多的一次，一辆在昌平收购的100元捷安特山地车，居然一转手就是300元，半个月下来，我竟然赚到了1500元之多，这令我欣喜若狂。我用这笔巨款购买了人生中第一部诺基亚翻盖手机，这使我操作起来更加如鱼得水，每天只需忙活三四小时就可以了。这渐渐催生了我的商业意识，生发出许多符合商业利益最大化原理的主意，逐渐忘记了潘虎的存在，使事情朝着危险方向发展。

终于有一天，宿舍的人各自出门，身材并不魁梧的潘虎凶神恶煞般突然出现在我面前，我感觉他的愤怒脸色就能撕碎我，关于潘虎的实际身高，这是我对他飘忽记忆严重误判的明证，人对瞬间出现又立即消失的人和物，都会发生记忆失真，潘虎在我们宿舍就是这样被误判身高的，这都源于他的飘忽感。现在，我才看清他狰狞的嘴脸和身高，这是一个身高在一米八以上的高个男子，骨架和手掌都出奇得大，我被他逼到角落，他声称我的行动均在他的掌握中，我的行为严重威胁他的生存，并已经大大削减了他的生意来源，我想反抗，他就直接掐住我脖子，恶狠狠地说："你如果不思悔改，继续抢我的生意，我就给你好看。"他瞪着我，我也瞪着他，他就松手在"好看"上停顿很久，又重复一遍："绝对是你难忘的'好看'，不信走着瞧！"话音未落，摔门而去。

不知是被潘虎震慑住了，还是我厌恶了倒卖自行车这个勾当，总之，我住手不干了。我的兴趣又转移到北大周末书市上了，骑一辆自行车四处收购旧书，穿梭于各个大学学生宿舍，收购毕业和准毕业学生多余的书，图书门类可谓广博宏富，从天体物理到高等数学，文学、艺术、探秘、时尚无所不包，在固定的周末跳蚤市场加价出售，一时忙得不亦乐乎，我借出摊的机会，收购了好几个版本的《天才》。在夜深人静时，有时我会孤独地想起尤金，想起他在纽约的浪荡生活。现在，忙碌的我，养活自己早已不成问题，耗尽8000元学费后，我挣的钱已超出了这个数字，我正在跃跃欲试窥视新的行业时，一件让我瞠目结舌的大事发生了。

潘虎被抓走了。这是我亲眼看到的，一天早晨，警察破门冲进我们宿舍，我们甚至都没起床，但潘虎不在，昨晚明明看见他开灯看书的，此时却不在，这种蹊跷倒也是常态，现在我们在一个房间里形同陌路。警察当然不甘心，搜了他的床铺和衣柜，正在这时，潘虎推门回来了，我们眼睁睁地看着他被警察戴上手铐，推搡着出了蓝院，连蓝院老板都从未见过如此阵势，惊得半天都合不上下巴。

潘虎被抓走的罪名很快就传回蓝院：收购倒卖赃车，据说涉及一个盗车团伙，但以潘虎的顶尖头脑，应该不会去做这种事情。这是一个令我们都懵懂的罪名，但我心里明白，潘虎在北大西门、南门修车铺收购的车，肯定有一些来路不明，只是他倒霉，撞到枪口上了。想到这些，我心有余悸，我像余华小说《活着》里的富贵一样，解放前夕最后一刻，在上海输掉了所有的乡下田地和家产，从地主阶层变成赤贫阶级，殊不知，历史在那一刻翻篇了，赤贫阶级的身份反而救了富贵一命，使他得以安然度过历次运动。我也同样如此，在一个月前，被潘虎强力撺出了二手自行车圈，转行当了二手书贩。然后，他就出事了，这真是莫大的嘲弄。

我惊出一身冷汗，我好像就在黑夜里的悬崖边上，向前一步就是看不见的万丈深渊，而我却在想迈出这一步时，鬼使神差地被一个声音叫回了壮实的山峦，而且令人叹为观止的是，这个声音一次次地出现在我生命里，教我迷途知返，教我理智约束。

北大爱情

北大周末书市，在北京高校跳蚤市场中赫赫有名，我则是周末书市最活跃的人，很快，我的活跃有了一种奇特的收获，我与一个北大女孩恋爱了，今天回想起来，我在北大的恋爱史如"末代皇帝"般短暂，从认识到结束就4个月时间。那4个月既是备受煎熬的日子，也是充满希望的日子，每天都让我充满着激情和力量，写诗、收书、看书、送花、吃饭、接吻……

收购书让我可以堂而皇之地进入许多学生宿舍，见识他们的大学隐私生活，从中窥测出他们的精神生活质量，理工科和偏远地区的学生，大多是应试的产物，他们阅读人文和思想书籍的层次十分可怜，属于考古学上最近代的那一层；文科和经济、语言、管理，却都是被世俗阅读绑架的结果，余秋雨流行就看余秋雨，于丹流行就看于丹，从我收购的书目上看，大致可以得出这个结论。在北大摆书摊的日子里，如白马过隙，认识了很多张青春无敌的面孔，北大女孩是我最难忘记的那张脸孔。

有一天，一个长相清秀的女孩到我书摊上看书，购买了一本茨威格的《象棋的故事》，付完钱正准备走的时候，她发现了异常，又重新蹲下翻阅成排的《天才》，这是我收集来的十几个版本，最新收藏的是一本英文版，她抬头好奇地问我："你卖这么多版本的《天才》，肯定有什么特殊含义吧！"这是第一次听到有人问我这个隐秘问题，一时不知怎么回答，竟然磕磕巴巴起来："这本书是我人生开始看过的第一本小说。"北大女孩若有所思地说："The 'Genius'，Theodore Dreiser，德莱塞，他的《美国的悲剧》《珍妮姑娘》《嘉莉妹妹》倒是看过，但《天才》真没听说过。"我笑了起来，"我恰好跟你相反，并没有看过他的其他小说。"北大女孩也被我逗乐了，"那是我同学逼着我看的，因为她的毕业论文就是《德莱塞论》，我听说他还是一个美国共产党员呢。"聊着聊着，她又发现我夹杂在一堆书里的文印诗稿和杂志，自从上次飞车事件后，经潘虎开导，我模糊地明白，私自印刷传播可能会带来不测，所以每次出摊都是偷偷用旧书掩饰，在一堆书里放上一本我的诗稿。但姜彦看到宿舍里堆着小山样的文印诗稿，有一次给我出主意，介绍我将杂志和诗稿放到茶馆、会所去，给我一些会所电话，让我联系了去摆在他们的阅读区，并神秘兮兮地说这是他的成功秘籍，说指不定哪个冒出来的阅读者发善心出钱购买，此前他的《李敖全传》就通过茶馆、会所卖掉过上百本。我听了他的话，兴冲冲地在许多家茶馆放了杂志和诗稿，市中心的会所也去了三四家，但从未有人电话联系我，都似泥牛入海。

现在，北大女孩拿在手里翻开第一页，就注意到了我的照片，对着我的脸上下摩挲，我就感觉脸上痒痒的，她看见我的窘样就笑起来："这张照片有点像李小龙，想不到你还是诗社社长呢，这整本诗都是你写的？"我尴尬地点头。

这就是未来和我恋爱的北大女孩，一个沈姓武汉姑娘，娇小玲珑，五官精致，长相却一般。她在北大西语系就读，学习法语，刚迈入四年级，留在北大的日子就已经倒计时，各种大学尾声气氛纷至沓来，她决定处理掉一些无用的文学书，我就随她进入女生寝室。据她事后说，我是第一个进入她女生宿舍的男生，此前，从未有人进入宿舍内部，观察她私生活纹理。舍监也怪，竟然没有多问，就放我进去了，她逗笑说因为我头发长，男女不辨。

她有部分西域血统，祖先自唐朝丝绸之路而来长安，先是经商，几进几出，最后在元朝得到重用，并融入科举生活，几经衰败枯荣，不羁基因和智慧基因代代遗传。她在未名湖边娓娓道来这些话时，正若无其事地依靠在一棵年幼的银杏树干上，却撞击着我的内心，不羁的基因在我内心从未停歇，现在轮到我审视她了。

足球梦和文学梦现在都已失败，除了偶尔漂浮在梦中，我都不去主动想它，我日日上楼下楼收购图书，周末出摊卖书，这种周而复始的忙碌生活就是为了让我自己遗忘，我找到了失败后的某种"仇恨转移"。现在，女神出现了，我对她寄予了"五石散"的功能，虽然不恰当，但当时的情况就是这样，她满足了我虚幻的虚荣填补，给了我某种不切实际的联想翩翩。最重要的是，复活了我写诗的激情，这是继遥远的李晓彤后，爱情有了新的接续和内容，我们一起手挽手在未名湖边倘徉私语。

我的风月动向，当然瞒不过缺了潘虎的室友们，"非洲表哥"甚至跨室为我积极出谋划策，说是要让我早日春风一度，说什么，做什么，各种剧情、台词、动作都替我想好了，牢牢掌握循序渐进原则，趁热打铁一定不能忘，但说到关键的，我就傻眼了，我身上没钱，房租还欠着好几个月，书越收越多，还租了一个地下室库房，资金都已经难以周转，出手却很不理想，我已经无力再收购旧书，只想着消化了再说。

平时放荡不羁的姜彦，这时一本正经地说："什么钱都可以借，唯独行巫山云雨事钱不可借。"大家听罢，会意地笑着一哄而散。

但真正的实质并非钱，双方在如此反差的身份下，这样的爱情难以平等，至少在我一次次失败后，自卑的内心如此思考，看不见的鸿沟难以弥平彼此之间的不对等，爆发只是早晚的事，即使尤金给我的"天才"优越感，现在早已摇摇欲坠，自信力一天天下降。我感觉我们的爱情多多少少有点互相利用，我需要一个身份，满足我的虚荣和实用，并以此身份提供在北大活动的各种便利。而从她第一次出现，我就看出她迷离的眼神，游移飘忽，她的故事大致也是校园速朽爱情后的再一次情感补水。即使我看到其中的绝对危险信号，对这段爱情充满着忐忑不安感，但我仍希望有超凡脱俗的真爱出现，所以全身心地投入其中，有一次见面时，我用当天的全部营业款，买了一部MP4送给她。她脸上浮现出惊喜和纯真，让我对爱情的归宿有了美好的憧憬。

在以后一日日的爱情生活里，所有的激情要素都一一展现了，拥吻、抚摸，眼看一步步水到渠成，却在跨年元旦的午后戛然而止。她发来短信，短短的几个字，全无感情，像周豫山兄弟失和的那封短简："以后请不要再到后边院子里来，没有别的话。"文人尚存一丝丝温藉，她的短信就冷冰冰的几个字："我们不要再见了。"

回忆起来，未名湖边是我们最后的拥抱，从此，人各天涯，音信断绝。

第十二章

迷离与『陷阱』

黑白地下室

北大爱情结束后，我在忿忿中失落了一段时间。这次失恋带给我的挫败感又虚幻又真实，这是一种悖论式的感觉，感觉在这四个月里归宿感和自卑感总爆发了，虽然以不真实开始，但后来以一个诗人激情，全身心投入了这段爱情，付出了很多，生出很多希冀，最后还是收获了一场似有若无的幻觉。仅仅一个冷冰冰的短信就收煞了一切，自卑导致不甘心，几次想打电话质问，还是用理性控制了自己。

自我疗伤后，我中断了全部买书卖书的生意，送的送，扔的扔，彻底搬离了蓝院公寓。在蓝院，我认识了很多真正"天才"式的朋友，跟他们比起来，我有点黯淡无光，他们敢作敢为，敢爱敢恨，身上有桀骜不驯的光芒，反抗现世，不甘平庸，挣扎着表现不同，虽说最后都被茫茫无极的现实巨兽吞噬，但他们的反抗自有其道理，这些都投射到我身上，过滤掉我身上一些浮躁和幻觉，慢慢融入、直面残酷的现实生活，开始变得强大。我从没想过，离开蓝院后，就开始了我的动荡生活。

在开始过动荡生活前，我突然涌动起怀旧心绪，与其说是怀旧，还不如说内心强烈需要爱，来填补无所归宿的虚空，与北大女孩轰轰烈烈的爱，其实就是寻找归宿和港湾。

我在人人网上找到了李晓彤，她身在法国留学，我们已经没有多少话可资交流。我又转而在网络上，像海绵样没日没夜地吸求"爱情"之水，这大约是补偿心理在作祟。但真实落地的爱情当然没有了，与北大姑娘爱情的结束，让我心灰意冷，不太想在现实世界寻找爱情了。当时流行虚拟QQ网恋，婚恋网站也是雨后春笋般遍地冒出来，像瘟疫大面积扩散，但绝无美感，色香味全无，我将我的习武、踢球照片一放上去，各色女孩在我QQ上的留言留影、加我好友，好友人数暴增，我选了十几个没日没夜地网恋，借此填补现实爱情的虚无，并在线下见了几个姑娘，虽与网上有落差，大多都是真诚、普通女孩，虚无梦醒，现实逼仄，网恋也就索然无味起来，慢慢偃旗息鼓。

硕果仅剩的一个潘家园女孩走近了我的生活，这是我认识到自己平庸事实的标志，网络虚拟和一次次现实残酷的幻灭逼着我认识自己，尤金已变得面目模糊，不再进入我的世界，他的芝加哥，他的纽约都慢慢退回到书里面去了，我也不再与人谈起"天才"。

这时发生了一个小插曲，潘虎被公安局拘留了一段时间，因证据不足免于起诉，放了出来。姜彦接到电话赶到看守所，想接回蓝院，但在进大门时，房东认定潘虎是罪犯，死活不让他进，连呼带赶地往外推搡，像寇雠似的，连拿东西的借口都不松动。他说，住过监狱的人晦气，会给蓝院带来不祥之灾。潘虎受到羞辱，连退几步，躲到很远的小树林里去了，姜彦只得收拾好他的东西，分几次运出去，他大约是被蓝院第一个轰走的人，倒也体现蓝院明确的价值观。从此他也消失在人海里，茫无踪迹。有时，我会不时想起那晚"真心话大冒险"他吐露的雪夜夜奔故事，那是多么的快意恩仇啊！

搬到北京东三环潘家园地下室，是我最为颠倒黑白的人生体验。地下室世界全没有蓝院的美好遐想，人、物都是昏暗无光的，从楼梯开始，昏黄灯光就一路相随，无处不在，无分白昼，但我还是抱着好奇地向往住了进去。

住在这里的人，并非是穷人，但绝对是充满投机的人。他们绝大多数是潘家园的摊主，在楼梯上上下交集，感觉个个目光诡谲，令人不寒而栗。这是我住进去没几天就得出的结论。如果说蓝院住的都是理想主义剑客游侠的话，那么，这里住的全是实用主义商贾，我适应了很久，才习惯与他们目光对视。

迷离潘家园

　　那段时间，是我时空最错乱的一段时光，茫然的我，就像脱离了地面拽线人的风筝，风来风去，无所归依。我时而住在潘家园地下室，时而跨过半个城市到远郊昌平一个小院去写作，大多数时光蛰居在地下室。我的新女朋友在潘家园一家古玩店上班，负责看店。我偶尔也陪她看店，借此观察顾客，一来二往，认识了同样住地下室的几个摊主。回到仅能放置一张床、一张桌子的房间，看书和临帖成了我排遣时间的最好方法，时间，对住在地下室里的人来说，是遗忘中的遗忘，我们的世界里没有阳光，黑的像到了地心，所以人的恐慌程度远远大于地上。身在异乡的五湖四海者，都是侃大山的高手，这一点，恐怕北京的胡同串子也望尘莫及。

　　串门聊天、下棋，似乎成了地下室房客最喜欢的交往方式，其中高手中的高手当属安徽钱叔。此人颧骨奇高，隆额高鼻，骨相清癯，虽然70多岁了，但看上去也就50出头，面相儒雅，像饱读诗书的知识分子，一接触，却是大字不识几个的皖南山乡农民，他经常在普通话和皖南话之间转换，因为有些话他用普通话表达不出来。此人通达四海，游走江湖多年，脸部表情特别丰富，轻易不跟人交接，可能我太年轻了，无所事事游荡引起他的注意。他就经常到我房间聊天，而我总是在看书或写书法，他对看书人表现出超乎常人的崇拜，经常问我这本书讲些什么之类的话，而我也享受这种很久没有出现的崇拜。一开始，我对他的事情感觉怪怪的。他有两家古玩店面：一家在潘家园，一家则在南城的天雅古玩城。照理按他的经济水准，绝对不应该住在地下室，但他偏偏就住在地下室，而且屋内条件简陋，令人感到奇怪的是，他儿子却堂而皇之地租住在地上小区里。

他一来，我就放下手里的书，与他摆上一盘象棋厮杀起来。他似乎心思也不在象棋上，我几次都快吃他车了，他都无动于衷。等到我提醒他，他才想起来悔棋，然后进入下一轮的悔棋，如此周而复始。下棋时电话总是不断，似乎都是跟某种工艺有关。有时下了一半，电话来要一种要紧的图样，钱叔就朝着电话吼："你们自己找啊！唐朝的，找不到就想象！"电话听多了，我也大致知道钱叔做的行当了。表面上看他开着一家古玩店，卖一些似真又假、假中有真的古旧东西，但这些小玩意儿只是摆给人看的，别说这些小玩意儿，连店面也是一个摆设，如果真的靠卖小玩意儿，租金都兴许挣不回来。实际上，他挣钱来路却是店面外的一些神操作，但店面又必不可少，如没有店面摆在那儿，外面的操作也就成了无根之木无源之水，没有人会相信你拿出来的东西是千百年前的古老东西。这真应了那句老话：明修栈道暗度陈仓。

钱叔常常挂在嘴上的一句话是："我几十年走南闯北，你是我遇到的最有才的小伙子。要走正道啊！"我也不知他说的正道是啥，总之，他看见我与女朋友并不住在一个房间，就生出很多疑惑，有一次干脆说我们不是一路人。那段时间，我住在地下世界，整天不知白昼，人恍恍惚惚的，与女朋友相处也是若即若离，刚从蓝院出来的前途迷茫一直笼罩着我，不知下一个路口在哪里。

有一次，钱叔约我到他老乡房间下棋，室内节能灯照着黄色的光晕，让人昏昏欲睡，棋盘上鏖战厮杀正酣，虚掩的门被人推开，是管理员来催要房租，钱叔很生气地说："你先回去，不要催得这么急嘛，出来闯荡，总有个难处，晚上来就有了。"管理员将信将疑地回答道："晚上来，真的就有了？我可来了好几次，交不上租金，我到老板那儿交不了差啊！再说，这地下室就没有白天晚上。"钱叔变脸地喝道："谁跟你耍嘴皮子，我老钱一口唾沫就是一个钉子，什么没有白天晚上，现在就是上午，中午还没过呢，你晚上来没有就找我要。"管理员听了不再说什么了，悻悻地走了。老乡连连感谢，钱叔推了一个过河卒，说："等着啊，我去去就回。"这让我见识了钱叔的江湖义气。

遍地"陷阱"

还有一次，钱叔进屋看见我吃馒头就着榨菜，大为动情，当即掏出一叠钱给我，他说看重我有才华，坚信总有一天我会冲出地下室，钱叔说："这3000元是赞助有才华的人，不用还。我这个人是个大老粗，没文化，看到识文断字的文化人遭罪就心疼。"这是我收到第一笔最大数额的赞助，我十分感激钱叔。

在钱叔的老家，成群结伙从事古玩倒卖，据说可追溯到明清，甚至更早，条理分明，分工明确。但区别于河南、山西、内蒙古、山东、陕西、河北等简单粗暴的钻地盗墓倒卖，如果说盗墓倒卖是3.0基础版，短衣党流派，那他们为古玩"编故事"、穿衣裳则属于4.0升级版，长袂飘飘，潇洒地就把钱赚了。他们认为盗墓风险太大，且人员过多，成本太高，还需要集团作战，智慧含量很低。而为古玩"穿衣裳""编故事"升级版则高明得多，三四个人就可以运作起来，最重要的是获利巨大，在"千万军中取首级"，将宏富咋舌的数字乖乖奉上，然后从容地逃之夭夭、溜之乎也，没有任何风险，因为一开始就做好了局，方方面面都做足功夫，没有任何破绽，所以即使发现古玩是经"编故事"而成的假物，也是周瑜打黄盖，一个愿打一个愿挨。最坏的情况是事后一段时间报警，但早已没有尾巴可循，这就是钱叔他们搞的"事业"。据说这个"事业"在民国时达到高潮，1949年后一度绝迹，近十

余年来古玩火爆，又死灰复燃，但政府打击力度也大，都是偷偷摸摸的地下操作，骗取附庸风雅者和腐败官员的钱。

讲到义气，钱叔用案例事实来阐释他的义气观。话说去年，他的同村伙伴在老家邻县栽了，"编故事"赚了300万元后，不长时间假货被客户识破了，四处围堵，要追回那300万元，但钱已被挥霍一空。客户在老乡圈里放出话来，找到了要好好修理一番，还要如数奉还。老伙计只好带着他17岁的儿子金超，星夜兼程到北京投奔钱叔。钱叔就给他在潘家园租了一个固定地摊，也是卖古玩，周旋于盗墓者之间，拿到真真假假的古物装点门面，名声已经营造好了，最近正在为一座玉山"编故事"，成功了就能翻身。钱叔邀请我加入，问我有没有直接关系或间接关系搭上企业家老板，我思虑了一下，想起一个转了两道弯关系的钢铁公司老板，钱叔说先放到大盘里考察一下。

钱叔吐着烟圈，轻飘飘地叙述这些故事，像在讲别人写的小说，激宕而刺激，我沉溺其中，阅读经典书籍形成的是非、黑白、正邪都暂时被屏蔽掉了，那些天文数字的金钱，像在天上漂浮，我手一抓就在手心，想到这些，就使我变得精神亢奋，猛然发现发财的捷径离我如此之近，几乎唾手可得，远超尤金的赚钱速度。

我这就懵懵懂懂算钱叔的人了，投入"编故事"事业中，鞍前马后旁观了钱叔与金超父子正在进行的"故事"。金超父子操盘的"故事"周期很长，但已物色好下手的对象，是一个在云南开矿的安徽富豪，然后围绕他做局。这次是一座玉山，玉是和田玉和阿富汗玉混杂，关键部位用和田玉，大部都用阿富汗玉，这样成本就大大降低，外行无法辨别优劣。这些都不足以说明钱叔他们的智慧，因为如此这般卖出也只是个位数，关键是给这座玉山编故事，有了历史感，立马使这座玉山价值连城。钱叔他们连整本书都读不下来，但他们以从小听评书的过人记忆，筛选出一系列的历史人物和故事，靠着电波听书的培训，再加上他们民间想象，编造成一个可信度很高的故事，关键词是王爷、风流、败退、流转、宫廷，这些都是想象的结果，会产生无限联想和自我想象。

现在，这座还没完工的玉山太新了，工匠正在秘密据点加班加点。据点设在偏远山村，须经过好几处陡峭的山路才能到达，对外名曰艺术家村，我去了一次，山路颠簸，分不清到了河北还是山西，一个仓库里堆满了各种玉石、翡翠、石块，两个从安徽来的工匠，是直接从火车站拉来这里的，懵然不知玉山用途，只知两个月完工，包吃包住，工钱8000元。拉我去是因为要看到实物后进行"编故事"。东西太新，故事远涉宋、元、明、清都是不明智的，最后将故事编在1949年国内战乱结束之际，才是契合实际的。这个故事是这样的：抗战胜利后，国民党高官随"五子登科"接收大员洪流接收北平，有一个伪政权首脑包养的绝色戏子和四合院也要一并接收，院子是前清老宅子，戏子为玉字辈，为博得美人粲然一笑，高官决定用千里迢迢运来的上好和田玉，请能工巧匠雕琢一座玉山，放在爱巢的内室，供戏子日日观摩开屏，但风云流转，江山易主，玉山刚观赏一两年，高官随国民党远遁海外，玉山就蒙尘流落民间。如此一来，风流、败退、流转、名贵细节堆砌起一条情色想象链，靠购买人自我发酵想象。

加诸在玉山上的"故事"极其成功，矿山老板欢天喜地地迎请回了家，据说放在最重要的房间里，加了三道防盗警报，用最昂贵的夜视仪全天候无死角监控玉山，还让我们将"故事"写成文字放置在玉山正前方，生怕客人不知道玉山的煌煌来历。而为这玉山，他花了800万元，说是玩两年就送给来头更大的人。

金超父子彻底翻身了，我目睹他们疯狂地消费，父子俩几乎是带着仇恨去扫货，新光天地、王府井的奢侈品都成了他们的囊中之物，LV名包，瑞士名表等从头武装到脚，但这是金氏父子的主场，没我们什么事，按照规矩，我们只有激励和羡慕的份儿。我的虚荣心，被这种一夜暴富刺激得极度膨胀，

目瞪口呆之余，对这种发财捷径像瘾君子样着迷。钱叔看在眼里，又问我钢铁公司富豪的事儿，说这也许就能帮我翻身，我参与了他帮金氏父子翻身的过程，对此深信不疑。

我是谁的朋友不重要，重要的是我转了几道关系，来到了富豪的办公室，他的办公室，是我见过最豪华气派的房间，主人有种想让房间奢侈品溢出来的强烈意图，那种粗暴感已到了无以复加的程度，我呼吸到的不是空气，而是富贵流油的金灿灿空气，这次，我和钱叔没费什么口舌就出手了一个15万元的小玉器，老板还挺惊诧，嘀咕了一句："不是说有绝世珍品嘛！"钱叔压低声音说："是有的，那哪能初次见面就带来，再说太大也带不来，这个玉器就是那一批里的，我先拿来孝敬您。我们一回生二回熟，清理好就请您大驾光临。"老板似有所悟，笑着说："明白，明白。"其实，钱叔那个为"编故事"而设的道具还没定呢，那个道具太大了，成本也高，是个四合院，所以就等着看今天的效果呢。看来一切顺风顺水。

初次交易后，钱叔给了我3万元，我问他，那个玉器是真的吗，钱叔认真地对我说："记住，第一次出手的诱饵，必须保证是真品，这就叫舍不得孩子套不到狼，放长线钓大鱼。"我已经明白他的意思："就是将欲取之，必先予之。"钱叔问："什么意思？"我回答："就是说想要得到更大的东西，就要先给他一点小东西。""谁说的？"钱叔笑着问。我连连摆手道："这可不是我说的，最早是古人老子说的，他是2500多年前春秋时期的哲学家，比孔夫子还老呢。他在《道德经》里的原话是：将欲夺之，必固予之。"钱叔就笑了："我们抖的这点小聪明，老祖宗都知道。老祖宗在看呢！"他又反问我一句："你说作孽不作孽！"我无言以答。

第十三章

走出泥沼

黄粱梦醒

钢铁公司老板已经入了局，我们就马不停蹄在十里河租下了一个气派的四合院，收拾干净，装上监控，围墙拉上电网，在各个房间摆上了四处收罗来的作旧古物，白天黑夜都拉上厚厚的窗帘，营造古神秘重地的气氛。故事也早就编好了：国民党高官逃亡时无法带走古董，遗留下来，时间流转流入民间，现在重现天日。简洁，直切历史真空。忙完这一切，已是三个月后，我打电话给钢铁富豪，此时国际形势已悄然发生天翻地覆的变化，钢铁需求已跌入谷底，老板忙着四处救火，正在美国处理退市事宜，但似乎还是惦念着这批宝藏能给他翻身，在万里之外还欲罢不能，电话里说让他助理来藏宝的院子看宝。听到这里，看得出，钱叔脸色马上就凉了半截，半天什么也不说。

正如钱叔的脸色告诉我的，"编故事"最忌讳的是入局的人不来，而是旁观者代替来验货。一如钱叔意料，助理踏进院门起就问东问西，一副疑心重重的模样，从放宝物的房间出来后，我们在院中亭子里茶桌上摆了高档的普洱茶，茶具一应俱全，热水咕嘟嘟烧得直冒泡，钱叔做了一个揖让手势，嘴里说："这边请！"但助理充耳不闻，背着手在院子里踱步转了一圈，意味深长地看了钱叔一眼，直奔院门，扬长而去。

钱叔在助理走后，变得沉默许多，颓坐在前厅沙发上，头埋在两肩之间，像是受到了惊吓，半天不发一语，只是抽烟。我心里知道大势已去，只是大家都没有说破。这次惊吓让我从混沌中醒来，成功概率如此之大的一笔财富，最后功亏一篑，输得丢盔弃甲。

过了两天，风平浪静，钱叔也有所悔悟，对我说："我还从未失过手，这也看出来不义之财跟你无缘。你还是走正道，踏踏实实地找正经工作吧，也怪我带歪了你。还好，这只是第一把，惭愧啊！好在没成功，成功了我罪过就大了。这是老天爷在发出警告呢，我也从此收手不干了。明天，大家都散了吧，别等了，人家不会来了，大家都留着面子呢，只不过不说破罢了。"

我人生的发财捷径就此悬崖勒马，又一次止住了，我惊奇我的遭遇，老天爷在展示无数歪念过程，谆谆教诲我，而我，总是在最后一刻被事实教训，抢救并醒悟过来，卖自行车如此，"编故事"同样如此。在那次失败以后，我和钱叔成了茶友，他好像一夜之间变得像高僧度化我，他告诉我因果关系，告诉我善恶必报。钱叔告诉我，金超父子太过招摇，被更高明的金融行家看上，投资失败血本无归，再次销声匿迹了，他们走得无声无息，也许连回老家的车票钱都没有，钱叔在啜茶声中叹息，但再无帮他们东山再起的话说出来。

最大的刺激来自钱叔一个亲戚的遭遇，也在某个城市里"编故事"，结果无缘无故得癌症死了，你说不是报应是什么？他问我，财不是正道来的，心理都会留下痕迹，会形成聚焦式的压力，最后投射向某种癌变。他一点点在自我分析，完全不像一个没有文化的老人。最后，他说余生要用来吃斋参佛、积德行善。

又见阳光

我决定走出地下室，走出我的迷离，以全新的我迎接阳光普照。

我对再去摆书摊已全无兴趣，写书投稿周期又太长，且录用都很难保证，遑谈稿酬，只有当个文字编辑也许还不错。方向定了，我就天天带着文稿出去找工作，一般是循着网上和报纸上招聘广告线索去的，出版社和文化公司是我最主要的方向，大出版社要求很高，自然进不去，但小出版社有很多独立核算的出版部门，分布在京城四面八方，却可以试一试。文化公司也可以上门毛遂自荐，推销自己的写作才华。四处出击的结果，却大多失败而还，每次垂头丧气回到地下室，钻进黑暗，我都有一种不想再回到地面上的想法，但一觉醒来，还是满怀希望走上地面，开始奔波。有一次，我去一个出版社的编辑部面试，它深藏在三环边上一个居民区里，一个女主任问我的特长，我回答是写作，她突然勃然大怒："我们又不是慈善机构，我们又不是作协，我们不养闲人，闲人莫进。"

我几乎是被轰出来的，我将这些话听成"华人与狗莫入"，我不能忍受这样的羞辱，就像当年在刘圩小学被老师羞辱一样，伤了自尊才知耻而后勇，受到了尊重才会激发潜在勇气，我摔门而去，这是我无数次面试里最难受的一次。正如西谚所云"上帝为你关上一扇门，同时也为你打开了一扇窗"，我在那个小区里愤怒地徘徊，正为遭到羞辱而懊恼时，突然看见一个文化图书公司的指示牌，想着闯进去看看再说。

第二天我又来到了这个小区，昨天我已被这家文化图书公司录用为编辑。这是一家资深的儿童图书公司，我的工作就是编写童话。说起来天方夜谭，但实际却是波澜不惊，同样是一位女性负责人，她翻看了我的文印杂志和诗稿，问了我一些个人问题，最后谈好起薪报酬，就痛快地录用了我，这是我人生中第一份真正意义上的编辑工作。我参与了从写作到编辑，直至校对、排版、印刷、装帧、发行等一条龙工作。我每天满腔热情地沉浸在童话世界里，写作以恐龙、兔子、猴子等可爱动物为主角的童话故事，但很快我就厌倦了这个周而复始的强作天真工作，对我来说，它缺乏创造性。

真正意义上的挑战工作来自磨刀石文化公司，这是出版界赫赫有名的一家民营公司，出版了诸多响当当的畅销图书，几乎每一本都曾经引导阅读潮流，我被这家文化公司通知录取的那一刻，我马上与这些现象级图书联想在一起感到自豪，但真正参与其中，它的出版方向与我志趣大相径庭，它将图书作为一种日常消费品而非知识承载，虽然锻炼了我出版畅销图书的嗅觉，这在娱乐至死的时代也无可厚非，时间一长，我感觉麻木了我追求新知的趣味。

我有一个致命的弱点，即长期从事一个重复性工作会产生新鲜度疲劳，这是不是尤金传染给我的，尤金也是由此及彼寻找到热情兴趣的，但最后他将画画作为毕生奋斗的目标。

6个月后，我还是离开了这家著名的图书公司，开始了一段又一段短暂而漂泊的工作。往往有些工作还没开始就已厌倦，失业与待业此起彼伏，颠沛流离的工作、生活，让我连寻找十字路口的勇气都丧失掉了，我茫然不知我需求什么，我离开了潘家园女孩，准确地说，是她离开了我，她要过正常人的生活，我们本来就是两条铁轨上奔跑的火车，永远不可能交汇。

知音郑总

————

　　我陷入难以自拔的颓废中，经济上捉襟见肘，入不敷出，一日比一日看不到未来，在黑夜中，我已经听见地下室深处的诡异异响，精神上出现谵妄，偶尔到地面上路过足球场，看见足球，我还会内心一激灵。钱叔也迅速衰老，在最后一次喝茶时，他说他已不问世事了，是在家修行的居士。再后来，他就回安徽老家养老去了，我的生活再次回到死水一潭，我感觉我在浩渺宇宙里一点点下坠。就在这时，一个陌生电话拯救了我，我人生的重大转捩点，就在那个电话响起后出现的，那个突如其来的电话让我停止了下坠。

　　牵线这个电话的是我一首诗《农民》：

寻找一块黄土地

耕作，种子填入，期待。

在烈日下，衣服无数次湿遍。

再喝一口水，脚趾死死抠住泥土，

农民粗糙、佝偻的身躯在田间不停移动。

汗水浇灌了大地！

不能停歇！为了儿女的暗喜，

为了丰收的喜悦，更为了

孩子们那幸福的笑脸，劳作。

浓烈的阳光灼烧，

农民的汗水弥漫着整个大地。

那阳光下的蒸汽就是农民挥发的汗水。

花白的头发燃遍了整个天空。

就这样留下记忆，在太阳下，在土地上。

孩子们伸出的双手，张开的嘴巴，穷尽了一切。

所有的希望和失望都沉重地压在农民的身上，

佝偻了他的身躯，染白了他的黑发。

而他永无言语地承受着一切。

沉甸甸的是心灵的负荷。

陷入了沉思，农民把手伸向大地。

悠长的人生，漫长的道路。

活着，要继续活下去！

群山滑过农民的额头，

一条条陈旧的山岗和河流，

一方方寂寞的墓冢。

一丝微风吹过，农民笑了。

一个静止的手势在古老的土地上搁浅。

生于土地，食于土地。最终

农民耗尽了形象和力气。

黄土奋力地埋葬了农民，将他融进了土地。

荒凉的山野又多了一方墓冢。

2006 年 3 月

　　一个陌生的中年男人磁性声音传来："《农民》这首诗写的太好了，'阳光下的蒸汽就是农民挥发的汗水，花白的头发燃遍了整个天空。'，我看到了作者的拳拳赤子之心，听到了农民的劳动号子，闻到了汗水裹着粮食的香气，真是太好了，这让我想到了我的童年生活——"我马上就明白了，这就是姜彦说的成功秘笈，放在会所的文印诗稿通过阅读者，在向我发出摩斯电波。接下来，男人的语气像一个暌违已久的老友，亲切、持重而富感染力："怎么样？刘汉，年轻的朋友，有没有兴趣到我公司来办一本杂志。"

　　我坐在公交车上，沿着三环一路逶迤前行，感觉到汽车震动着，画着优美弧度线靠近紫竹桥，我从未有如此敏感的愉悦感，那种愉悦是一种众妙集成，这时，尤金的马赛克形象又一点点拼拢起来，我又想起了他的纽约。

　　一栋高耸巍峨大厦，以公司名称命名，名曰美林大厦，就在三环内侧，这栋大厦就属于那个电话召唤我的男人拥有，震撼的涟漪波及到我指端的神经末梢，这个集团的董事长亲自打电话给我谈诗，谈他的童年，谈他的感动，谈他的被我诗歌勾起的农村生活，没有任何居高临下之感，像老友重逢，促膝谈心，全无违和感。我报着人名，大堂小姐立即应答："郑总一早就指示我专门等您！请！"

　　那是怎样一种会见场面呢？很多年后，我在回想中一次次问自己转折的细节。那是一间挂着齐白石、范曾国画的豪华办公室，郑总也是一个充满活力的中年男人，他随和而亲切，身上自有一股与人打成一片的特质，让人无拘无束，我们面对面地聊着诗歌、文学，他突然问我懂点企业管理和经济学吗？我如实以答，他脸上露出很遗憾的表情，场面稍稍有点尴尬，但他马上改变冷落的场面，大声说："年轻就有一切，你可以边干边学啊！考虑考虑！年轻人！"我还未及回答，他就打电话给秘书，通知副总们到他办公室来认识一下新朋友。

将我隆重地介绍给这些高管们，让我始料未及。我已经回答，我胜任不了"得懂点经济学"的这份工作，但看得出高管们也有点慌乱，他们不明白隆重介绍我的内在含义。

离开大厦后，我恍惚地去了不远的国家图书馆，找来各类经济学报刊、书籍阅读，不得要领，继续回到地下室沉潜。过了两天，内心觉得永远不要辜负真诚待你的朋友，因为他们对你满怀真心，我拿起了电话拒绝了郑总。

还是日日升上地面，还是照旧四处找工作，但全世界似乎都商量好的拒绝我，有时，我奔波了一天，连续吃了三个闭门羹，运气都在绕着我走，更令人惶恐的是，口袋里的钱一日日江河日下，河床曝露。

不久，我已山穷水尽，到了揭不开锅的程度，连续几天都在吃最便宜的素包子。我不能不作出妥协，承认需要"边学习边工作"，电话打给文学爱好者郑总，当时还有点忐忑不安，觉得时过境迁，机会也许已经溜走了，人也忘的差不多了，但郑总却热情洋溢的说："主编的位置一直空着。"这股暖流至今想来仍觉得心头一热。

私人飞机上的主编

现在，作为美林集团官网和内刊的主编，我享受着我从未想过的高工资，有一间独立办公室，在 39 层云端，对我而言，房间大的吓人，有一个巨大的落地窗，我一抬头，就可以鸟瞰紫竹院那一抹三环边上的绿肺，下午的太阳直射进房间的淡紫色地毯上，有时我会面向刺眼的阳光，端着咖啡俯视地上芸芸众生，脑海里会浮现东海高级中学那次晨曦里的阳光，万丈光线里，是背负光芒的李晓彤，似乎在向我走来，但闭眼再睁开，发现只是厚厚玻璃上我的影子而已，那是一个打着领带，着深色西装的我，头发油光锃亮，那是尤金吗？我内心有点重新唤回纽约成功人士天才尤金。不是买卖自行车、二手书的小商贩，不是餐馆里的侍者，也不是为"编故事"的古玩掮客，这些都像一幅幅形骸样离我而去。在那法兰玻璃镜面上的青年，思绪有时会穿越到几年前那个阳光充足的早晨，那次来找国安俱乐部，但一切都落空了，失意占满了大脑，一抬头看到阳光下大楼顶端的金色大字"美林集团"，只是惊鸿一瞥，却占据我的大脑，现在情景再现，我感觉到命运的微妙脉动。

我负责集团所有的新闻内容采访，文字、摄影、设计、校对，我事事亲力亲为，忙得脚不沾地，我从一开始就干得如鱼得水。内刊是一本厚厚的印刷品，内容包罗万象，却是一本我一个人的杂志，从选题到撰写、定稿，最终外包给广告设计公司设计、印刷成一本本杂志，分发到集团各分公司、各部门人手一册。

现在，我早已搬离地下室，住到一个早上阳光直射的房子里，但我却没有多少时间享受这暖阳。为了追踪公司的重大新闻，我在办公室里存放着必要的行李，随时准备跟随郑总登上私人飞机飞往各地，我们的房地产项目遍及全国一二三线城市，在北京区域内，更是一两个楼盘前后脚开发。郑总频繁外出考察、谈判、签约、会见、剪彩，而我则贴身拍照、导引，负责写讲话稿，写新闻稿上传官网。

我对每天的行踪完全不知晓，有时，早上我还端着咖啡，准备享受上午惬意阳光，电话响起，我就知道中午别想在餐厅吃牛排了。这次目的地是内蒙古赤峰，中午前到达，下午滑雪场奠基剪彩，晚上回到北京首都机场，行程以分计。当飞机降落在红土之上玉龙机场时，打开舱门，高原的阳光灼刺我的眼睛，我看见远处矗立着玉猪龙雕塑，想起了十里河四合院的那座玉山往事，不胜感慨⋯⋯

我现在的世界是私人飞机、露天酒会、高端会所、捐赠仪式、揭幕剪彩仪式、别墅开盘、私人游艇、法国城堡、波尔多红酒、南美洲私人度假小岛、欧美绿卡、奠基仪式、古董竞拍、公益拍卖、名媛淑女常青藤名校⋯⋯

终于有一天，我彻底厌倦了，觉得这不是我的生活，是一种假象的生活，不管白天怎样光鲜亮丽，晚上我还是要回到我蜗居，既然是分裂的、别人的生活，我就告别这种生活。而告别它，唯一的方法就是离开，这次工作时间应该还是没有超过 6 个月，这个时间对我来说是个打不破的魔咒，像沸腾的滚水时不时地要潜出来，而将锅盖顶走一样，内心的躁动像本能样条件反射，我永远不想受制于人，我渴望自由自在的生活。

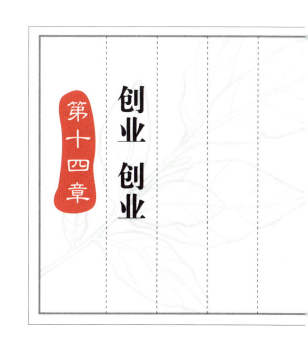

第十四章　创业　创业

跨域传媒公司

————

　　创业是我最好的归宿，是最符合我秉性的一种持久精神运动，那里包含着一切未知结构，而不会让我厌倦。以前的贩卖自行车、贩卖二手书，在我心目中，都不能算是创业，创业是一种从思想到肉体全新的洗礼，用理念、目标、思想、行动，来灌注未来的事业。创业这个问题一直萦绕着我，不断完善着对创业的执念，这是我在美林集团担任内刊主编后期突然想到的，内刊是全部外包给一个传媒公司设计、制作、印刷完成的，我因为编辑的关系，在内容和编校上要与传媒公司对接，日日目睹他们的工作流程，就突发奇想，想到我也可以创办一家这样的传媒公司，有了这样的想法，像怀揣一个巨大秘密一样，不说出来就要爆炸，我就神思梦游般的不再安定，留心传媒公司的所有细节，直到我认为我可以有所行动了，最后找到郑总，提出辞职，并告诉他我要开始创业，开一家传媒公司，郑总惊讶地愣了很久，说："我很欣赏你的执行力，这有点像我年轻时的敢想敢拼模样，某种程度上，我是你的伯乐，因为我喜欢你这样的年轻人，你放手大胆去搏吧，我永远是你坚强的后盾。你有什么困难直接打电话给我。"

　　我记住了郑总这句话，短暂的相识、相知，他却成为我一生的真正意义上人生导师、教父。离开美林后，因为传媒公司注册地迟迟定不下来，找了几个小区都不符合注册要求，我就打电话给郑总，没想到郑总热情的向我发出邀请，慷慨的将大厦底商作为传媒公司注册地，这解决了我的大问题，让我对郑总心存感激。

我给我人生的第一次创业取名为：跨域传媒，这里有浓浓的渴望对流和融合之意，视界野心也气势如虹，雄心勃勃的好像全世界尽在我的掌握之中。我们当时定的业务范围涵盖商标设计、平面设计、广告灯箱制作等，总之，跟广告有关的业务全域覆盖，甚至宣称代理各大卫视、省级电视台广告，这有点吹嘘，因为我连电视台大门在那条路上开的还不清楚呢，但朋友们劝我能写上的全写上，显出本公司业务扎实，交游范围广。想想朋友们的思虑也对，先揽来了业务，再想辙去疏通关系。融进"跨域"团队的，是一支精悍的队伍，各有所长且无所畏惧，都是大半年来我观察同行精挑细选的结果，有传媒公司挖过来的，有电脑文印店公司跳槽过来的，全部员工加上我，一共 5 个人，清一色都是男孩，所以，在公司里，我们戏称"五条汉子"。年轻成了我们共同的底色，当时我这个"老板"才 23 岁，就已经算大龄青年了，外人看起来一点也不像老板，大家嘻嘻哈哈的很是融洽。在我内心，我把"跨域"喻为梦想之舟，上了这艘船的，全是满赋能量、怀揣梦想、仗剑远游的人。过了几天令大家难忘的血脉喷张日子后，我第一个清醒过来，梦想不能解决业务和吃饭问题，创业头几天大家都在守株待兔，以为大门一开，就会有人因为我们咋呼的名字而投入业务，现实却凶猛残酷，没有一单生意主动找上门来，甚至大门有时都没人推动，只有风呼呼地从玻璃缝隙里裹挟沙子一阵阵吹进来，我就有点着急眼了。在我东海老家，从小听到最多的一句话："小富靠勤，大富靠运。"我深知其中三昧，决定从勤入手改变现状。

新的偶像不是尤金

————

主动出击的意念，还来自于一个强大行动驱动力，从我选择到美林集团担任内刊主编时，我的阅读范围就在不经意间延伸，从家乡出发时局囿在哲学、社科、文学、历史阅读领域，现在拓展到经管、金融和企业管理，乃至互联网、科幻智能领域。那段时间里，我热衷于阅读世界五百强企业家传，美国星巴克创始人霍华德·舒尔茨、日本京都陶瓷创始人稻田盛夫都是我仰慕的对象，成了我的枕边书，现在，尤金早已不再是我唯一的偶像，这些成功企业家有一个共性，就是行动、做起来。

新的偶像是霍华德·舒尔茨，一个来自纽约布鲁克林卡西纳湾景贫民区的犹太人，家庭条件并不比我家好到哪里去，生活中级处处受到歧视，但却凭着打篮球的天赋，抓住机遇上了北密歇根大学，学习传播学专业，他用奖学金和贷款、打工完成了学业，毕业后投身贸易业，35岁创办了星巴克，在创业之路上引入道德与爱，赋予咖啡人格化美德，将咖啡这一小小的饮品开遍全球，并使之壮大为世界五百强企业。而这一切，都是他不满足于小富即安的既定思维。

1981年，25岁的霍华德·舒尔茨就已经成为美国一家销售公司的总经理，管理着20多个销售代表，他不仅有数万美元的年薪，拥有公司配车，和丰厚的福利，其中包括一个开销账户和随意支配的差旅权限。工作了短短3年，他就已攒下一笔存款，在曼哈顿买下一套价值不菲的公寓，妻子的事业也蒸蒸日上。看似一切都是美好的，如果图安逸的话，霍华德应该会在这家公司一直工作到退休。

然而，许多人的生命之所以值得敬仰，就在于他们总愿意为了情怀去奋斗，为了看似虚无缥缈的理想去牺牲，舍弃一些眼前的物质，霍华德看似稳定的生命轨迹，就都在他前往西雅图的一次旅途中改变了。

为了探究一家咖啡店为何购买很多咖啡研磨机，霍华德只身从东海岸的纽约，飞往了西海岸的西雅图。在那次旅途中，霍华德第一次见识到了星巴克咖啡，感受到了星巴克咖啡的巨大魅力，那是一种无法用语言形容的美，使得霍华德一下子深陷其中，为之神往。他放弃工作，告别卧病在床的父亲，让妻子离职，毅然决然举家搬迁到西雅图，反复游说星巴克创始人让自己加入进来，并如愿加入了星巴克的创业阵营，但不久又因为理念不同而出走。在星巴克摇摇欲坠之时，他却积蓄力量完成吞并星巴克，只为实现赋予咖啡爱与美德的初心，出任星巴克的董事长兼 CEO 后，用理想和梦想，成功铸造出市值超千亿美元、门店分布全球的星巴克帝国。

梦想，只是心中一个想法，一个愿景，一个可能与当下的自己毫不相干的蓝图，而梦想之所以伟大，是因为那些拥有梦想的人，愿意奋不顾身勇敢去追逐，哪怕舍弃挚爱、物质，前途坎坷，因为这一份热爱才让梦想变得伟大。成功的人之所以做出了伟大的事，就在于他们是以梦想、理想、情怀为源头的，以执着为动力，坚信自己做的事是正确的，坚信自己应该把生命摆放在追寻梦想的舟楫上。

我越来越怀疑世间是否有天才存在，天才画家尤金对我来说在变得渺小、柔弱，优柔寡断且缺乏果敢，而我现在需要从想法到行动都在一个准星上，简单而直截了当，能一扣扳机就能准确命中目标。

会所商机

　　创业遇到的头等大事就是没有业务，而业务这种事情，并非守株待兔就能得到。我们需要在广告设计上做出名声，而好名声又需要业务增量来巩固和传播，这是一个猫咬尾巴转圈的故事，如何找到突破点，我想到了姜彦。我知道姜彦也刚刚开始在创业，他在清华大学旁开了一家素食餐厅，通过自助的方式，为周边消费者提供自助餐，因为价廉物美，服务周到，还时常有免费的饮料供应，素食餐厅生意一下子爆棚，前来消费的人络绎不绝。

　　晚上，姜彦带我到那条街上，他指着一眼望不到头的红灯笼，笑着说："有一个算一个，都是东西南北口味饭店，大家都在经营地上跑的、天上飞的、水里游的，过于同质化，而我要想生存下来，无疑是在虎狼之口夺食啊，要生存下来就必须另辟蹊径，剑走偏锋，经营他们没有涉猎的植物素菜系列，只有一枝独秀，才不会有竞争对手，也许以后会有，但胜利永远属于发现先机的人。"姜彦滔滔不绝地说着，我看出他对自己独特的经营思路很满意，有几分扬扬得意。

　　同期还有一个朋友郭响也在创业，他是北大二手书市上认识的朋友，他挂在嘴上的口头禅是"生死有命，富贵在天"，属于宿命论一派。但早年也是不服输的人。在我们相识之前，他的梦想是做一个像王宝强一样的演员，通过演戏改变命运。他曾经去少林寺学功夫，学成后当起了群众演员，期待有一天能够撞到大导演，然而跑龙套多年，他依然困窘，没有拿到过一个有名有姓的角色，参与拍摄的都是路人甲角色，在镜头里倏忽飘过，没有台词，甚而有时连正脸都没有。

一年又一年的无名小卒生涯，让他心灰意冷，只能斩断演员梦，在大学校园里摆起了地摊，专心做一名流动摊贩。在 2008 年时，他突然找到我借钱，神秘兮兮地说自己发现了一条包赚不赔的财路，只需用半年时间就能挣到一大笔钱。我半信半疑地借给他 1500 元，这对我来说，已是一笔大数字了。那年冬天，他一个人从北京只身前往深圳，购买了一大批电脑贴膜，但在返回北京途中，南方下了几天几夜大雪，他像电影《人在囧途》里的主人公一样被困在半路，进退两难。最后，他战胜了大雪给他设置的障碍，千辛万苦将那批贴膜带回北京。

第一个把贴膜带到大学校园的他，果然像虹吸效应样，强力吸引了学生们的瞩目。平时节俭的学生，现在都变得非常慷慨，纷纷排队给自己的宝贝疙瘩贴保护膜，而一张普通贴膜现在摇身一变，身价已在十倍以上，光凭那一次，他就靠着这个商机将一大笔钱收入囊中。但奇怪的是，他后来再也没有干过如此出奇制胜的生意，反而一日复一日摆起地摊，卖起了了无新意的电子产品。

现在，当我为传媒公司业务发愁，找到他讨教如何改变困境时，他听完我前前后后的讲述，直跺脚瞪眼责问我："这家大公司的大人物能赏识我们这些小人物，你应该把握住机会，千恩万谢地好好珍惜，而你倒好，亲手把这饭碗砸了。我劝你最好关掉传媒公司，找大老板认个错，能回去一定要回去，毕竟我们这些小人物能抓住的机会不多。"他的一番话把我呛得哑口无言，使我立即明白他自从那次侥幸冒险成功后，迅速落入保守的窠臼，思维深处已默认自己是一个弱者，而这样的思想，将人固化在一个封闭的狭隘空间里，对超出认知的冒险再不尝试。弱者地位、商贩格局、性格局限强化了他今天的故步自封局面。

　　同是创业的朋友，都受到认知和经验的局限，现在看来，我和姜彦属于敢打敢想的创业者，而郭响属于小商小贩的格局，与我们很难融合。

　　在与姜彦接触后，我顿时脑门洞开，决定"直捣黄龙府""擒贼先擒王"，去高级会所，那里是成功人士的聚集地，更何况郑总就是在会所发现我的才华，正因为他休憩时翻阅了我的自印诗稿，才有了我到美林集团当主编的经历，现在我对北京的会所分布图了如指掌，即使是闹市区的会所，我也清楚从哪个门进，以何种理由进。

　　事实证明，我的这个另辟蹊径是见效的，这里聚集的大大小小的决策者使我直达终点。我在会所里陆陆续续接到了各种单子，公司业务慢慢地忙碌起来，大大小小的单子渐次出现，口口相传之下，知名度累积升高。我虽然是名义上的老板，但在创业初期，却和同事们的工作没有多少区别，大家奋战在一线，挤公交找客户谈合作意向，接单后一起绞尽脑汁想创意，经常加班熬夜，早出晚归，共同面对客户永不餍足的折磨修改，日日直面摧残的痛苦。

　　慢慢地，公司走上了正轨，成了一台能自我运转的机器，寻找客户、接单、设计出客户满意的产品、交单收款，是公司天天面对的运转程式。小小的广告设计公司经营稳定，订单数量渐渐增多，虽没有大单，但稳定的收入基本能够保持正常运转。在那个漫长的过程中，我们为各种各样的品牌做设计，图书、红酒、箱包鞋帽、化妆品，还有茶。也在那个过程中，我接触到很多客户，和他们建立了良好的合作关系，有一部分成了好朋友。那时我根本不知道，就在这日日操弄的繁忙日常里，就隐藏着今后进取、掘金的根源，层层剥茧后才露出我未来为之执念的事业。

第一桶金

一次偶然的机会，我们接到了为一家公司做一个宣传片的机会，这是一家知名大公司，出手豪爽，但要求十分苛刻，虽然经过几个来回谈判就拿下了这单生意，但我深知宣传片是我们的弱项，心里一直忐忑不安。当一样陌生的无名压力强加到我头上时，美好未来像望梅止渴的梅子，在远方苍翠欲滴地招诱，那种力量感才可以在心里无尽迸发，年轻就是一剂藐视这种压力的良方。

在经历了无数次磨炼后，我们这伙年轻人早已接受了经营方式上的头脑风暴，掌握了扬长避短的方法，技术上也学到了优化组合方式。我们立即开始行动，很巧妙地将我们不擅长的技术进行了外包，我们只做擅长、专业部分，最后将两者合流融合，在无数次与"甲方"斗智斗勇后，终于圆满完成了设计制作工作，我们也如约收到了"跨域"成立以来最大的一笔"巨款"：10万元人民币。

那是我听过的最大数额，这是我踏入社会，依靠自己的能力挣到的最大一笔钱，而以前，连做梦都不敢想象这么庞大的数字，现在居然就静静躺在我的银行卡上。一想到这点，我明显感觉传说中的肾上腺素就迅速膨胀，但时间秒针却在我心中缓慢地发出颤音，那种快与慢，让我的大脑经历着冰火两重天的淬炼。直到收到钱的那一刻，我很难相信自己会一次性挣到那么多钱，更对那笔钱已经属于我支配产生怀疑。

前往银行取钱的那天，是我来北京闯荡最开心的一天，天气出奇得好，我一个人来到银行柜台，把10万元钱现金冷静地全部取出来，装在身上的每一个角落，努力让沸腾的心沉寂下去了，但还是抑制不住激动，感觉那10万元现金像翅膀样给了我飞翔般的失重感，还感觉就在双胁之下生出两个巨型翅膀，正一点点带我飞离地球。

我揣着这笔"巨款"，步履蹒跚地走出银行，阳光普照，我掏出电话给远在六马村的母亲打去电话，我自豪地告诉母亲，我挣到了人生中"第一桶金"，这笔钱现在就在我怀里，我想着立刻飞回到家人身边，当面和他们清点这一大笔钱。10万元带给我的冲击力太大了，即使已经把所有现金揽拥怀里，真切感受它的存在，还是余震不断，冲击着我的大脑神经。挂了电话，我当即汇出一万元给父母，让他们感受到"第一桶金"的热度。

但那笔钱在我手中停留的时间很短，日常生活和公司运营、设备添置很快就吞噬了这10万元。心目中的10万元是一个天文数字，它是在公司上班时两年的工资，可轮到了自己支配时，却像放水一样哗啦啦地很快流光了。在这10万元中，有一笔5000元支出给我了深刻记忆，那是用来赔偿图片侵权的费用，这是在经营广告设计公司时经常会遇到的事情，从此以后，也让我有了强烈的版权意识，在使用商用图片时反复确认有无版权保护。

钱花完了，但我的境界一下子有了质的飞跃，对创业和金钱有了全新的看法。摸着空空如也的口袋，第一次感受到了快速填满后，直线下降空瘪带来的意识真空。但我对未来充满了无穷尽想象，在那以后，我时刻告诉自己，所有困难都可以被克服，就像当年我在六年级时，韦群老师只是给我足够的尊重，我就马上以好成绩回报他，而家庭、学校的奖励也随之而来一样。

10多年后，回想起创业中赚取的人生中"第一桶金"，仍觉得具有里程碑意义，它改变了我对工作与人生理想的一切程式化看法，时过境迁，那次得来又失去的过程，变成了一次金钱物质与工作使命对我的启蒙。赚取"第一桶金"的经过也告诉了我，这仅仅是一个开端，我的人生还有许多无限可能，"第一桶金"让我在物质世界门口有所期待，更让我一点点推开了有关金钱与人生价值的未知世界大门。

而我，已经在这次启蒙后，带着全新的我，踏上了创业飞行器，向着远方无可阻挡地一路前行。

第十五章

电商狂飙

团购潮涌

21世纪头十年，以北京奥运会这样的举国亢奋事件画上圆满句号，新翻开一年日历时，2011年，我感觉所有的东西都在革故鼎新，新生事物层出不穷，消费品在不断翻新，空气中都弥漫着消费革命的音符，尤其是互联网世界以一日千里的速度在变化，移动互联网正在酝酿大革命，手机早已不再仅仅是拨打电话的代名词，智能触屏和移动互联、购物正在刷新它的存在感，我已经敏感地嗅到了空气中的火药味。

这一年，我迎来了人生的第二个本命年，我在春节特地穿上了红袜子，给自己新十年开端寄予心理上慰帖和期许。一年多传媒公司经理的历练，让我已经能够抵御各种突发风险，生出许多坚强的反击抗体，也对商业风潮潮汐有了超级敏感的风向辨别，传媒公司天天接触互联网、实体商家又让我得风气之先，我认为各行各业都将在移动互联网下大洗牌，传统行业得审时度势改变思维，对于这，年轻和冒险都是优势，我对新生事物保持着绝对开放的态度。

当2011年到来的时候，24岁的我，改变了发型，穿衣造型也变了风格，我已不再满足于传媒公司平顺的生活，特别是在淘到了"第一桶金"10万元后，金钱给我的启蒙不亚于当年西方哲学和文学对我的启蒙，我已蜕变为雄心勃勃的传媒公司经理，视界正在撕扯式拉开，我要寻找启蒙后的突破口，那个昔日自诩为"天才"的"中国尤金"，在我逐渐遗忘"天才"时，却正在慢慢逾越"尤金"的疆域。

新生事物正在发酵，团购这个新名词像外太空飞来器似的突降北京，我在急匆匆的客户谈论里早就注意到了，但我还是低估了团购给中国传统商业模式带来的冲击力，这在以后的事实中将证实这一点，事实上，大多数传统商家都没有将电商刮起的血雨腥风，当成革命的信号，而当电商罡风席卷中国大地时，很多观望而改变缓慢的商家都只有倒闭消亡一途。

"千团大战"团购混战是电商到来最直接和明确的信号，是互联网世界在中国第一次大规模电商预演，而我，凭着与生俱来的触觉敏感，投身其中，成为第一批勇敢吃螃蟹的人，在小径分岔的路口相信直觉勇往直前，从而开启了我人生的另一条路径。

拉手网黎经理是我加入团购洪流的直接诱因，他是我许多客户之一，是出现在公司频率最高的人，也是他最初带来了网络团购的概念。团购最初在2008 年兴起于美国，是电子商务、web2.0、互联网广告以及线下模式的结合体，最早用于团购实操的网站有两家，分别是 Groupon 和 Woot，其中 Groupon做得最成功，Groupon 翻译成中文是群体消费，这是团购电商的起源，以网友团购为经营卖点。其独特之处在于：每天只推一款折扣产品、每人每天限拍一次，且一种单品上线几个小时甚至几十分钟就下线，注重的是蜂拥效果。引入中国后，拉手网根据中国消费者习惯进行了全面本土化改造，对团购时长进行了根本性改造，将原来的时长几小时拉长到 3 天，将短时消费虹吸效应变成一定时段的聚集集团消费，借以丰沛消费总量，从而达到薄利而大销。

黎经理是拉手网的推广营销经理，工作内容就是寻找商家入驻拉手网。他频繁出入我公司，也不是无的放矢，他清楚知道我的价值，目标是我背后千百个涵盖各种商品门类的客户，他的意图很明确，就是希望我带着客户驻扎拉手网。而我一开始就开放式接受他的新生事物，隐隐觉得这应该是一种消费趋势。

在拉手网上销售的商品，价格是最吸引人的，让人眼睛陡然发光的价格，是电商的核心竞争力，它几乎是传统商场价格的一半，但还有一点点薄利。据我和黎经理测算，即使这样低的利润，如果在 3 天内将消费总量拉升到一个绝对高度，那么，你的微薄利润也能迅速膨胀成一个氢气球，达到一个足以让你震颤心惊的数字，这就是中国式的团购模式，如何不让人心动？

我毫不犹豫果断出手了，就像我一年多前建立传媒公司一样，打碎了逍遥的按部就班的主编岗位，奔竞在创业的冒险动荡乐园里，不问前途，只遵从心灵的追索。人员还是原有的小团队，牌子还是静静地挂着，办公还是在原有地址，但我们不再接受广告业务，我们成了电子商务的一支特战队。我第一步就是寻找我的商品挂到拉手网上，在电商概念还在拓荒的年代，并非所有人都像我秉持开放心态，找了一圈，大家都心存疑虑，对此观望等待。我决定先从一样商品入手，做出最精彩的业绩，打消客户们的疑虑，你若盛开，蝴蝶自来，这是我的战术。

我首先找到了于姐，她是著名的儿童读物出版商，出版的儿童书籍门类齐全，种类丰富，我两年前曾在那里工作过，当过她的内容编辑，彼此熟悉，互相信任。她是一个魄力、胆识兼具的女性，虽有一丝疑虑，经过我一番量子数字逻辑的推理，她也被这庞大数字震撼了，她决定拿出一套儿童图书让我尽情发挥。

接下来的事情就顺理成章了，我只要做两件事情，确定了货源仓库在北京十里河，将图书拍照上传至拉手网我的账户页面，并标上远远低于市场的价格，这两件事情做完，我最后做的事情就很简单了，就是将商品价格和图书仓库对准海量网民扣动扳机，天知道网民有什么反应。

那是一套原价 200 多元的儿童图书，团购价仅需 3 折，而于姐在传统图书市场上从来没有低于 4.5 折批发。这个价格无疑像集束炸弹投向广大地域，引起图书零售商们强烈反弹，效果在第二天就得到了验证。当我打开网站后台数据时，我和我的团队在一秒钟之内都呆若木鸡，办公室里像真空似的沉寂，各自心跳声都能听到。我们看着数字的时候，数字还在自动蹿升，箭头还在上扬，简直没法遏制，瞬间，只是瞬间，在小小办公室里爆出跺脚、掌声、击掌、笑声，甚至发自肺腑的吼声，声浪似乎能震破窗户，炸到街面上，没办法，年轻是不知道压抑能量的，我自己也是心潮澎湃，第一次领会到如此神奇的魔法。

刷新，不断刷新，数字魔法一次次震慑我们，8000 多套图书像倾泻出闸的洪流，3 天之间，库房同类书荡然无存。于姐惊愕之余，迅速调货发出。当拉手网平台将全部收入打入我的账户，我再立即转到于姐账户时，她才清醒过来。

紧接着，我们如法炮制，将于姐库房里各类儿童读物都一一上线，结果依然火爆，3 万多套各类儿童图书销售一空，压库几年时间的冷门图书在这次洪流中，都被裹挟出闸，于姐简直不敢相信这件事情的真实性，但看着空空如也的仓库，我们都叹服旧的销售模式一去不复返了，于姐和我有一种大梦初醒的感觉，但我知道，一旦癫狂到顶点，风潮的尽头也快到了，要快一点，再快一点。

于姐的图书仓库已经清仓，短时间内很难再靠书来上线，但我们不能等待图书再版印刷，此时的我们这一班年轻人，已经被电商的意念彻底俘获了，将电商当作一个神奇的方向，意念有时比机器拥有更大的野心，机器看似启动就是无休止地惯性运转，实则电源一关，一切都能结束，但意念不同，它无关电源，它起于一种执念，受一种偏执的圣化结构影响。我们一致决定，全面挺进团购领域，在团购风口期结束前尽可能深地涉入其中。

普洱风云

    于姐的童书在一次性风卷残云后，我又如法炮制，将一套35本《哈弗商业评论》的书上线。没想到正好契合阅读风尚，在新经济浪潮下，创业者都在寻找全新的商业思想用以指导行动方向，这套书成了救命稻草，令我惊讶的是，居然在短时间内销售了一万多套，直至出版社仓库空空如也为止。这一段时间，我既得意又很茫然，看到童书和政经类书都被一种魔力主导着销售一空，就有点飘飘然，以为只要是商品，挂上充满魔力的风帆，定然无所阻挡地向前邀游。

    于是，我发动所有人找商品，将传媒公司积累的客户产品全部收入囊中，然后没日没夜地拍照上线，红酒、化妆品、鞋帽、女装、拉杆箱、皮包等，琳琅满目，包罗万象，我俨然成了百货公司老板，但这些商品缺乏足够的竞争力，价格也不能降到全网最低，我们也没有相关的销售、包装、售后经验，很快就受到了惩罚，寄出去的红酒破损率很高，消费者往往收到的都是破碎的空瓶，而女装鞋帽都因为尺寸、颜色退货不断，让我们的团队疲于奔命解决各种各样的问题。最致命的是，后期涌进团购电商市场的，都以鞋帽、服饰、皮包这些普通大众商品开路，使得我们的优势尽失，终于有一天，我决定退出大众百货业，不再销售这些人人皆有，又人人皆无的乱局。

    经历了这次错觉风波后，我感觉团购风口期正在加速收紧，我得以只争朝夕的速度，找到完美的适合团购模式的商品。这时我想起了茶，想起了自己结识的一位云南茶厂老板，他在原产地自产的普洱茶是天作之合的团购商品，它拥有大众商品所没有的一切优点：易于储存，货源充足，便于运输，包装简单。

一切都是那么地顺利，没有合同，茶厂老板无条件地信任，从云南茶厂发来了天然有机的普洱茶，氤氲着七彩祥云飞来北京，像一个精灵一样，我们能做的，就是搬运工样地把这土精灵拍照上线，等待魔力发作，像上一回童书一样。

茶叶是一种不需要过多工业化、现代化介入的商品，工业化痕迹越明显，受消费者青睐程度越低。我们这一款普洱茶，从包装到制作，浑身上下都散发着土味。我拿到时，还有点忐忑不安，一天后的大数据证明我的担心是完全多余的，这让我以后能从惯常思维里跳脱出来，能看到事物的反面正向特征。

上线第一天，我们所有年轻人都聚在一起看数据，走过弯路的教训让我们彼此有所收敛，大家静静等待着数据的汇总，当曲线图谱以迷人的速度上扬时，颜色也由蓝变红时，大家攥紧拳头，跺脚发出心腔深处的低吼，我则情不自禁地鼓掌。第一天的数据足以让我们振奋人心，销量数字已经突破2000件，且还在时时刻刻上涨，我预感到云南发来的货远远不够，立即要求茶厂老板快马加鞭星夜兼程往北京发货。

一切都在我的意料之中，到第三天团购截止时，我们的普洱茶销量已在10000件开外。这个刷新纪录的数字狠狠震颤着我的心脏，我明显感觉到内心像被重物撞击了。"咯噔"一下，我不由自主地后退两步，才稳住步子。所有年轻人里，别人震惊的是庞大数字，只有我，已经在内心将这个数字直接画上了"第二桶金"的符号。因为它的利润远远超过了第一次童书的利润，此时的我，嘘出一口气的同时，将一段时间来内心聚集的不安感全部释放了出去，四肢百骸都瘫软下来，但惬意享用。

这是茶带给我的首次冲击和惊喜，我喜欢上了这个天然的土精灵，仅仅一次团购周期，我就决定，专心经营茶，不再旁骛其他商品。接下来，我在一个又一个团购周期里，注入了大量的经营智慧，将发酵饼茶、砖茶、迷你小沱茶分成十几种款类，可以按一小沱迷你普洱卖，也可以整沱、整块买，拆分和组合全凭消费者自由发挥，拆分成迷你小沱的价格，歪打正着击中了消费者追逐低价的消费心理，我将150克和250克的一盒茶，拆分成5克一小沱茶，每沱仅仅九毛钱，但须满30沱才包邮。我与消费者玩的心理游戏很快便有了回应，我们像在隔空玩魔方似的，我转动一次，有一只无形的手马上接下去转动第二次，如此这般，六面的颜色很快色块归位。这个魔方的威力比之上一次还要来得迅猛，成交量很快达到几万单，像有十几辆汽车开足马力在拉动前行，最后一路飙升到十几万单。

游戏只有不断变换、增加难度才能激发人的创造力，如果一成不变，就是胜利了也没有快感，更何况我从一开始就知道，团购肯定有终点，风口期会在毫无预兆下戛然而止。那么争分夺秒、变换轨道就是顺理成章的事，现在，云南发来的普洱茶不是已经到达我的仓库，就是在赶来北京的路上。足够的库存就需要几个、十几个巨大胃口的饕餮来吞咽，我利用原子裂变原理，将我们的年轻团队分成许多个小分队，化整为零地出击各个团购网站，但拉手网始终是主战场，我则是总舵主掌控全局，发展到后来，我觉得游戏还不过瘾，发展同行来分销，一时间，浩瀚无边的蓝色海洋上，无数舰船扬帆猛进。

在团购即将要发生重大裂变的最后一个月里，我已经成为功成名就的无冕之王了。因为在这半年里，数千万元的各种普洱茶经过我的游戏，空降到天南海北。这个天文数字连云南茶厂老板都叹为观止，而我在这半年里，运筹帷幄的能力，纵横捭阖的思维，都在随着数字而增长。

在与普洱茶相生相伴的时间里，我与茶之间发生着微妙的化学酵变，早、中、晚都在茶香缭绕中浸润，熟悉了那种摆脱不掉的茶香，像恋人一样依恋，有时，我幻觉里也充盈着那股自然的芬芳。只有在这一刻，我才感觉快乐是有重量、有味觉、有触觉的。

快递梗阻

———

　　并非所有事都是让人快乐的，事物盛极，必然走向反面。在我们一帮年轻人的创业事业红红火火时，隐忧已经潜伏已久，只是我们要等到发作才能注意到，但这时，团购的风口期也快结束了，取代团购的革命也就酝酿成熟。

　　一切都是从快递开始，团购的终端环节无疑是快递，消费者下单购买了商品，需要快递千里迢迢送上门去，物品齐全、包装完好才算结束，反之，消费者将反馈我们缺失，赔偿、退货、换货，才能平息消费者心中的不满情绪，而这个消费者必然不再会信任我们，我们无形之中就失去了一个消费者，如果累加、发酵的话，将是事业的一个灾难。

　　我一开始选择与国内知名的快递公司合作，分店的小伙子20岁出头，憨厚老实，话不多但卖力肯干。他刚接手这家分店，而我们则是刚刚进入团购行业，在与我们共同成长的时间里，一辆破旧的三轮陪伴着来回拉货，无论天气寒暑，他都任劳任怨装货、盘点、卸货，总是孤独的一个人。我几次看见他都在劳动，偶尔，他抬起羞赧的脸色看我一眼，我觉得任何一个环节出问题，也不可能是这个老实人。从童书到百货，事实上也确实没有出过快递上的问题，反馈回来的问题都是尺寸、质量和运输环节的问题。

　　随着我们全面进入普洱茶行业，订单水涨船高，一天有时要处理上千单，但他还是一个人来处理，只是三轮车换成了崭新的面包车，装载容积量也大了很多，但每次来回匆匆，已没有时间帮忙装货了。这时我慢慢地发现，我们的售后越来越忙，我还是没有认识到问题的严重性，但问题订单越来越多，包装破损、货品损坏，直到有一天，消费者一个接一个打来电话，责问下单一周时间了，为何还没收到货品？更有甚者，迟迟收到的却是货品不齐，而且是大面积地爆发，我才意识到快递源头出了大问题，赶去快递分店一看，年轻人为了尽可能地多赚利润，在快递暴增时也不多雇员工，唯一的员工是他母亲，为了省钱，包装就是一个薄薄的纸壳，而因为快递堆积如山，他们根本无力专业包装，也无心多花时间捆扎，因此，装货时错误百出，导致我们的信誉度急剧下降。

快递风波给我敲响了一记警钟，牢记初心，切不可因为创业到一定阶段而自我膨胀。我知道，他们在事业起步时，对待包装、服务有严格的标准，但订单大幅度上扬时，开始欲望膨胀，放松标准，甚至在货品上少放缺失，最后，受伤害的却是信任他们的我们。我了解了一切后，果断终止了和他的合作。

第二桶金

———

在团购网后期，我还做了一件事，就是扩大茶叶经营面，不满足于专营普洱茶，普洱茶的走俏，让扩展茶叶种类成了势在必行的必由之路。我选择了大众都能接受的铁观音作为新的种类，这次我并没有现成的资源可用，必须自己开发供货渠道，而最直接的就是去茶城，北京西城的马连道是全国茶叶的集散地，这里聚集了全国各地的茶商。

我对选择合作商并无特定要求，所以随机地在茶城找了一家店铺。店铺主营铁观音，种类齐全。几经对比之下，我对一款小包装的铁观音产生兴趣，最后与店铺老板商定，由他向我独家供货，每小包5毛钱，我许诺大量进货，当时我甚至都没有亮明身份。

铁观音成了普洱茶外新的亮点，我还是依葫芦画瓢，以小包装撬动大订单的模式上线，划定好包邮的价格红线，将每一包铁观音的价格贴着成本价走，但想达到包邮的价格红线，必须下单足够多的包数。这是一种变相的智力游戏，早期团购萌芽时期，传统的消费思维还未从消费者脑中完全拆除，所以我的小包装撬动大订单依然奏效，铁观音一上线就大卖，消费者像着了魔似的下单。一个团购周期后，铁观音的销量已经可以与普洱茶并驾齐驱了。

我像操作普洱茶一样，一方面大量进货小包装茶，一方面准备上线更多品类、档次的普洱茶，但这时我发现，其他团购网站也在用同样的方式低价销售同品类小包装茶，我马上意识到茶城商铺老板违背承诺，瞒着我们，与我们的竞争对手合作，抑或是竞争对手找了他合作，总之是他将独家销售的商业承诺置之脑后，通吃多家。

我痛恨茶商的背信弃义之举，为了攫取尽可能多的利益，完全不顾商业伦理、规则，这也让将电商早期的无序混乱呈现得淋漓尽致，为它不久后风口期结束走向死亡埋下伏笔。

无论是快递偷工减料，还是茶商背信弃义，都只是让我短暂痛苦，很快我就将这些不快转换成乐观，我坚定我的价值观，从中吸取教训，所以等团购的风口期结束，走向终点时，我一点也不留恋和意外，半年的风口期已经给人足够多的冒险乐园，也足以成就巨人和侏儒。

巨浪澎湃的团购大潮，在短短一年不到的时间里，让互联网世界有了翻天覆地的变化，几千家团购网站应运而生，也倏忽坍塌，真像《桃花扇》里唱得那样："俺曾见金陵玉殿莺啼晓，秦淮水榭花开早，谁知道容易冰消！眼看他起朱楼，眼看他宴宾客，眼看他楼塌了！这青苔碧瓦堆，俺曾睡风流觉，将五十年兴亡看饱。""千团大战"在互相蚕食的混战中谢幕了，拉手网也风流云散，消失在我们的视野里。

我以及我年轻的团队，却在这场厮杀夹缝中生存了下来，收获了"第二桶金"，这是一个令人底气十足的数字：300万元，而我们创造的销售额可能已经超过数千万元之巨。在收获"第二桶金"的同时，我收获了比金钱更宝贵的东西：教训、经验、视野、境界、方法、承诺，更重要的是，让我对创业未来充满了憧憬。如果说一年多前赚的10万元是"第一桶金"，它改变了我对工作与人生理想的看法，那么团购赚来的"第二桶金"，则真正让我明白了商业规则的全部精髓，让我不仅拥有大胆创业的资本，更增添雄心、胆略。"第二桶金"给我的另一个改变就是，命运之神把我今后的人生拨向了茶的世界。

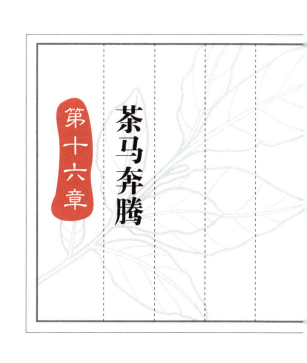

茶马奔腾

第十六章

被找回的事业

作为团购电商的直接受益者，我甫一"触电"就赚到了"第二桶金"，这给了我一丝志得意满感。但整个团购时期，尤其是团购乱象丛生后，"千团大战"混战后期，我一直在思考是继续向前探索，还是退回传媒公司小富即安，但这一切，都不以我的意志为转移，还没等我完全想清楚，告诉自己肯定答案。团购风口的高潮已经断崖式下坠，不久就彻底跌落到谷底，不宣而告团购模式死亡。

当时我有一个趋势判断，团购终将走向终点，但电商在未来作为新的消费模式，只会发展，不可能逆转，循着这个思路，即使我想回到传媒公司时代过安逸日子，自己也很难说服自己。作为一名创业者，其实我已经没有退路，心理和生理上都没有退路了，就像一个仗剑江湖的剑客无法伫停下来，安逸享乐安置不了他动荡不安的灵魂。我想到了年少时远远看着风筝一路北上飘荡，飘过山头就不见了，我就向往起山头那边的远方，我的动荡不安的基因就会被唤醒。

就在我举棋不定的时候，一个来自云南的电话，就让我知道了风筝往那个方向飘荡，那里有一大片广袤而生机勃勃的春野。

这是茶厂老板打来的电话，经历了团购时期的紧密合作，我们现在成了无话不谈的朋友，默契和信任达到了一个高度。他郑重其事打来电话，却是告诉我一件小事，最近他接到很多陌生电话，来自五湖四海，都是按照普洱茶包装上的电话打来的，众口一词地只为一件事：你们去哪里了？去哪里能找到你们？为什么买不到你们的茶了？想买你们茶的渠道是什么？一连串的问号，茶厂老板用浓重西南口音的普通话平静说出来，没有悲喜，没有评价，但字字千钧击打在我心旌上。

我听了心中一凛，那种心神上的暗通立即交汇，涌起一种奔潮式的感动，为一种契阔重逢，为一种新知邂逅。这个信号很强烈，我们经营了一年，已经拥有散落在东西南北无数消费者，他们像谍战电影里的沉默的冷棋闲子，一旦需要启动，立即会有回应。而现在的我，正想着带着战利品退出江湖，反观这些拥有强大信仰的拥趸者，却在千方百计寻找我们，那种虔诚，那种执念，怎能不让我心生惭愧？

普洱茶作为高原发酵茶，与人视坚贞为美德一样，将只有高山普洱茶才拥有的高洁、坚贞化为汩汩茶水，滋润人心，饮用普洱茶的人群也是投射暗合上这种美德。消费普洱茶的特点是忠诚度高，复购率自然也高。消费者轻易不会更改自己品茗的嗜好，所以我们一段时间不出现后，他们会去循着线索寻找我们。

我下了最后的决心，为了这些老顾客，我得建立一个垂直电商。

当时垂直电商是团购取代后出现的新现象，各行各业纷纷拥立为王，一时"五代十国"一场混战厮杀，当当、京东、聚美优品、酒仙、凡客诚品等，你方唱罢我登台，城头变幻大王旗。这些电商早期尽量避免大而全，都各自具有特色，当当主营书籍，京东主营电子产品，酒仙，顾名思义在酒类上倾注全力，聚美优品则是在美妆、化妆品领域耕耘，有了团购的"千团大战"经验，他们避免同质化，力争在一个领域称王，再徐图倾轧对方。现在，我仔细研究了电商市场版图，唯独缺少专门的茶类电商，我决定带着我的年轻团队做一个专营茶类的垂直电商。这是迄今为止我对未来发起的最大一次挑战，也是身负桀骜不驯遗传密码的我，对上下求索最好的诠释。

有时候，我会回溯自己的人生过往，追问自己是如何将茶作为终身事业的。我梳理一切与茶有关的事情，都始终找不到满意答案，在追溯童年时，我想起了从父亲那儿关联到的有关茶消息。

父亲的单位是电管所，这是农村所能找到的最好"铁饭碗"了，除了每月能领到基本工资，还能够在逢年过节享受一些福利，那些物品曾是我们家长期依靠的生活用品，为家里省去不少开支。

在那些物品中，最常见的就是肥皂、毛巾、洗衣粉、卫生纸一类的生活用品，有时还会有印有"东海县供电局"字样的水杯，偶尔还会有一两罐茶叶。对于那些茶叶，父亲喝得很珍惜，每次冲泡都只取出一小撮，取完之后立即封好存放起来，视作珍宝一般。

有一次，我像往常一样偷翻父亲的手提包，包被锁在了衣柜里，这当然难不倒我，打开柜门，还没来得及找到手提包时，先看到了一个"神秘"的铁盒子，我急于知道这铁盒子里到底装的啥，就用力掰开铁盒子，在拉开的那一刹那，里面的袋子顺势被拉了出来，袋口朝下，里面一片片茶叶芽从天而降，如天女散花样顷刻间撒了出来，这是我第一次近距离看到了茶叶的形状。

在那一瞬间，我的内心充满了恐慌，我担心被父亲发现，担心弄脏了父亲的茶叶被责骂，最担心的是撒落在地上的茶叶还能不能喝。茶叶撒落地上不到一秒钟，浓郁扑鼻的茶叶芳香开始在空中弥漫、发散，顷刻间涌进我的鼻腔，我的嗅觉翕张涌动，在最短的时间内，芳香充溢了整个房间。我觉得，这是我有生以来，闻过的最香郁、最美好、最难忘的味道。

后来我努力回忆，那种芳香应该是茉莉花茶散发的味道，短暂的几秒钟里，我就被这香味扑鼻的独特清香征服了，记住了茶的味道。这次意外插曲并没被父亲发现，父亲每次喝茶，依旧取出一小撮，直到很久后茶叶被父亲喝完，那个铁罐也自然成了我的储钱罐，我认定这就是我将茶作为事业钟爱的源头。

淘宝奇遇记

我的梦想、事业，是被普洱茶的复购者唤醒的，是他们找回了我今后奋斗的事业。而建立一个垂直电商是一件我从未涉及的领域，那绝不是在团购网上操作上线那么简单，需要搭建网站的专业技术人员，需要时间开发，在这个时间长度里，如果我们什么都不做，这样我们建好网站，复购者早已流散四方，毕竟，他们不能眼巴巴地等着我们建好平台，再来复购。我们必须要用一个现成的平台作为过渡，让复购者有归宿感，维护好老客户，并扩大新的消费人群。

想象和行动在我这儿就是一瞬间的事，我整日耽于"天才"梦的时刻早已过去，现实让我一日都不敢耽搁，现实让我一日都不敢耽搁。我马上在淘宝网上开设了一家店铺，取名为"茶马星选"，同时与时间赛跑，寻找技术人员开发一套电商网站系统，搭建一个茶叶王国。

"茶马星选"基本是复制拉手网团购网页，这是为召回复购者作的良苦用心，连十几款茶产品的图片、文字介绍都是照搬挪移，原有的品牌，原有的展示图，原有的排版，一切都是老样子，只是换了平台，一切都为了给复购者营造归属感，让人有时空错乱的幻觉。我还用团购的思维对待这次转换平台，既然团购是以追逐低价来吸引消费人群，那么，我们索性就走得更远一点。价格压到成本的水平线之上一点点，这是一个极其大冒险的策略，如果没有大规模的销售量，我们将每天都生活在水深火热中。但我们如果在淘宝不杀出一条血路，用低价引发瞬间引爆，我们将长时间淹没在淘宝的数以万计的同类商家中。

我意料之中的抢购风潮并没有出现，团购和淘宝是两种模式在思维、运作，我们的团购思维第一次在这里水土不服。团购简单粗暴，就是在规定时间里低价倾销，你在倒计时时间里购买就是这个价格，超出时间立即无情恢复原价，无须交流，给予好评，一身名贵衣服上没有任何珠宝挂件，干巴巴的枯索，且有时间带来的紧迫感。而淘宝恰恰相反，没有时间，时间是无远弗届，需要点评，可以交流，商家身上装饰物、珠宝挂缀一天比一天多，根据点评影响消费欲望，如果没有好评，就好比美女身上没有挂缀、珠宝一样，大家都没有欲望朝这个方向瞧一眼。

令我大感意外的是，即使已经是淘宝的最低价，但依然冷冷清清，没有人打开我们的熟悉页面，我们的销量还是没有起色。我一时有点惊慌了，但很快我便找到突破口打破这种尴尬的僵局，方法是立即激活那些复购者老客户。这是互联网思维带给我的大数据意识，也是年轻创业者想当一个细心野心家的开端。

我当即就找了短信软件平台，谈妥价格后立即发送出数十万条短信，那几十万条短信像无数流矢射向黑夜，瞬间就被吞没。我们将内容写成了寻亲启事，告诉他们我们是谁，现在叫"茶马星选"，平台已经挪移到淘宝网，普洱茶还是过去的超低价，老客户接上头还有优惠。文字写得诙谐幽默，有点像饶舌的周杰伦歌词，但使人马上就懂。果不其然，短信发出后不到一小时，我们的店铺就有了条件反射，像一串鞭炮点了起来，紧接着，引爆了的山体，碎石炸裂横飞，我们的办公室也沸腾起来，团购结束后，年轻人们还从没有如此欢呼雀跃。

这阵势有点像在召回老兵上前线打仗似的，国家有难，退役老兵都被信息纷纷召回，上战场保家卫国。紧接着，召回的老客户就挤爆了网络，数以万计的人直接搜索上店铺，茶产品、页面、介绍、详情都是老相识，这是我们给他们保留的乡愁，乡愁的羁绊是无条件的迷人。老客户雁过不留痕地下单，让我们店铺的等级连跳三级，几乎天天升级，带动了许多熟悉淘宝规则的消费者进店消费，但我们又是反规则的活跃，因为我们店铺只有少之又少的评论和点赞。

现在，店铺销量几乎又追上了团购时的高潮，仅仅一个单品，每天的消费额就达到 2 万元。这意味着，一件 39 元的普洱茶被下单了 500 余件，而总数加起来，则是一个骇人的数字。这都是超低价造成的局面，一件 39 元的普洱茶，别的店铺售价在百元之巨，而我们只有他们的三分之一，怎能不出现哄抢局面？

正当我在迷梦中陶醉，产生何必下大力气建垂直电商的惰性想法时，一个晴天霹雳发生了，我们店铺被查封了！

那是一则淘宝网的官方通知，因为非正常情况，我们涉嫌恶意大量刷单，被屏蔽十日整顿。我一下子懵了，迷梦也飞到九霄云外，第一次收到如此措辞严厉的通知，且处罚如此严重，屏蔽一天我们将损失数以十万计，更何况十天？我马上冷静下来，电光火石般在脑中排查哪一个环节出了问题，和团队商量对策，准备向淘宝申诉，但找不到惩罚原因，申诉也必将失败。

在研究了淘宝平台的搜索规则和反刷单制度后，我们大致明白了惩罚原因出在短信上，短信召回的老客户在店铺平静似水的情况下，突起波澜扬波猛进，销量从静止不动突然被拽升到高点，而这一切都是在可怜的评价全无情况下发生的，这太不像正常的一次次网购过程了，只有一种情况，只能是恶意刷单。而这一切，被淘宝电脑监测系统完整掌握，所以，兴师问罪来了。

仅仅是我们超出了淘宝设定的增长模式程序，就被"莫须有"地以想当然有罪思维屏蔽了，这是一种机械限制了想象的典型。我马上带着强烈的不满情绪进行申诉，但这种不满却有一种无处宣泄的无奈，因为我们始终面对的是冷冰冰的机器制式回答，因为这是电脑在回答，这让我们有种有劲儿无处使的感觉，拳头打在棉花上的哭笑不得。

我们用文字解释了几次，填了许多表格，机器始终无法准确回答，终于惊动了人工复查，才将我们的惩罚终结，但时间已过去了许多天，我们的店铺蒙尘已久，我也疲惫地从最初的豪情万丈跌落到冰点。

而惩罚永未结束，淘宝的屏蔽措施隔几天周期性发作一次，我们需要不停地申诉，不停地解释，最后，我决定不再寄人篱下，受制于人，结束这一切，丢掉幻想，全身心去搭建自己的充满想象的商城。

呼唤茶马网

在周而复始申诉的时间里，也是惰性和惯性轮番发作的时间，每一次总是抱有侥幸心理，觉得这是一个意外，这是最后一次，只要结果完美，一切都可以原谅。当一次次意外发生时，我的耐心被一点点磨损掉，最后，我将闸门彻底关上，转向另一条道路，这次我内心残剩的惰性和惯性也消失了，我只想着奔跑起来，快一点，再快一点！向着自由和理想的风向飞扬起来。

在一切还未开始前，我先给未来的电商网站取好了名字：茶马网。这是一个寄寓美好情怀和浪漫故事的远方梦想，朗朗上口且意味十足，让人联想翩翩，无限向往。这是我做事的风格，也是文学梦留给我的一点余绪。我们为即将诞生的茶马网编织了一个充满戏剧色彩的凄美爱情故事，这既是"茶马网"的品牌故事，也是我们的文化情怀。这个品牌故事的核心是爱，是经得起考验的旷世之恋，一如我们对茶叶生生不灭的执念。

易武是一个神武、爱国的军队骑士，他和他的战马经历无数战争抗击外侮，在一次重大的战争中，他所在的军队遭到重创，死伤无数，战马驮着重伤的易武摆脱追兵，一路向西南奔跑，最后不知经历多少困苦，来到一处风景秀丽的山谷。战马止步于此，这里是世外桃源，村寨山民以采茶为生，美丽善良的采茶姑娘娜卡救下了易武和他的战马。春来暑往，易武和他的战马都在这绝美风景里渐渐康复，和娜卡出双入对地采茶、品茶，过上了神仙眷侣的日子，忘记了自己是一名骑士，以此同时，易武也与娜卡彼此爱恋，月下盟誓，终身相托。战马是他们爱情的见证者，于是他们为战马取名为"茶马"，茶代表娜卡，马代表易武。

就在爱情生活趋于平静时，却风起波澜，易武到集市上卖茶时看见一列军队开过，正是当年的老部队开往前线抵御侵略，他回家告诉娜卡，自己是一名骑士，要上前线保家卫国，战争结束后将回到村寨迎娶娜卡，到时永不分离。朝阳升起，两人在村口洒泪而别。

此后，娜卡日日守望在村口，等待心爱的骑士归来，但最后，等来的只有那匹孤零零的茶马，易武早已血染沙场。从此，美丽的采茶姑娘身边，茶马相伴左右，隐伏在山水茶场间，直至天荒地老。

一个融合家国、爱情的凄美故事，为"茶马网"奠定了人文灵魂，我又围绕这匹"茶马"设计了一个浮动的图标，象征"茶行业黑马"横空出世。一切看上去都很唯美，只等着茶马网建成上线。

但现实与理想隔着一个世界，流行语说得好："理想很丰满，现实很骨感。"无论从哪个角度审视我，都很难将我判断成一个独立电子商城的负责人，一个互联网世界的弄潮儿，因为我当时太年轻了，脸庞太过稚嫩了，只是因为时代的潮汐将我推上了浪尖，在加上一些时势偶然和我的内向性格，我就开始巨擘这个宏大的蓝图，完全不考虑自身的弱点，有点藐视这个世界混不吝的感觉，我已经听到了不受拘束、永不服输的激宕基因澎湃拍岸，阵阵回响时时在耳畔激荡。

老实说，我没有一件够得上成熟的创办电商的条件，自己并非技术出身，商业遨游更是新人，管理团队也并非熟稔，资金储备与巨擘蓝图更不成熟，技术和管理团队最为缺失，几乎为零。如此反向的评估，在当时的我却认为是优势，不受成见拘囿，用勇往直前的信仰来突破所有壁垒，用强大的意志力来碾压所有的不可能。而在我看来都算是合理条件，从团购到淘宝的经营优势，放到一个互联网宏观条件下，真是微不足道。这就是我当时的状态，一种呈现分裂而不统一的现状。在我的推进程序中，我视创办一个电商平台为简单的技术加贸易混合，搭建平台依托互联网技术人才就能实现，而后者商务贸易则是我的特长，以为搭起一个商城平台，就会财源滚滚，这是我创业思维的平面化造成的，完全忽视电商的资本运营，在以后的每一个环节我都将受到教训。

当一切思维都在强行成功里溯流时，失败起伏不可避免。

我创业以来第一次挫折很快就扑面而来。我设想的第一步是急迫地想请一个互联网高手，于是在各大网站挂出招聘信息，标出高薪聘请优秀互联网程序员，心想重赏之下必有勇夫，但现实却是冷冰冰的残酷。几天过去了，乏人问津不说，连个咨询电话也没有，我马上意识到我们公司过于稚嫩，在互联网大潮声浪滔天席卷全国的大背景下，业内每天诞生无数我们这样的小公司，优秀程序员都直奔知名大公司，小公司连捞个一般程序员的机会都没有。

找不到优秀程序员就无法搭建网站，搭建不成网站一切都无从谈起，梦想都是水中月，镜中花。眼看无人上门，我就主动出击，从朋友圈里寻找直接关系和间接关系，在人情社会的中国，这一招立即奏效。我马上就得到一家朋友公司反馈，这是一家专门从事网站外包的公司，刚刚在前几天挖来一个号称"无所不能"的程序技术高手，条件刚刚敲定，人在深圳正准备动身来京。我听了欣喜若狂，意识到这是"天上掉下个林妹妹"，是专为我而降下的。

我立即赶到这家公司，赶在技术高手到来之前跟他的公司谈妥一切，最后，我们两家公司达成合作协议，将茶马网搭建工作全部外包他们。根据约定，我也为技术高手开出了高昂的报酬，为期一个月。办完这一切，我就憧憬美好的前程了：茶马网完美上线，网站高速登录，绚丽页面赏心悦目，茶品动态介绍多姿多彩，下单、结账、点评流畅无比，足以比肩京东、当当等成功电商。

一波三折

梦想都没有维持 20 天就破灭了，这对我打击很大。

看到了"无所不能"高手做出的网站雏形，我就凉了半截，我隐隐感觉这位从深圳跳槽来的技术高手，从一开始就被夸大了技术能力，这从工作 20 多天后交出的成果得出结论，他一手搭建的网站雏形运行效果非常差，不仅运速很慢，动态画面效果也差，展示、分享、动态、音效、支付这些重要环节都不顺畅。内行人告诉我，这些问题都是因为网站在设计阶段就存在大量的关键漏洞，属于先天不足，我寄希望于"无所不能"高手解决这些最关键漏洞，这时，这位高手的志大才疏就暴露无遗，因为他早已束手无策。而时间和耐心都不允许我再耽搁下去。互联网事业是与时间赛跑的事业，电商更是只争朝夕，晚一步，有时意味着整个世界都丢掉了。

这件事情足以让我下决心立即终止合同，更何况我还发现了另外一件事，技术高手还在后台设计上故意留下了致命漏洞，这个隐患立见人心，它像一面镜子样地照出技术高手的品性，我毫不犹豫叫停了双方的合作，宁可留下一个乱摊子，也不愿被牵着鼻子走。

搭建网站又回到了原点，我再次陷入了深深的焦虑中，苦无良策时，我还是想到了招聘，不过这次招聘不再遵循自上而下的策略，而是寄希望于平地起青云，技术大牛的浮夸让我改弦易辙，希望招聘一些普通岗位的互联网人才，夯实技术基础，不再发生上一次被牵着鼻子走的事情。

很快，基础性的 6 人团队就建立了起来，大多是刚刚毕业的大学毕业生，冲劲儿十足，但经验几乎全无。我看着这支满赋能量的队伍却忧心忡忡，我知道，我还得去找互联网奇才来引导他们，否则，将一事无成。

人生幸运之处就在于，许多出其不意，就在山穷水尽处曝露，正如陆游所诗："山重水复疑无路，柳暗花明又一村。"我正在为没有优秀的技术高手带队而苦恼时，姜彦雪中送炭了。

他介绍的这位技术大牛在声名远播的新东方工作，自身并不愿意来茶马网就职，但可以兼职担任顾问，通过远程操控来帮我们解决搭建过程中的技术难题，我在经历上次"无所不能"事件产生落差感后，也想尝试换一种方法来达到目标，所以才有了我招来基础性技术团队的想法。现在，技术顾问的出现，与我的无意之中的预设一拍即合，我立即同意见面。

多次沟通后，我们达成了一个兼职合作方式，这位技术大牛在工作之余抽出一部分时间，来帮助我们搭建网站，肩负指导搭建和解决难题的职责，是我们的技术顾问。而实际的搭建执行，则由我的同事们来完成，我认为，我的同事们来搭建网站，比外包更加让人放心，按照技术顾问设定的流程步步推进，我不仅能够每天看到具体进度，还能掌控网站上线的日期规划。

就这样，第二次搭建网站的工作，又有条不紊启动了。这次为了保证效率，我们建立了一个 QQ 群，同事们有关于搭建的问题都可以在群里咨询，但要等技术顾问时间方便了才能回答，技术顾问只有周末和下班后这两个时间段，才有完整时间参与到搭建工作中，一切看上去都井井有条，我又开始憧憬网站完美呈现了。

然而，经过 20 多天的运转后，却又一次落空了，网站还是海市蜃楼。在搭建过程中问题从不间断，层出不穷，但始终解决不了核心的关键问题，照这个速度建成上线遥遥无期，在技术顾问带队的那段时间里，我在思考中发现，依靠外来的技术顾问主导，这条路根本走不通，必须让核心的开发人员沉下心，全身心投入精力才有希望。

两次折腾，两次常规方法都不奏效，还是回到起点，我一时有心灰意懒之感，但弓已拉满箭已上弦的紧迫感让我不能就此放弃。

学习者最美

　　我想这一次一定要剑走偏锋，拿出超常规的方法来。平时翻阅《创业家》杂志，从杂志中得知在中关村有一个叫"车库咖啡"的咖啡厅，是专为互联网奇才们开设的，我决定从这里下手，以虚对实，单刀赴会，像寻觅传说中的浪漫女郎样去寻找程序高手。

　　连着几天我都出没在"车库咖啡"里。一天下午，我又来到咖啡馆，点了杯咖啡坐下来，巡视一遍寻找合适的人。不一会儿，一个戴着黑框眼镜像是年届中年的男人坐到了我对面。咖啡厅鼓励交流，在这里喝咖啡的人不是为了消磨时光，都是带着目的寻找创业资源的。于是我和坐在对面的中年男人没有任何寒暄，直接开始了交流。

　　我告诉他我正在做一个网站，遇到障碍，需要程序高手，而他向我介绍自己是计算机程序员出身，刚从大公司辞职准备自主创业，来这里寻找创业伙伴。我当即与他交流我们网站的漏洞，试探性地请教如何解决，也在谨慎地评估他的技术水准，但他似乎不愿与我谈创业以外的事情，含糊其辞地搪塞我，而我却误以为他在没有报酬的情况下，不想帮我们。就当即加码，直截了当地说如果能短时间解决网站的关键问题，我会开出令他惊讶的报酬数字。但他仍无动于衷，一脸茫然地仅表示加个微信，以后再交流，而我，更是浮想联翩，以为碰到武林高手了，高手一般都是高冷待人，不费十倍功夫万难攻克。

分别之后，我被一种焦躁的错觉支配着，一次次与他交流信息，问的都是茶马网站搭建中遇到的现实问题，每次只要谈到实质性问题，他都竭力回避我的问题，慢慢地，我通过他只言片语零星地流露，发现他所谓的辞职创业，不过是逃避现实的漂亮幌子，他也是一个作白日梦的梦游者。我了解了真相后，对我病急乱投医的愚行，不禁哑然失笑。

我在外面病急乱投医的这段时间，我的年轻团队并未就此停歇等待，而是发力苦苦钻研，积累前两拨高手的经验，进行定点突破，当我在一错再错的玩笑中浪费时间，我的年轻同事也在一天天临近完美结局。

当茶马网全新横空出世时，直到演示结束，我都恍如在梦中一样感到不真切。宋人夏元鼎说："崆峒访道至湘湖，万卷诗书看转愚。踏破铁鞋无觅处，得来全不费工夫。"我在外面绕着大圈，苦苦寻找所谓的技术大牛，结局却都以失败告终，这样的经历真有一种转山一样的"看转愚"，而最后把茶马网站搭建完成的人，却是我当初招聘来的年轻人刘腾飞，这个20岁出头的年轻人，是前不久招聘来的3位研发人员之一，他带领其他年轻人完成了茶马网站搭建的全部工作，这让我内心炸裂般地震惊。

当初招聘他们来的目的，仅仅是不再被技术大牛忽悠，夯实茶马网自身的技术基础，不至于出现第一个"无所不能"技术高手，在网站后台留下开发者进出自由权力的隐患，他们刚走出大学校门，研发能力薄弱，但接受、消化、学习能力相当强，在随着技术顾问指挥棒工作的那段时间，年轻人们迅速成长，3个月后，技术顾问黔驴技穷时，想不到刘腾飞却已掌握了很多新技术。他们遇河搭桥，遇山开山，将关键性的漏洞一一修复。不放弃的钻研进取精神让他在短时间内快速成长，在不经意中自己成长为参天大树，成长为我苦苦寻觅中的"技术大牛"。茶马网搭建过程中一波三折的经历，给了我很大的教育。不要忽视小小的尘埃，当堆积到一定程度时，犹如下象棋小卒过了楚河，势不可当。

茶马网得以最终完美上线，更加让我验证了一个道理，学习是所有成长中最可爱、最尊贵、最可敬的一种动力，它能粉碎人类偏见中所有的成见。通过努力学习得到的美，都是最丰美的、最能激荡人心的收获。

茶马网上线前还有最后一道工序，就是拍摄我们所有的茶产品，为它们定妆，将上线茶的最绚丽一面呈现出来，为此，我们请了两批拍摄团队，在第一批拍摄团队不能满足我的完美要求后，我果断请来了得过国际大奖的摄影师，来为我们的茶叶拍照，摄影师敬业心至今都令我感佩，整整 24 小时，我们都在配合他摆弄这些茶叶，找到最好的角度，找到最佳的光线，质感和迷人的照片一张张流淌出来，我们稍加修饰就可以排版上线。

第十七章

融资旋涡

股东风波

————

    2011 年 10 月，茶马网上线了。那年，我 24 岁。年初的时候，我还只是一个懵懂的互联网团购行业的菜鸟，像闯进电商森林的一头麋鹿，东奔西突，谁也想不到，年尾的时候，我已经"士别三日当刮目相看"了，成了一名行业垂直电商的创始人，而且，是第一个将中国各类茶整合上线的电商创始人。这一年里，我的人生经历了太多的淬炼，像过山车样地活成了一个传奇。

    茶马网的成功建立，我的人生开始了无所畏惧的时代，我手握几十万份团购、淘宝积累下来的老客户资料，像一个拥有绝杀兵器的将军面向战场运筹帷幄，成竹在胸。

    但一套"互联网思维"组合拳打下来，我开始感知到市场的春寒料峭。人和物都在蚕食、消耗我在团购时期积蓄的财力，我愈加感觉钱在雪崩样地滑泄，我有一种感觉，以前挣钱的速度是如此快速，现在也是如此这般被快速虹吸，而外部环境的压力，给我的危机感与日俱增。

    电商市场在复杂化过程中并没有筛选细化，而是朝着大而全方向大发展，京东、当当、苏宁易购原来各自为阵，互不侵犯，但现在却一步步变成名副其实的囊括万物的商城。茶马网开宗明义就只做茶叶，但仍受到强大冲击，在它们咄咄逼人的夹击下战战兢兢活着。它们的饕餮般气势就在于有强大的投资、融资能力，背后是风投资金的呼风唤雨。

我开始跃跃欲试，也想借助更多的能量来壮大茶马网。第一步想到的是扩容股东，股东扩大后，资金、人脉、管理都会集束发力，股东能带来资金，还能有全新的人脉、资源引入，管理经验也能互补，不再像以前我一个人在战斗，单打独斗，从一个人面对瞬息万变的互联网世界，到一群志同道合的人共同创业，共同成长。

很快，第一个股东就送上门来了，他是我的老朋友郭响，他的"宿命论"让我至今记忆犹新。老实说，我很欣赏他出奇制胜的商贩思维，心想有一天也许能用到茶马网的营销上，经过我们一番开诚布公的沟通后，他带着一笔数目不大的钱入股了，我作为创始人也确定好原始创业总额，并科学地划分好股份，我占绝对控股，根据郭响带来的资金，给予了他相对比例的股份，郭响也摇身一变，从小商贩成了互联网企业的股东。他像变了个人似的，一改萎靡不振的样子，经常来茶马网开会，了解公司内情，我也期待他作出改变，摒弃掉小商贩格局，用互联网思维来出谋划策。

如果说让郭响成为第一个股东是出于旧日情谊，希望将过去一起打拼的人拉进共同的事业，一起奋斗、前进。那么，选择第二位股东则理性多了，对我而言，才是真正的优势互补，她是个女性，不仅家世、学历都是中国最好的，更在人脉、资金上占有绝对优势，最重要的她在很多大公司占有股份，现在她成为我们这家刚刚成立的电商企业股东，这让我更有信心做好茶马网。

我与女股东进行了深入地交流，她承诺带 100 万元资金入股茶马网，茶马网也给予她第二股东的待遇，她后续将陆续引荐投资公司和投资人，并为茶马网制定未来发展的融资规划，甚至我们还谈到了上市的各种可能，逐步引向资本市场，这些都是我闻所未闻的布局，让我热血澎湃，更加对女股东信任有加。

相对于未来期待股东们将各种资源和资本市场引入，茶马网受季节性市场震荡陷入低潮，却是当务之急要解决的，茶马网成立之初半年的营收，在豪掷老客户名单后，召回复购一时风生水起，但茶叶这东西是周期性很强的消费品，老客户复购后，要经历一段时间消化后再消费，但网站、人员不可能也变成周期性的等待。我将互联网思维的百度推广使用到了极致，还是成效甚微，但自有资金已到了水枯见底的时候了，茶马网第一次发出红色预警。

我一次次地催促女股东兑现 100 万元股金，她每次都说很快汇出，但她在半月一次的股东会上看到报表就会犹豫，我软中带硬地最后催促，她只是汇出一笔数字不大的款项，根本无济于事。我总是期待渡过难关，她的资源能很快引入带来好转。

但事与愿违，公司最严重的时候，连房租、水电费都支付不出，我希望她将承诺的剩余股金一次性到位，解决根本性问题，她居然提出增股要求，被我一口回绝。这个时候提这种要求，在我看来，无异于乘人之危。

这个时候，我对她入股茶马网的信心产生了动摇，她的远大前程的美好规划，都是言不由衷的虚幻泡影，投资的收益回报才是她的首要考虑。

在我对女股东失望之余，茶马网发展已陷入绝境，公司账上现金断流，员工工资难以为继，我心神交瘁之际，郭响这个股东也突然行动起来。他以老家出了紧急情况急需用钱为由，提出退股撤资的要求。这对我来说，无异于晴天霹雳，但我冷静下来，接受了他的撤股要求，清退了他的股金。

当两桩各怀异志的股东风波散去烟雾时，我对合伙人的功利期待也大大减弱，以后在精神、价值观追求上要求更高，尤其是志同道合者方可入股。后来，还有人在茶马网趋于平缓时，要求入股成为股东。在考察了她的许多条件后，尤其是追求理想、奋斗精神上，我们的认知差距太大，我就拒绝了她的入股要求。

总能走出低谷

———

　　既然股东抱着投资收益的心态加入茶马网，不想帮助茶马网渡过难关，茶马网营收稍稍走低，就立即上演撤资退股的故事，而茶马网又没有找到突破周期性消费壁垒的有效之策，各种开支和费用却成倍增长，我就想到了找投资人融资来解决目前的困境。错局在股东身上已经发生，既然本来应该共同怀抱奋斗理想和情怀的股东只在意即时收益，那么我还不如赤裸裸地直接去找投资人或借款人，因为他们开宗明义就是收益回报。

　　对郭响和女股东的失望，使我将寻找股东的门暂时关上了。这使我形成了一定的偏见，使我觉得，最简单高效又合理的方法就是寻求投资，投资人或许比股东更值得信赖。

　　我见到的第一位投资人，是姜彦的哥哥。开传媒公司无人光顾的时候，我曾向他寻求智力支持，当时他在清华大学旁开着一家素食餐厅。好景不长，餐厅因为没有卫生许可证被勒令关店，这是姜彦创业迈出的第一步。后来，他突然失踪了，又在今年突然出现。原来他迷恋上了佛法，拜了一位高僧为师，常在那里参禅学佛。不久，他又开始了第二次创业，和朋友在房山开了一家咖啡厅，坐落在地铁站旁，地理位置优越，客流量稳定。姜彦曾从我这里拉走一些茶，作为周边产品在他的咖啡馆里售卖，因为资金不足，最终还是关闭。咖啡馆事业结束后，姜彦又开启了他的第三次创业，移动互联网的便捷，使得O2O商业模式走热，让线上付款线下消费成为可能。很多店铺把消费入口放在线上，同时也催生了很多O2O公司，姜彦和他朋友做了一个把设计放在线上的平台，但是很不幸，他又再次失败了。

现在看来，姜彦不是一个合格的创业者，屡战屡败，因为他过于理想主义，天马行空而不切实际，最致命的是他缺乏恒心、专注力。他不断创业、失败、再创业的那段时间里，茶马网的茶成了他店里的首选补充品，无论是餐馆，还是咖啡厅，他总要带上一批茶放在店里售卖。他说那样能够丰富、延展他店铺的业务链，对我来说，茶马网也算是有了一个线下门店。

姜彦的哥哥却是一位与之截然相反的人，是拥有一定资金实力和社会资源的成功人士，在很多地方投资产业。正基于此，我锁定了姜彦哥哥作为投资茶马网的一号人物。但真应了那句老话："希望有多大，失望就有多痛。"第一次满怀信心找老朋友哥哥寻求融资，最后却以完败收场。

几次融资都无功而返，茶马网产品销售没有任何起色，时间一天天溜走，公司财务情况继续恶化，我意识到现在的状况不能等待融资了，如果继续抱着融资想法，也许等不到融资到位那天，茶马网就已经不存在了。现在需要借钱，甚至跟私人借钱，才能渡过茶马网的难关。我想尽一切办法去找朋友借钱，历尽无数羞辱，到最后还是没有借到一分钱。这些借钱经历对我来说是一个个挫折，也是一次次对信心的打击。

但也有意外的惊喜，那是一个从没有在视野之内朋友带来的，一个茶馆老板主动借钱给我。我曾经在他咨询时施以援手，他在茶馆转让后主动借给我10万元，这个举动让我很意外，也很感动。到了2013年年底，我一整年都消耗在筹款上，仅仅筹来很小的数字，又很快被房租、员工工资和年终奖、网站维护费用吞噬了，我每天起床后不是在筹钱的路上，就是已经坐下来向人开口借钱了。

在困局集体发作的2013年年底，有一大堆账单要我去支付，但我已经到了山穷水尽的境地，那几天，每天早晨一睁开眼，我都有立即闭上眼的悲观，不知道迈出门迎来的是怎样的绝望世界。但强大的意志力还是驱使我面对这个世界，只不过，这一次的想法简单干脆，直接找到马连道茶城一个批发茶叶的女老板，她是茶马网固定的长期合作商，我将茶马网整整一仓库普洱茶抵押给她，那是茶马网的全部家当，大约价值数百万元，女老板思虑再三，最后同意以抵押的形式无息借款给我 50 万元，为期三个月。有了这笔钱，我心中的暖意上升，对未来又慢慢燃起了希望。

严酷现实一个接一个摆在眼前，为了努力让茶马网有更多客流，我把大量资金都用在互联网上投放广告，现在需要削减一些运营成本，来支持公司继续往前走，员工薪水开支是第一个拦路虎。我想着将人力成本首当其冲"瘦身"，但如何舍弃跟随多年的员工，这在感情上很难决断，我决定即使要裁员，也要等到大家过完春节，这是一个中国企业家最东方式的温情方式。于是，茶马网全体员工在危机四伏的 2013 年年尾，却意外地度过了一段温馨的浪漫时光，有晚会，有聚餐，有奖金，有嬉笑，有歌声，甚至还有诗朗诵。直到我宣布放假回家过年，大家都没有察觉到我眼眶里噙着泪水。

过完年进入三月份，在招聘市场最火热的时间节点，我痛苦地选择了让几位研发同事离职，去广阔世界寻找新的发展机会。只给茶马网留下了几位前端运营，和公司日常运作所需的销售同事。在精减人员后，大厅显得空空荡荡，我心里泛出失落的涟漪，躲进办公室半天不敢出来面对。有时候，企业家的某些决策并不一定都能够让大家永不分离，但从另一个角度来看，这些决策何尝不是对所有人都负责呢？

而此时，50 万元借款像一道魔咒，时时刻刻在无声念响。如果三个月后还不上借款，仓库里的价值百万元的普洱茶就归别人所有了，这就像别人可以堂而皇之地抱走自己的孩子，而我只能眼睁睁看着，不能阻止。在 2014 年年初，我能做的就是找朋友帮忙，将茶马网的茶尽可能多地销售出去，尤其是创业的朋友们，他们也深受压力各自负重前行，但都伸出援手，拿出一两万元来买茶，年前年后的忙活，用茶换来几十万元的现金，在年后顺利还清了借款，消除了这道魔咒。

找到天使投资

　　为了度过那段艰难的日子，我想到了书籍，我想到了天才尤金，这是我成长过程中两种套娃式的存在，也是给我慰藉的唯一途径。书籍在不同的年龄段给我力量感、方向感，给我一种超乎寻常的精神炸力。尤金则是天才的存在，让我出走远方有了参照和偶像，他出现在一本《天才》的书中，让我生命的某一时段都受他人生经历的点燃、暗示，远走他乡后，我的"天才梦"被残酷现实一点点剥落，但一想到尤金，我心里还会涌起青春气息般的激情、温暖。如果书籍是套娃最外面的一层，那么，天才尤金则是裹在里面的第二层。

　　那段时间里，星巴克创始人霍华德·舒尔茨的《将心注入》和《一路向前》一次次进入我的视野，我看完了一遍又看一遍，发现我经营茶马网遇到的麻烦，和他当初创办星巴克如出一辙。商业就是这么具有通感，他在美国西雅图遇到过的问题，很多都在我身上重演了一遍，他因融资难而产生的绝望都和我相似，在这本他的回忆录里我仿佛看到了自己的影子。

　　这两本书成了我的枕边书，休息前我会翻上几页，才能安然入眠。他曲折而跌宕起伏的成长、创业经历，伴随着我走过了黑暗的"隧道时光"，在难熬的日子里给了我力量。我记住了这句话："在《将心注入》一书中，星巴克总裁霍华德·舒尔茨展示了星巴克赖以生存发展的原则，和读者一起分享他从他的伟大追求中获得的智慧。行销人、经理人和有抱负的创业者将会在这部权威的企业编年史中发现如何把内心的激情转化为利润。"

在星巴克前，霍华德·舒尔茨创办天天咖啡时，就已经进行了一场非常艰难的融资。前后两次，他见了两百多位投资人，其中有互联网巨头，有城市富豪，有著名投资人，还有自己小区的邻居。融资过程艰难到难以想象，用霍华德·舒尔茨的话来说，在融资时，自己就像是一条夹着尾巴的狗，硬着头皮去敲投资人的门，还要做好被对方赶出来的准备，有时候不但拿不到投资，还会因为被拒绝，尊严和信心备受打击。

收购星巴克时，自己同时面临着失败的风险，霍华德·舒尔茨创办天天咖啡时，星巴克出过一笔资金帮助他，因此，星巴克也就成为了天天咖啡的股东。另外，天天咖啡还拥有其他股东，其中不乏雄厚实力的资本家，收购星巴克关键时刻，就有一位资本家站出来也准备收购星巴克，如果成功，他就是星巴克和天天咖啡的双股东，占有的股份完全可以让霍华德·舒尔茨直接出局。这一切都太艰难了，如果收购失败，霍华德·舒尔茨会变得一无所有，咖啡梦也会成为泡影。然而星巴克后来之所以能够这么成功，多数功劳在于霍华德·舒尔茨本人，不服输的精神驱使着他去战斗，去解决问题，最终他靠着坚忍不拔的意志打赢了。

我专注于霍华德·舒尔茨在星巴克创办时的融资行为，以期得到借鉴，得出的结论是意志力上的不服输，精神力上的乐观、积极，两者是他成功的关键。现在，茶马网同样陷在融资的泥潭里，进退两难，过去我只狭隘地专注于融资和借钱，甚至为了借钱而抵押茶产品，只为了维持茶马网的经营现状，忽略了茶马网以外新的经营亮点。此时的我，明白融资其实只是一种手段，绝不是支撑企业走下去的救命稻草，而真正能够让一家企业长盛不衰的条件只有一个，那就是用心经营，一切就都会变好的。正如那句话：你若盛开，蜂蝶自来。霍华德·舒尔茨是将心注入咖啡，而我要做的是将心注入茶，要将这作为一个理念始终坚持。

　　见了各种投资人后，仍没找到有意愿的投资方，公司账上也一直处于枯竭状态，茶马网发展需要资金的支持，而公司这时也出现了新的亮点，新的经营方向，我必须尽快找到投资发展新的亮点。我是一个善于灵活改变的人，一成不变从来不是我的思维方式，我觉得应该去见我想见的投资人，而不是被动地等着别人召唤。

　　天使投资人这个称号，在互联网世界里持续火热，天使投资人像天使一样给一个创业公司带来福音。在创投界，天使投资人徐小平的名气如日中天，他像神话一样投资了很多公司。他的投资方式很怪异，但很慷慨，以至于很多得到他垂青的公司都成了"网红公司"。每个创业者都梦寐以求与他结识，更重要的是，在创投界里，徐小平选择投资哪一家公司，具有风向标的作用，其他投资人也都会重点关注这家公司，被徐小平的真格基金投资带来的效益，绝不仅仅只是拿到钱而已，还有更多看不见的后效应，会像飓风一样迎面刮来。

　　找到真格基金投资的想法一旦升腾到脑海里，很难再驱赶出去，但徐小平肯定不会不请自来，作为创投界的大佬，徐小平有着举足轻重的地位，他的每一次投资都是一次新闻事件，有着足够的新闻效应，吸睛效果，创业者如果能有机会见到他，就已经是梦寐以求的事情，如果成功取得他的投资，那就双喜临门了，对今后的事业推进能起到事半功倍的效果。

徐小平来了

徐小平会来吗？当然不可能不请自来。我一直在问自己这个问题，我的人脉没有一条可以通达到徐小平那里，我的茶马网虽然是互联网企业，但像我这样的电商何止千万家，你没有足够的地球引力，怎么能将他吸引过来？但换一种正面强攻的方式，或许就能攻下这座城高墙厚的城池，小时候看过的话本小说里多是这种招数，挖地洞、火攻、声东击西，甚至水攻。总之，我现在需要徐小平这针强心剂来让茶马网快点飞起来。

我跟徐小平之间的物理距离很近，直线都不到 800 米，拐过三个街口就到了，真格基金总部所在的北京国贸大楼，与我所在的泰达时代中心遥遥相望，都在各自的视野范围内，如果我们同时打开窗户，朝着对方喊一声名字，理论上应该能听到。但是，在寸土寸金的北京 CBD，这显然办不到，喧闹的声浪像我们之间无形的壁垒阻隔住彼此，我们之间的咫尺实际上是高不可攀的人为山巅，我几次看着国贸那座资本大楼，沉默地想着如何将我们的轨道交集到一起。

互联网的特色有其他传统行业不具备的飞跃思维，传统行业受到千百年来固化思维而局囿想象力，互联网从业者不受这些定式思维禁锢，有时甚至是量子式思维，就是新的科学世界观和思维方式。传统社会想结识一个人必须经由另一个人介绍方有效，而网络时代则完全不必，社交媒介五花八门，这是一个人在另一个世界的存在标签，它对应着现实世界。

那一年，新浪微博作为社交媒介兴起，很快就蔚然成风。不少明星名人都用微博账号发布生活百态。为了宣传茶马网，我们也有微博官微，配合业务推广，我还有一个微博个人账号，用实名注册，简介是"茶马网创始人"，发布有关茶马网的信息，偶尔发布一些我的心情感慨。徐小平这样的新闻人物，自然少不了在微博上活跃。我一搜索就看到了他的微博，他非常热衷于发微博，行业观察，投资项目，自己的生活趣事，总能在微博上看到他的动态置顶，他是一个大 V 级的人物，仅关注粉丝就有数百万之巨，这是已知的天文数字，我也默默地添加了他。

没想到仅仅过了几天，我的微博竟被徐小平关注了，这着实让我兴奋了一阵子，我还是默默关注徐小平的日常动态，几乎每天看徐小平的微博动态更新，从他那里了解行业资讯，投资风向，更想窥探他本人的动向。我几次鼓起勇气在他微博下留言，写下一行行字，但随即还是被我删除了。

有一天晚上，我在公司加班到 7 点多，和同事一起到楼下餐厅吃饭，点了几道菜后等菜上桌的间隙，我习惯性地掏出手机刷起微博，看一下行业热点，也看一下茶马网刚刚发布的内容，正漫无目的地浏览，突然弹出来徐小平微博的动态更新，点出来一看："去上海出差，自己的眼镜却忘了，如果有朋友从北京去上海，希望能帮忙给带过去！谢谢！"

本来大脑像停止的发动机，马达声正一点点懈怠下来，突然，我头皮发麻站立起来，椅子"滋啦"后滑了一大截，摇晃着稳定住，大脑里有人扭动了钥匙，发动机被强行急促的启动，家乡那最初一声炸山的炸裂声爆破在耳际，"嘭"一声，声浪快把我掀翻了，我脚下不由得下意识趔趄一下，站稳后，炸裂声浪散去，电光火石之间，我马上在石粉烟霭里看到了全新的模样。

我意识到那个要从北京去上海的朋友是我呀，就是我，必须是我！

几个同事怔怔地看着我，菜已经上了，但谁也没有动筷子，耳边"嗡嗡"

的，我看到他们在说什么，但完全听不到。

我站着在徐小平微博评论区回复："我今晚正好要去上海出差，可以帮徐老师带眼镜过去。"我死死地摁住发送按钮，发现屏面早已消失。我嘘了一口气，后退几步，椅子被脚后跟无预警地撞倒了，椅子倒地后接触地面的金属声使我完全清醒过来，我看到同事们怔怔地盯着我，耳边传来他们一连串问询："发生什么事了？刘总？"我赶紧指着手机做了一个动作，似乎是电话里的人在召唤我，嘴里说："徐老师要走，送一送？——"说完，感觉怪怪的，又补了一句："你们先吃，我有紧急事情要去上海！"看到同事们面面相觑，我转身走到餐厅一角。

我继续在手机上操作，现在要查询北京飞上海的最早航班，发现10点以前的航班全没有了，都是血红的售罄两个字在飘荡，拉到当天的末端只有一班还是绿色按钮，我不加思索按进去订下一张机票，这时，时间像泄洪一尽时的空洞，扑面而来，我的身体像被掏空了一样，如释重负。这时一声轻轻的"叮咚"，我知道这是我最熟悉的私信回复声，我笑着又聚集起了能量，向同事的那桌投去神秘的一瞥。

徐小平的私信简洁而明快，是一个商务人士的作派："刘先生，谢谢你的热心，我表示热忱感谢！请告知我你的电话，我助理会联系你，再次感谢！"感觉这是英语翻译成的中文，我心里念念有声，填上了我的电话。

几乎是同时，电话就响起了，一个电子式的女声在延续那种商务感，人名、时间、地点、眼镜、送达，浓缩而关键词式的无感，那种电子感，稍有不对，对方就会响起警报，我也受传染，通感式的压缩对应她的问话，刘汉——泰达——眼镜——国航——22:30分——上海——威斯汀。

挂了电话，我远远地向张望的同事扬扬手，手掌卷起当成传声筒，一字一句地说："我晚上10点30分的飞机去上海出差。"一个女同事说："那你吃了饭再走啊？菜都上齐了！"我已经走出了几步，回头说："去见徐小平。"一转身，已出了餐厅大门，听不见同事们说什么了。

泰达时代中心是我与徐小平助理约的眼镜交接地点，我出了公司大楼，一阵风吹来，我清醒不少。

我应该回去拿点衣物，这样才像一个出差的模样。我拉着拉杆箱刚在马路边甫一站定，一辆扁平的宝马跑车就倏的一声像鱼一样滑过来，车玻璃无声滑下来，一个电子女声在问我："是刘汉先生吗？"带有磁声回音，我怀疑是不是电脑合成的声音，黑暗里看不清她的脸，对着虚空答了几声是。

"请上车！"后车门自动打开，我钻了进去，车门自动关上脚灯打开，隐隐可以看见女助理甩动马尾辫的倩影。一路上我们没有任何问话，该说的都说了，还发送了文字短信提醒威斯汀的位置，眼镜就在后座的身边安放，一个精致的眼镜盒。

宝马车开到三号航站楼的旅客进出口处，我下车刚站定，她说了一句："刘先生旅途愉快！"车门徐徐合上，话音切断和车门关上同时完成，再一看，车已驶出很远了，而我还站在原地不及挪动半步。

我一边往候机大厅走一边幻想，是不是在黑暗中被机器人拉了一程。办完登机手续，离10点多还有一小段时间，看着大屏幕上一切正常，就在椅子上坐下发一阵呆，大脑里滑过几个小时间的镜头，一切是那么地不真切，我佩服我审时度势的果断，抓住机会绝不会让它溜走。

我在想着见了徐小平怎么开场白，应该不卑不亢呢，还是恭维逢迎呢，是称徐总呢，还是徐老师呢，还没想好怎么表达，骚动喧哗声浪就一阵阵袭来。抬头一看，大屏幕上已显示航班晚点，随即扩音器就响起了中英文的晚点通知，这个声音分明就是徐小平女助理声音挪移了过来。

那晚的起飞时间一延再延，我的焦虑心情也一再波动，最后直至疲惫麻木，扩音器通告永远是那种听似谦卑实则无情的声音，一次次肯定又否定，正在一点点激怒男男女女乘客的情绪，午夜早已过去了，机场方面却一点也没有安排酒店住宿的意思。

凌晨 2 点过去了，凌晨 4 点过去了，扩音器通告和大屏幕已经没有更新了，最后冷不丁的扩音器响起，通知疲惫不堪的乘客登机，这时大家才想起怒斥航空公司的冷血不义。

抵达虹桥机场时，已是上海的上午时光，出租车开出机场就遭遇堵车，这是早高峰时间，而我，已经昏昏沉沉没有精力抱怨了。

穿过上海著名的新天地就到了威斯汀酒店，这是一座奢华的酒店，仅我在大堂看到的豪华装饰就令我心旌动摇，那种金色摇曳布满大堂每个角落。我在沙发上坐定，看了一下时间，已是 10 点多了，按照约定，我打了一个电话，我虔敬说了徐先生，对方未加否定，我以为就是徐小平，但下来的却是另一个瘦瘦的年轻人，这个人显然不是中年徐小平。

想不到这个干练的年轻男人与女助理如出一辙，都像是一所商学院毕业的，没有过多表情，语言机械简练，发音原理也很相似，都有着电子化、机械化的音调。斟字酌句地说了一句谢谢后，就取走了眼镜盒，甚至都没有说明徐小平为何不亲自来取的原因。

我的落差写在了脸上，嗓音都有点变了，这一切都是自我在腹诽，这个结果令我无限失望，我甚至都没有想到过会出现如此的场面，像一架拉满了的弓本来目标明确，有距离，有靶心，但现在却射向了虚无，而且无远弗届，我的失落和疲惫一起发作，脸相和嗓音都走调了，身子一软，在沙发上看着干练男人消失的方向一阵阵发晕。这个时候，服务生可能看出点了端倪，走过来用上海普通话问我："先生，侬要喝点啥呀？"

上海中午时分的太阳最为毒辣，照在身上有种小蚂蚁穿透啮咬的感觉，我急忙逃进一辆见缝插针停下的出租车里，车不知何时拐到了外滩，满目皆是 19 世纪中后期以来的洋楼，巴洛克、哥特式建筑扑面而来，那种非中国式的风情一点点稀释了我的怨气，戾怨之气居然很快就风流云散了。我在替徐小平设想，他很忙，正在紧张地谈判一个大项目，双方处在胶着状态，没有时间来拿他急需的眼镜，过后会跟我联系。现在，我已经打通了与他联系的管道，因为我在他眼镜盒里放了一张我的名片，他看到后一目了然，这样想着，心里就愉悦了很多。我让司机就近找一家快捷酒店，下车时我疲惫得眼皮都睁不开了。

一觉醒来已是晚上，霓虹灯闪烁在窗帘上，恍如很多年前我离开东海在南京迷茫的那一晚，打开窗帘便是新世界，黑金夜色里霓虹灯闪烁，灯红酒绿里全是欲望的诱惑。

出了酒店，漫无目的地游荡在上海街头，看到一家竖着经幡的日本料理店，岛国风情醇厚，店面显示这里是中国总店，北京的连锁店不过是分店，勾起我的好奇心想比较一下优劣。

进去后，发现这里的服务员着和服，说日语，我坐榻榻米上点了寿司、烤鳗鱼和其他日本菜，口感果然纯正，无论食材还是做工都远比北京分店讲究，将餐盘里的配菜都吃得干干净净后，准备起身离座，一个穿着和服的女服务员一路小跑走来，鞠躬着奉上金色纸笺，嘴里叽里呱啦地说着话，意思是让我餐后留言，我提笔写道：用心制作。女服务员看后鞠躬致谢，一路送我出门，鞠躬送别，优美的一句"沙扬娜拉"。

出了门，不远处便是外滩黄浦江边，对岸东方明珠塔璀璨发光，五光十色，黄浦江上镭射光线射向夜空，江边晚风习习，马路对面洋楼矗立，历史沧桑顿现，我被这种东西方混杂的美震慑了，我的第一次上海之行居然是这样登台的，很多年前想来会会上海松江的叛逆韩寒，都觉得上海是那么地遥远和不现实，现在一切都不经意间降临了，但没有一点激动，也没有了想见谁的冲动。一瞬间，想到了北京，觉得从距离上来说，作为东海人，离上海要近得多，但我内心觉得与北京亲近要远超上海，上海甚至跟我有点格格不入，我开始想念北京了。思考茶马网的未来，想念现在急需融资成功的茶马网，一瞬间，我想立即回北京，那里才是我的主战场，有我心心念念的事业。

第二天早晨，我就已经坐上了前往北京的高铁，一路上回溯着一天两夜的癫狂和静谧，虽然没有亲眼见到传奇投资人徐小平，但彼此的信息已经交换，壮举已经完成，现在，交给时间去回答吧。

时间老人从不辜负人们的期望，车还没到北京，徐小平的短信就来了："刘汉先生，眼镜和名片均已收到，诚挚地感谢你送来，这是我的电话，随时联系，再次感谢！徐小平。"我看到短信，未作片刻遐思，边向火车连接处走，边回拨了这个电话。徐小平一点也不意外，很热情地问候我，我简单解释了茶马网的历程，他马上就领会了我的意图，很爽快地答应回京后来公司和我见面谈一谈。

时间几经更改，最后敲定在"千里送眼镜"事件两周后的一天。在这段时间里，我做足了徐小平的功课，茶马网和其他所有想拓展事业的PPT，甚至将几年前就放弃的广告也囊括在内，融资文案都打印了出来，我集中看了关于徐小平所有的视听新闻，并阅读了他的自传，以期做到靶向精准打击。

一切都有远大前程，茶马网采购将直接延伸到茶园、茶厂，只有一道环节，茶道也如星星之火，在全国点燃。而我，一个前文学青年、足球青年，身上洋溢着年轻创业者快要溢出的激情岩浆，事业、经验、青春、雄心都像一张张嘴，七嘴八舌在说话，我对"脑门洞开"奇袭上海而赢来的好感信心满满。

在一个天高云淡、秋高气爽的午后，按照约定时间，我特意到公司楼下迎候徐小平一行前来，在我们散发着浓浓茶香的茶空间，我向他们展示了茶马网的发展现状、成果及未来愿景，还将处于萌芽状态的衍生茶道业务做了一番规划，最后甚至还将以前的传媒公司也涉猎了一下。

时间很密集、紧凑，我用上所有能用的立体阐读方式，PPT、视频、文字、音效、动画、沙演推盘、模型、自述、他说，等等，我使出了浑身解数，十八般武艺洋洋洒洒马不停蹄展示了一番，生怕遗漏了一点我的雄心壮志。我站着讲完，如释重负地给徐小平一行布茶倒水。房间里一下子安静了下来，大家用不同方式啜饮茶水，静默了两三分钟，徐小平冷不丁地说："刘汉，我不会投你。"我不加思索咄咄逼人地问道："能说一下原因吗？徐先生！"徐小平低头喝了一口茶，温和地说："刘汉，你做的项目太杂了，让我一下子难以理出头绪来。"

　　以奇诡出击开端，过程也是如此美好，结果却是令人失望，我再一次陷入深深的迷茫之中。

风雨相伴

———

失败以后，融资还得继续，我总是马上调整心态，马上投入下一个机会中，这次是一位上市公司高管给我介绍的著名投资人盛希泰，让我直接打电话过去。

后来才知道，这位投资人的来头可不简单，他在当时已经是一家投资公司的老板，又在3个月后联合新东方俞敏洪共同创立了轰动一时的"洪泰基金"。

打了电话不久，我很快接到了盛希泰助理打来的电话邀约，对方很客气地和我约好时间面谈，但对象不是盛希泰，他要在一周后才回北京，我需要先和其他负责人见面聊项目概况。我知道这是商务惯例，就应约前往，助理是一位看上去十足商务范的人，一起交谈的还有一位公司副总，我主要阐述茶马网项目，我讲得头头是道，助理听完后表示愿意研究一下。

而这仅仅是开始，过了不久，助理又打来电话，想要进行第二次会谈，这次盛希泰仍然不能参加，就这样，不到一周时间，我们又进行了第二次会谈，地点依旧。只是这次会谈的内容不一样了，在我再次讲述茶马网项目后，他们问了很多问题。对方开门见山地对我说，他们注册了茶马网账号，体验了网站。临走时，助理还告诫我年轻消费市场不要忽视，这样的建议让我感觉我们已经成为一家人了。

告别时，我偷偷向那位年轻助理问询投资的概率有多大，他坦率地做了一个 OK 的手势。这个手势让我瞬间精神抖擞，信心十足，像是拨开云雾见青天，茶马网艰难的困局，终于有投资者青睐，要熬过漫漫冬天了。

兴奋的心情一直持续到盛希泰回来，这次主角出场了，我虽然紧张，但表面从容地来到了一个宽大的会议室，感觉可以同时容纳 50 个人，足以让我感到渺小。我准备演示 PPT，盛希泰举手阻止了我，我知道他应该已从他助理那儿了解了全面情况，盛希泰问了几个无关紧要的问题，最后一个问题令我不解，他说你怎么保证茶产品质检没有问题？听完这个问题我一头雾水，因为这对于茶从业者来说根本不是一个问题，它太容易解决了。

回答完盛希泰的所有问题，我却不像前两次那么轻松，反而心里直打鼓，我从他的面部表情看不出他的态度，他的脸色像是一堵封闭的墙，把他对我们的看法全都深锁在了内心，我在墙外观望，寻找不到任何正面或负面的信息。会谈结束，我如释重负，像是打了一场持久战，终于在最后一场战役中，直面对方最高将领，但我们打得很出色。当天晚上我和同事结束了工作，来到了一家火锅店犒劳大家，也算是提前庆功。

菜品刚上几样，同事们准备动筷子时，我收到了一条盛希泰助理的短信，短信中满是抱歉语气："刘总，我们商讨之后，决定等到你 A 轮融资的时候再投你。"

看到短信的一刹那，我的心情瞬间从天堂坠落到深渊。几分钟前我还信心满满地享用美味，等待好消息，思量对方会投给我们多少资金，可在那一瞬间，所有的一切都化为泡影，真是冰火两重天的感觉。

面对一次次由希望转为失望，我陷入了深深的茫然无措，在经历兴奋与极度低落后，我迅速振作起来，我没有时间沉沦和消极下去，眼前迫在眉睫的一大堆问题需要解决，我需要触底反弹、背水一战的精神力量。

但暴风雨似乎并不就此停歇，它们呼朋唤友相伴而来，将风疾雨骤推向高潮。在茶马网最为艰难的时刻，我全力寻找解决之道时，我家里又出了一件大事，那是在2014年冬天。

其实早在两年前就已经发生事故了，只不过母亲瞒着我没有告诉我，现在纸里包不住火了，所有的事情都在那年大爆发了。

原来2012年的某一晚，由于父亲的失职，喝醉酒后他没有在岗位上值班，导致那一晚发生了触电事故，有人在父亲管理的辖区触电身亡，这种恶性事故最终追责到父亲头上，供电局和父亲都须向死者支付一笔数字很大的抚恤金，在赔偿比例中，父亲因为渎职需要承担大部分赔偿金，这对我们家庭不啻是飞来横祸。

父亲在借遍了亲友同事后，赔偿金还有很大一块缺口，他唯一能想到的就是借多家民间高利贷还债。这是危险一步的开始，从此我们家就没有安生之日。刚开始，父亲还能用工资填上高利贷窟窿，但随着利滚利滚雪球样越滚越大时，父亲的高额债务终于大爆发，他已束手无策，债主们纷纷堵门要债。此时的我，也在为茶马网发展深陷困境而挣扎，每天四处筹钱融资。家里债务告急，终于波及北京，母亲打来电话，已经到了不可收拾的地步，而我如果从公司账上划走一笔钱给父亲还债，那么，茶马网将面临倒闭的危险，我的事业将从此中断。

我苦思冥想，决定只承担家庭生活支出，每个月给母亲汇款，保证家里生活质量不下降，父亲的巨额债务只能靠他自己想办法解决了。事实上，父亲凭着良好的信誉和稳定的收入，纵横捭阖各种关系，硬是一点点还完了所有债务，而如果我一开始就介入，拿公司仅有的流动资金替父亲还债，茶马网前景将断送。很多年后，我都在为自己的冷静决定捏一把汗，但很庆幸，我没有做出理性之外的事情。

在那段内忧外患灰色的时间里，我的心备受煎熬，一连串的事情让我沉默很多。下楼面对北京的初冬，天气寒冷，大风肆虐，人们都裹着厚厚的棉衣在大街上快速行进。不经意间一瞥，看见公司楼下一株灌木，身姿矮小，但柔韧而坚强，还有小草，在寒风中的石板缝中顽强、茁壮生长，灌木里面还有一只蜘蛛在爬行，强劲的北风能吹倒一堵厚重的墙，却丝毫吹不动一只热爱生命的蜘蛛。

我看到了有所触动，只要希望不灭，小草和灌木就能捱过严冬。春天会给它带来无限生机，失败后还会再遇见希望，崩溃后才有继续往下走的力量。只要不停向前走，艰难总会过去，一个乐观主义者从来都不会被击败。

被一束光照亮

也并非所有的事情都笼罩在失败气息里。在那段灰色的时光里，我感觉四周都失去了颜色，我同情弱小生命，视界里只有黑白两色，尤其是我父亲被追债围堵，而我又无力援救的痛苦时期。这时突然出现的一个女人，给我带来一点温暖的光晕，让我感觉到了人生中的颤动般愉悦，在那个晦暗的时刻给我增添很多人生自信，至今想来都感激这点暖亮的光晕。

2012年博客大行其道，大家都用这种社交方式向世界说话，我也拥有一个博客，经常发一些创业的感悟，也发一些个人情绪性的文字，还将当年创作的诗歌和小说也一一连载，一时粉丝云集，留言也五花八门，即使在最失落的时候我都抽时间回复。其中有一个关注粉丝，一开始就关注了我，但从未发声、留言，一直默默关注着我，我每篇文字下都留下了她的足迹，从网名看应该不是一个平凡的女孩。

那时候，博客对我来说，是一个与世界对话的出口，那是一个无尽的虚无黑洞隧道，虽然，我在博客里高蹈凌空，超然物外，但所有的烦恼还是在现实中时时刻刻啮咬着我。我从没想过，这种虚无的寄托，有一天会实实在在闯进我的现实生活中，并留下磨灭不掉的痕迹，让我重新点燃希望，现在回忆起那些往事，我仍然会内心泛起一阵阵甜蜜的涟漪。

大约过了一年，到了2013年的秋冬之交，那个女孩突然间与我联系了，并很快与我见面了。果然不出我所料，这是一个高挑而令人眼睛一亮的河北女孩，自古燕赵多慷慨悲歌之士，倒不是浪得虚名，这个大我3岁的女孩不仅长得高挑、靓丽，身高在1.68米之上，却一点也没有咄咄逼人之感，声声温柔曼语。最主要的是脸部棱角分明，身肢柔动，笑靥迷人，给人邻家女孩的感觉，我一下子就喜欢上了。她告诉我，她大学毕业后就进入北京一家商业银行工作，从没想过跳槽。与我的向往远方、闯荡不归相比，她却是在温柔乡里长大的女孩，家庭出身和父母背景都很优越，学习、工作一切顺遂，只是在恋爱上稍稍滞后一些。仅仅交往了几天，我就在她身上看到了燕赵多侠士的风度，她可能从我愁眉不展的神色看出来，我处在某种低谷。

那时正是茶马网资金链断了的困难时期，我每天为四处融资殚精竭虑，却发现她在用特定的方式支持我，她连着几天在茶马网下单买茶，等我发现时，总数已在三四万元之多，这令我非常感动，连忙阻止了她继续购买茶叶，我笑着说："你买的茶叶一辈子都喝不完啊。"平时我们交流时，她时常流露出欣赏我不屈不挠的创业精神，她说这已经深深影响了她的行为，她愿意为我做一切，我的博客文章她更是如数家珍，面对我的委婉感谢，她只是莞尔一笑，轻声说："那就慢慢喝呗，反正一辈子很长。"

在茶马网流动资金到了最危急关头时，我经常性地透支信用卡，还是她不动声色地拿出5万元帮我还上银行欠账，使我如释重负。这让我骨子里的桀骜不驯受到震撼，被她无私的爱深深感动，使我逐步走出了晦暗心理，恢复了创业初期的自信。

在与她共同度过的两年快乐时光里，我品尝到了很多人生第一次，感受到了她浓浓的爱，有时我一进门就被她蒙上眼，牵引到一桌创意十足的饭菜前，饭菜的各种香味争先恐后地钻入鼻腔，睁眼看到的第一眼，是一盘红亮晶莹的可乐鸡翅，这些回忆起来至今都是甜腻钻心的，她就是用这种密不透风的网织住了我。有时我取笑她读书时的憨劲，惊雷都难撼动。我还故意夸大我的美食家地位，好像她做的每一道菜都在我的过往食单上，实际上，这些都是我人生中第一次品尝美味。

最让我满足虚荣心的，是我的一次心血来潮，我带着她去了蓝院公寓，蓝院老板仰视着站在我身边的她，歆羡眼神一再投向我，嘴里重复着一句话："个子真高！"

令人悲伤的是，我们的结局还是在两年后走到了尽头，我害怕那种终点的催迫，但恰恰不可避免地出现了，她一遍遍催我结婚，甚至拿出她80万存款给我创业使用，我知道我还有远方追索的雄心，不想就此驻足不前，我开始躲她，怕见她清澈的目光，她开始在每一个我们约会过的地方堵我，但以我的逆向思维，她一次次失意归去。有几次，我忍不住在不远处观察，还是没有勇气向前，只是默默地祝福她。后来，她也淡出了我的生活视野。

很多年后，我们成了无话不谈的朋友，她也成了两个孩子的妈妈，但在我心中，我始终将她当作那段困境中的一束光，照亮了我自信和希望，我始终心存感激。

第十八章

无心插柳成就汉合

汉合意外乍现

———

　　创业是需要乐观精神的，更需要持之以恒的执着，不能因为一次或几次失利而丧失信心和斗志，乐观地看待每一个下一次，对下一次充满着希望，永远不要被失败吓退，这是一个合格的创业者永恒的秘密。

　　北岳恒山三分之二处山壁上镌刻着四个大字："大恒以甯"，意思是用持久的恒心、毅力，永不放弃的精神，必将能迎来内心安宁和收获。恒山险绝巍峨，号称"人天北柱""绝塞名山"，高 2016.8 米，过了半山腰，眼看山巅险峻，茫无际涯，惰性和疲惫生出，为了给登山的人鼓劲，刻上这句话后，人内心蕴含的精神力量、意志力即刻迸发，任何艰难险阻在这种意志力面前都不堪一击，这也是告诫人生的要义即是坚持追求自己认为正确的事，勇往直前而不后退。

　　茶马网早期，我通过屡试不爽的召回策略赢得了许多订单，普洱茶复购也掀起几次高潮，注册会员和订单量都逐日增加，但随着我将茶类扩大，尤其是绿茶、花茶、黑茶、黄茶全面铺开，忠实的普洱茶消费者就在整体消费者中显得微不足道，再加上普洱茶消费周期率的影响，老顾客都快速边缘化，而新的消费者需要大量广告成本培养，融资一再受阻，我们无力投入更多的宣传成本，一时，茶马网青黄不接，整体销量陡然下降。

　　数次融资都以功败垂成收场，茶马网陷入低潮，经营困难，但正应了那

句老话："有心栽花花不发，无心插柳柳成荫"。我昔日无意之中栽下的一棵小树苗，在我焦头烂额忙于到处融资时，却在不经意间已长成参天大树，并反哺茶马网，给了我一系列的惊喜。这个历程真是茶马网搭建时的昔日重现。

唐代诗人李绅名诗《悯农》有言："春种一粒粟，秋收万颗子。"我在茶马网会员激增的早期，为了凝聚北京消费者而开设了"茶马网会员交流中心"，让茶马网会员可以在线下喝茶交流、放松身心，还可以广交朋友、增添情趣，当时的设想是培养消费者忠诚度，强化消费者的归宿感，以茶为纽带使茶马网和消费者关系更紧密。

这一想法就与团购时期和淘宝时期的格局、胸怀大相径庭，这都与我这一时期的阅读有关，也在这一时期，我对茶的认识和境界有了天翻地覆的改变，茶带给我味觉上的酸甜苦辣也触动了我创业上的方向变化。茶马网一路上的成长坎坷、融资艰辛，都被我以一杯茶的滋味自况。入口寡淡苦涩，继而浓烈似火，最后回甘无限。如果说团购和淘宝时期的我之于茶，仅仅视作商品的一种，那么到了茶马网建立，历经建网、股东、融资、低潮磨难，我则已疯狂地将茶作为事业、作为信仰、作为亲人来看待，我视茶为中国的精灵，一味中国精神的药引。

带着这份感情，我在中央电视台新址东侧的一个高档小区租下一套房，装修后精心布局了一个温馨又不失优雅的茶空间。它具有茶馆的样貌，但完全没有茶馆的喧嚣，茶具、茶品都是一流的，所有的内饰都围绕品茗这一主题展开，没有任何商业的气息，茶马网会员可以见识茶道，品茶论道，慢慢地我在这里会见客户、朋友，享受这份与世无争的逍遥。当时建茶空间还有一个用途，就是茶马网商城各类茶产品都需要上线前审核评鉴，这里也是鉴茶老师们评鉴茶叶优劣的地方，但即便如此，茶空间大多数时间还是平静似水，像被冷落的皇妃一样，郁郁寡欢。

事情慢慢地起了戏剧性变化，茶艺师在评鉴完毕上线茶叶后，看着偌大的茶空间没有利用起来，感到浪费资源，就纷纷向我建议，可以小范围地招收一些会员，讲授茶艺知识，品茶文化，美其名曰茶道，使得茶空间有效利用起来，焕发活力。我听后对茶空间的有效利用很感兴趣，茶道对我来说既是一个新鲜的名词，也是时常看到、听到的老名词，但从没深究其中奥秘，就马上着手了解茶道培训市场，网上搜索显示，茶道培训市场并不是一个显性的行业，相对热门的艺术类培训市场，茶道是一个小众又小众的市场，行业前景并不明朗，这让我难以下定决心。

敢于尝试新鲜事物的天性让我又一次做出了一个大胆的决定，尤其是茶马网还前途晦暗的时刻，又创设开拓了一个全新的领地，但这就是我，独一无二的敢闯敢冒险性格。我只要心里下了决心，就会立刻给行动力下达指令，马上就会运转起来，茶艺老师已经在准备茶道培训的相关课程，我和茶艺师一起规划茶道培训的规章制度，我还在为新项目的名字每晚饱受折磨，最合理的逻辑就是想到"茶马学院"，与茶马网契合度高，顺延茶马网而来，且指向茶道，合情合理，但我对这个名字总是不满意，总感觉用在这里别扭，也欠缺文化厚重感。

"汉合"的组合灵感，是在一次书海徜徉中不经意间跃出脑海地平线的。而将这两个字组合在一起，有趣而又有偶然性，就像英国伟大的物理学家艾萨克·牛顿在 17 世纪发现地球引力，是由他躺在苹果树下，发现熟苹果掉下来，继而联想到这个著名定理一样具有偶发性。为茶道取名时，我首先想到的是茶道祖师陆羽，继而想到饮茶文明代表的汉文化，用汉来代表恰如其分，但与汉组合的字一直没有想出来。那时，我正在阅读一本南朝宋刘义庆写的《世说新语》，此书亦庄亦谐、谈吐风趣，有"古代名士养成教科书"美誉，那段时间，我恰巧看到"捷语"一节，看到杨修和曹操互动："人饷魏武一杯酪，魏武啖少许，盖头上题'合'字以示众，众莫能解。次至杨修，修便啖曰：'公教人啖一口也，复何疑？'"不禁会意一笑，但立刻想到这个杨修"人一口

的'合'字"正是我苦苦寻觅的，无论字和意都和"汉"天作之合，于是，"汉合"之名就此诞生。

"汉"当然是指认中华民族最浓缩的传统部分，是宏大的文化背景；"合"则面向和谐、团圆、中庸、阴阳、尊卑为核心的中华传统美德。"汉合"两个字连接在一起，是中国人对国家、家庭既联合、凝聚，又分享、团结的一个绝佳组合，情感辨识度上也可以达到普遍认知的目的，是一次浓缩的"中国式"认识。我当即为"汉合"两个字注册商标，并全面铺开茶道业务，我的第二事业也正式开启，我从没想到，我的这一决定彻底改变了困局的走向。

汉合之光给我惊喜

———

　　"汉合"这个大气的名字无疑能统摄很多会员的心魄，他们醉心于这个情感辨识度高的名字，这是能唤起美好感觉的一种感受，会员转为学员，就像当年我为了忠诚的普洱茶复购者而开办茶马网一样，现在，我为了茶马网学员更纵深地了解茶艺、茶道，开启了"汉合茶道"之旅，历史经验是多么地高度重合，反复重演。

　　汉合茶道的出现，就像历史上黄河的几次重大改道，让我厘清了创业发展中融资、投资的迷思蔽目，就像只有用改道才能拯救黄河这条古老的河流，茶马网发展困局是产业自身带来的先天性决定的，没有强大的资金后盾早期介入、战略布局，靠我的资金孤身搏击总有一天会迎面困局。而市场经济是残酷的，它是现实的奴隶，在出现困局端倪时，或者超出想象边界时，没有投资人有胆略和勇气跳脱实用主义，给你一分一毫。只有改道，或者另辟战局，用"围魏救赵"的逻辑，这样一盘棋就能盘活，创业就因为另起炉灶能涅槃重生。

　　我从创建茶马网里得到经验，一件事情的发生和过程，你只要在意志力上不给自己输掉的借口，其结果都会发生美好的化学反应。这一点我是从日本企业家稻盛和夫的书《活法》中捕捉到的。稻盛和夫是当今日本久负盛名的传奇企业家，在27岁时创办了众人都不看好的京瓷公司，始终坚持自己心

中必胜的信念，起死回生，一点点壮大，最后成为企业巨人。52 岁时在竞争激烈情况下又创办了第二电信公司，还是有人冷言冷语，但这两家公司在稻盛和夫的经营下，都成为了世界 500 强公司。除了这两个成功的范例，稻盛和夫还用不到两年的时间，将已经申请破产保护的日本航空公司救出泥沼，最终又成功上市。

我从一开始就给自己确立"汉合必胜"信念，所以在行动上就更是胆大心细。汉合茶道与茶马网的区别之处在于，汉合茶道是教育范畴，它远远超出茶马网销售茶产品的商城属性，如果说它们有共同特性的话，那只有一样是共同的，就是信任，除此以外没有共通之处，这就意味着，我从茶马网可供借鉴的很少。

汉合茶道要赢得学员的信任，除了课程专业、团队专业外，别无他法。我第一步就建立汉合茶道的专业宣传平台，搭建汉合官网，这是一个区别于茶马网的茶道官网，但两者之间又属于孪生双胞的关系，在各自的网站最显眼处都可以找到对方的链接，以茶促道，以道生茶，对流反哺。并在此基础上又建立了汉合微博、官方微信，标识意识、专业精神迅速确立。

在这之前，我曾经做了一个市场调研，通过大数据分析后得出结论，茶道培训肯定不是硬性需求，它与其他普适性培训相比，专业要求的门槛要高很多，但消费市场却很小，普罗大众绝无此需求，毕竟茶道是在"仓廪实"之外追求的。茶道市场份额小、专业性强的特点，使得很多大型教育培训机构不愿介入，但对经营茶马网多年的我们来说，却有得天独厚的优势：茶马网拥有一支优秀评鉴师队伍，茶马网会员可以转化为茶道学员，茶产品种类丰富，茶文化气息浓郁。通过大数据比对，我已经对汉合茶道的未来充满信心。

免费学茶道体验是我对茶道培训市场的第一次出招，互联网思维让我更加驾轻就熟地推广，一波又一波的百度搜索转化成了一个个具体的学员。紧接着，我利用纸质海报落地推广，在撰写广告文案上，我围绕"静心减压"这一时代病，以汉合茶道的"静心之道"进行靶向解决，用优美且直击人心的文字描述特征、效果。茶道化人的最直接呈现，就是将茶道老师气质优雅的形象，放大在宣传页最显眼的位置。她们的静娴姿态仿佛在说：你们都可以像我这样优雅，只要你们加入汉合茶道。

我让团队到街头和高档社区、地铁站口、高档写字楼发放印刷宣传页，我能感觉到我们在从零开始一份新事业，这些脚踏实地的过程都是必需的，没有一个成功会无缘无故从天而降，即使你的优势是如此突出。

慢慢地，汉合从一个崭新的零的符号，变成了茶道行业里一道闪电，学员不断增多，故事也越来越精彩，公司收入也连续上升，仅仅用了半年时间，汉合茶道就如同一缕烟火在黯淡天空中骤然绽放，照亮了整个夜空。我立即调整，将汉合茶道作为业务重心发展，汉合茶道的初试啼声，就一鸣惊人，让我用思路解决问题的思维得到验证，而先前一味在融资和投资上寻找出路，汉合茶道的营收反哺了茶马网，解决了茶马网发展困局的难题，一次看似仅仅思维上的转向，却如蝴蝶效应一般，汉合小小的震动扭转了很多事的走向，大家的命运也得以改变。

我有一个茶文化梦

————

　　这时我清楚地认识到，我们正在迈向文化企业的途中，而茶马网时我们只是一家商业企业，着眼于通过推广多卖茶，卖出好茶，用心做好一个良心商家的责任。而现在，汉合茶道的成熟让我认识到文化属性的重要性，汉合的属性莫过于专注茶道之道的传播，就是在课程设计上以点带面地铺陈出茶的传统文化内涵。

　　我追索的茶道到底是什么？当然是"道可道，非常道"。所有上升到"道"的物质，注重的都是道，而非物质，剑道的最高境界不是剑术，而是一种缥缈的至上道德感。茶道同样如此，是围绕茶产生的外在的文化之道，是基本原则，本质特征和发展规律。茶艺是内在道之术，有了道必须有术，道术的表现形式，是茶的品尝方式和审美感受集合体，是品茶的艺术美和品茶人的审美情趣的反映。茶道综而言之是以饮茶为铺陈的仪式感、审美感、文化感、道德感、高贵感的结合体。

　　为给学员们提供更好的优质服务，我对上课环境入手，进行了配套大升级，用全新的教学空间，烘托浓郁的文化氛围。对各种设施进行优化，大到墙壁贴纸，小到茶具水杯，为让学员用上最好最全的设备，我通常为一把椅子跑遍全北京，使得学员推开门，浓郁的传统文化氛围就迎面扑来。

　　我还从福建购买了一张大板桌，可以供 15 个人同时听课，这张桌子是大楼电梯容纳的最大尺寸，运到北京后，搬家公司用叉车很轻松就装上了车，但到了汉合茶道楼下，大家都犯了难。以前只考虑体积，忽略了它的重量，搬起来才知道那张大板桌重达一千多斤，三两个人根本无从下手，搬家公司的三位师傅面面相觑，不知所措。要把这一千多斤的大板桌从车上搬下来，再慢慢移动到电梯里，出了电梯还要搬进茶道空间里安放，没有足够人手根本无法实现。眼看陷入窘境，我只能让同事去寻找帮手，那时中国尊项目正在建设中，搬运大板桌的那个时间段正好是午后，中国尊工程基地旁边有很多农民工兄弟吃完午饭，正坐在阴凉处休息，最合适的时间遇见了正确的人，我们当即请来了 10 位农民工兄弟帮忙搬桌子。人手是够了，十几个人搬一张桌子，搬进电梯就轻松很多，而进了电梯又遇到问题，无论大板桌怎么放，就是塞不进电梯，我们只好拆了包装，把这个大家伙"扒光"硬塞进了电梯。

过程很曲折，但齐心协力所做的一切都是值得的，当大板桌正式投入课堂使用时，我们发出由衷地赞叹，比起原先的小桌子，学员们挤在一起，老师无法尽情展示，新的大板桌解决了所有问题，还以很大的阵势镇住了场面，提升了空间的美感。后来，大板桌的位置又移动过几次，从一个空间搬到另一个空间。每一次移动，都像是进行一场战斗，为了给学员们带去最好的学习体验，我们自始至终都不觉得麻烦。环境升级给学员们带去的不仅是感受上的改变，学员们能够看到、听到、触摸到美的东西，更能在进入学习前，精神状态先进入一个安适的情境。

课程设置上，基于我对茶道的认知，我将汉合茶道的课程设置为三段，第一段为基础课，第二段为修身课，第三段为美学课。每段课的内容都有侧重，但基本路线是由术而道的过程。第一段基础课要求老师在讲述时，需要实实在在围绕茶类知识、泡茶技艺展开，不可以把茶叶神话，不可以讲述形而上的理论。茶就是一片树叶，茶道开端就只是讲述这一片神奇树叶的历史演变故事。第二段则将茶和修身、养生概念结合在一起，讲述茶进入身体，

发生奇妙化学反应。第三段达到茶道的最高境界，将茶和中国美学结合在一起。让走过人生半程的中年人，感受到茶的奇妙之处，继而喜欢饮茶，还能从茶中汲取到丰富的修身、养生知识。而将茶和优美礼仪结合在一起，在展现传统文化的同时，也能塑造男女学员们彬彬有礼、落落大方的仪态。不同的结合方式，源源不断地将不同的文化元素注入茶，改变了茶作为植物的物质属性，赋予茶文化品格，极大地丰富延伸了茶道内涵，让学员感受到中国茶文化博大精深，兼容并包，从茶道中浸润出修身处世的道理。

为了让学员们感受茶道课程的丰富性、多样性、现代性，我们还尝试在茶道课程里加入其他课程，包括书法课、绘画课、插花课、香道课、古琴课，让学员在几十节茶道课程里，感受到与茶道文化交叉的传统文化存在。将修身、养生与茶道结合，将中国传统文化中的五行概念与茶道结合，用现代科学的实验数据跟踪证明，长期饮茶能对人体器官产生微妙作用。

随着课程程度的深化，在汉合茶道课程里注入中国美学符号，是我最为醉心的事。在空间布置和茶席设计上，美的视觉感受无处不在，茶具器物和饰品装点都选择最精巧的器物，有时为了一把传统的仿明圈椅，我会走遍北京家具城，只为找到一把最接近曲线、古朴美感的圈椅，课堂大门一打开，古朴的中国风迎面而来。在美的环境、美的老师影响下，学员们在上课前，会自动生成优雅的美感，将学员们带入了茶道的形象美情境。

在课堂上，老师很巧妙地将美学内容与茶道结合，让初学者能够迅速理解茶道的魂魄是意境和形仪之美，切身感受茶道的道是用美学编织出来的。汉合经过总结，将茶道美学概括为六部分，分别是人之美、茶之美、水之美、器之美、境之美、艺之美。在第三段课程最后部分，汉合还囊括了中国历代对茶不吝赞美的诗词歌赋，从陆羽到苏轼，从唐伯虎到郑板桥，通过讲解先贤的华美诗章，将茶之美升华到无人、空灵之境。从形象美到文学美，学员在课堂上感受到茶的多棱镜之美，这已远远超出了对茶本身的物质喜好，将茶道置于中华文明的一部分加以审视，并慎终追远中国文化的博大精深。

茶的特性与儒家文化追求的"中庸之道""仁、义、礼、智、信"相符合，在中国，两者都是一种中正平和之物，喜茶者多为心态平和之人。佛家文化讲求"禅"，佛与茶的共同诉求都是心，是感悟，是顿想，是自我修行，是生命协调。品茶时，品茗者多在谈论或思考，这与佛家文化也有相通之处。佛要祛除人类心灵上的杂念，茶则是洗净上面的污垢。道家文化追求"清静无为"，追求自然飘逸，在茶饮中表现为人对自然的归隐林泉。在品茶时，人们希望与自然交谈，回归生命的本真，而对于"无为"，茶道文化中亦含"不争"的思想，静而不争，是道家文化的核心，也是茶饮给予人们的直观感受。真正的茶道理念在根源上也是一种文化理念，它是中国传统文化的一部分，可以与当下文化相融合，体现真善美的追求。

在不知不觉间，汉合茶道正在承担起传播中华茶文化的使命，这是随着汉合茶道的深入人心，我愈来愈强化的执念，尤其是我在看了宝岛台湾诚品书店创始人吴清友的创店理念后，我对汉合的发展战略更加清晰明确，即"没有商业，汉合不能活，没有文化，汉合不想活"。茶道和书店在某种方面而言，文化使命有异曲同工之处。为了凝聚这种我与内心达成的共识，用文化装扮我的汉合梦，我在汉合第七年的时候，逆世界而动，在全球尤其是中国纸质报刊纷纷闭刊的时候，创办了一本纸刊《汉合》，结合全网、新媒体矩阵，集中宣扬中国茶文化美学。

汉合故事到处流传

中国先哲老子在《道德经》里说："合抱之木，生于毫末；九层之台，起于累土；千里之行，始于足下。"

在我创立茶马网、汉合茶道的过程中，在我办公室的窗外，一座高楼正在蓬勃生长，这座高楼的名字叫中国尊，规划高度达503米，足以雄视北京城。早在2012年时就已经开始动工，透过办公室的窗户，就能看到施工设备在挖地基，一段时间后再看过去，仍然在挖地基，挖了一年又一年，直到汉合茶道开始运展，中国尊的建造依然停留在地下阶段。

再后来，施工队终于不再挖地基了，每天有无数水泥罐车进进出出进行混凝土浇筑，那时，我每天加班到深夜，下班后经过工地看到数百台巨型水泥罐车排列在路边，场面壮观，它们按照顺序一辆辆开赴地基处进行浇筑，热火朝天的轰鸣声足以震撼每一个人。

白天看施工处的工人们忙忙碌碌，晚上看数百台水泥罐车成群结队工作，无数工人、机械、水泥罐车，在长达几年时间里完成一份共同的事业，而这份事业，仅仅只是中国尊的一个地基。相较地面上一百多层、数百米高的建筑而言，地下结构不过区区几十米，几层而已，可就是这样，地基的建造时间和工作量，却远远超过了地面建筑时间和工作量。

后来我了解到，中国尊地下一共仅有7层，施工单位却足足用了3年时间，而地面上的一百多层，工期时间也不过与之相等。当 500 多米的中国尊拔地而起，建造高度节节拔升，超越国贸三期成为北京第一高楼，在总高度 528 米封顶之时，我才明白地面建筑所有的支撑力，都来自那建造 3 年时间的地下 7 层。

你可以看出，一栋超高建筑地基的重要性不言而喻，中国尊的高度令人仰视，而它的地基更令人感受到一股强烈的尊重感。和成功的企业一样，万丈高楼平地起，再大的公司也从扎根开始，地基对于高楼的重要性，就如同扎根对于企业的重要性，巧合的是，在中国尊扎根的那几年，汉合茶道也在深深地扎着自己的根系。

汉合茶道根系的重中之重，当然是优秀的茶道老师，我对汉合老师的要求设置得很高。几乎第一关就要筛掉很多应聘者，首先，汉合老师的形象要美，并不要求颜值高，但气质、仪态得体大方，举止优雅性格温柔。其次要普通话标准，最后是要专业能力过硬，按照汉合茶道指定的考核标准，满分 100 分，至少要考到 90 分才算及格。满足了这些要求，才开始真正的面试流程，第一轮要经过我的审核，观察职业素养和价值观，这些都没问题了才进入第二轮。职业能力关，我们要求新任老师都要进行试讲，所有茶道老师坐在对面听，听完以后各自打分，取得最高分才能成为优秀的面试者，而这还只是第三关的开始。在第三轮，我们要对她进行培养，要学习完成一本厚厚的《汉合茶道员工学习手册》，全部学完需要她认同汉合的价值观，能够虚心从基础做起，能够为提升服务尽心尽力，为了共同的目标而努力，这些全部都完成后，才能成为一名合格的汉合茶道老师。如此严苛的把关，确保汉合遴选出最优秀的授课老师。今天汉合茶道的老师们每一位都秀外慧中、温文尔雅，又具备专业能力和职业素养。这些硬件和软件都完成了，汉合才开始进入招生模式。

我到现在也还清楚地记得，汉合第一批学员是百度推广后迎来的。从此以

后，汉合的学员源源不断，发生在汉合学员身上的故事也开始到处流传。

第一个故事是关于传单的，2014年年初，我们在线上线下同时发力推广，那次线下散发完精美传单后，再未实施这种方法，原因之一就是我认为茶道培训不是一种必需品，而广告学上所谓信息要传导给精准人群才有效，所以停了下来。但意想不到的事情，在整整一年后发生了，一对母女拿着这张发黄发脆的传单，突然前来报名，令我十分惊奇。原来，在一年前，她们收到那张传单后，随意放在家中某个角落，一年后清理房间时出现了这张传单，传单上"静心减压"四个字触动了她们学习茶道的神经。

这是一个出乎意外又在意料之中的故事，但安抚城市人焦虑之心的必要性可见一斑。如果说这对这个故事报名方式还有点不可思议的话，而进入汉合后的故事就大致雷同了，与我们设计理念高度吻合，那就是现代人焦躁的褶皱，都在仪式感和优雅感、文化感的茶道学习中，被一点点熨平、安顿。

典型的故事就是，一位正在考驾照的女学员屡考屡败，原因是她的急性子和紧张出错，她想通过学习茶道来让自己平和下来，茶道也并非有诊疗焦躁病的良方，只是茶道的平静似水投射向她的内心，变成一种情绪和缓的暗示，时间一久她就从容淡定面对一切，想不到再一次去参加路考时，她冷静应对，顺利通过了考试。

有时，我还听到诸多故事中学习茶道能在商业谈判中"奇兵夺宝"，有一对双胞胎姐妹，学历、气质、形象都很好，工作需要与顶尖的商界精英沟通、谈判，喝茶是重要商务谈判中很重要的柔和剂，但她们对茶知识一无所知，严重影响与客户之间的有效交流，决定来汉合茶道报名学习茶知识，当学完再去和客户谈判，就完全游刃有余、收放自如了。这绝对不是汉合第一次在商海大显神通，甚至还有金融公司与汉合签订长期合约，组团来汉合学习茶道。

汉合学员大数据告诉我一个有趣的现象，就是已婚中年女士占据了学员的大部分，也许，婚姻状况是她们的隐私，但她们无疑已经经过了青年时期的激流险滩，迎来了生活的平淡似水，就像第一泡浓厚、酽烈的普洱茶早已上过，现在进入第三、第四泡，温润、平淡但回甘，能坚持欣赏第三、第四泡茶的是茶的知音，但需要有欣赏、包容的心态和情绪，时间的茶道这时起了作用。

茶肯定是大自然馈赠给人类的精灵，而茶文化是一系列人类文明化的结果。年少时，不知茶滋味，随取浪掷。中年以后，维系家庭和婚姻，让他们在港湾里静泊，感受温馨的"军港之夜"，茶和茶道扮演起了神秘的角色，女性尤其对此依赖和敏感，这也是汉合女学员逐渐增多的原因。茶道除了能够满足内心的需求，更能在面对生活磨损，面对生命无常来临时波澜不惊，这都是茶道仪式感带来的投射暗示。在平淡家庭生活中，闲暇时光和家人一起饮茶谈心，所有的不快、隔阂都能烟消云散。

汉合茶道让女性懂得修身养性，处处流溢知性美。对男性学员的影响也不遑多让。曾有一位刚过而立之年的男性学员，样样都想争先，狂热工作支配着他的一切，而房贷和车贷的枷锁又驱使他陀螺样机械转动，慢慢地，这样的生活令他失望，他开始恐惧生活的意义。一年里风雨无阻来到汉合，茶道正在一点点改变他，他开始克制人生追求上的欲望，理解了生活的本质，做到了工作与欲望的平衡，收放自如。

流传故事里，有时总有正反两面一同呈现的故事，汉合曾有一位"大龄单身女青年"，在世俗眼中，她已经超过了适婚年龄，但因为性格内向，寡言少语，交际圈很窄，连男朋友都没谈过，她最大的社交活动就是去美容院。在汉合报名学习古琴时发现了茶道，上课以后发现这里有很多志趣相投的人，有共同语言，老师们都平易近人，和茶友们聊天成了她最大的乐趣，课程学完，她也已经蜕变，能与人侃侃而谈。比起这位女性学员由寡言变为开朗，汉合也曾有"话痨"学员，经过学习变得沉稳的故事。

还有一位退休的老年男性学员，工作半生，突然闲下来，无所适从开始变得唠叨，对儿女的生活过多干预，处处看不惯。女儿知道这是更年期来了，便在汉合茶道给父亲报了名，上了几次课后，他感受到了茶文化的和静魅力，理解了茶道文化中中庸与不争的人生智慧，不再计较生活中的琐事，生活得闲适而自得。

流传故事里最有趣是孩子们的故事，我们曾经推出过亲子茶道课程，让喜爱茶道的妈妈们带着孩子一起上课，也对喜欢茶道的单个孩子开放，目的是通过学习茶道，培养孩子专注的习惯，同时接受中华传统文化熏陶，课堂上童趣纷呈、笑料百出。

曾有一位上幼儿园的5岁小男孩，与妈妈一起来学习茶道，听妈妈说，小男孩平时很少主动说话，神情显得有点木讷。在学习茶道的过程中，小男孩不知不觉爱上了喝茶，在家中经常给爷爷奶奶泡茶，讲解各种茶知识，深得全家人欢心。有次学校举办活动，邀请小朋友们表演才艺，别的小朋友只会唱歌跳舞，这位小男孩却带着茶具上台表演茶艺，引得台下的父母们眼前一亮，纷纷鼓掌，这次成功的茶艺表演让小男孩获得了极大的自信，主动表达能力大大增强。最让妈妈感动的是，有一天，妈妈加班很晚才到家，当拖着疲惫的身子推开门时，看见儿子正在茶雾缭绕里，有模有样手法娴熟地泡茶等待妈妈，看见妈妈回来，扑进妈妈的怀抱，亲热地说正在泡普洱茶，请妈妈品尝。那一瞬间饮入的甘甜，沁人心田，回味无穷，所有的烦恼和疲劳都消遁无形。

孩子们天真童趣，感受天然至美事物比成年人更纯粹，汉合茶道之美在静谧中一点点绽放，其中形式礼仪和传统文化之美，吸引了很多孩子们向往。有一位4岁的小女孩，跟随妈妈来茶道空间，仅仅一次学习，便被磁铁般吸引住了。回家后，每次妈妈来上茶道课，都要跟着一起上。以前一到周末，让她起床去上兴趣班，她都会哭闹不止，但一说是来汉合学习茶道，她马上就停止哭闹穿衣起床。学习一段时间后，妈妈送给了她一套小茶具，她喜欢邀请小伙伴到家里来，用学来的优雅动作，一板一眼泡茶招待朋友，看着她那份笃定和沉稳，妈妈心里充满了爱。

现代科学证据发现，茶是一种带自愈功能的饮品，长期喝茶的人总流露出一种健康、不俗气质，这是受喝茶的行为影响，熏陶出来的，一些人生颠簸、内心波澜都在喝茶中被一点点抚平。汉合有过一位年轻女孩，受人生某个阶段不如意刺激，患上了抑郁症。悲伤写在她脸上，更痛苦的是她经常失眠，这持续加重了她的病情。一次偶然的机会，她来汉合报名学习茶道课，学完茶道接着又报名学习古琴、插花。一整套课程结束后，她的抑郁症竟神奇减缓、康复了，她一点点笑了起来，对生活重新燃起了希望的火焰。

流传故事里有一位独孤求败的绝版故事，因为她来汉合上课很少说话，更不记笔记，大家无从知道她的故事。学完了茶道接着学习古琴、书法，不管上什么课，她从不记笔记，眼下的笔记本总是一片空白，也绝不交流，只是带着一双眼睛看，一双耳朵听，连微笑都很少。直到很久以后，我才知道她是一位内科主刀医生，工作性质特殊，让她看惯了生死，德国哲学家尼采说过："凝视深渊过久，深渊亦回以凝视。"无疑，她也被黑色深渊深深攫住了。她告诉我，学习茶道后，她内心的黑色一点点在冲淡，她来上课，就是想换个环境，充填豁朗、明快、亮丽的色块，感受品茗、弹琴、书法舒缓的水流汩汩，也是一种转移，找到心境平和的方法，对此，她有清醒、理性的认识。

第十九章

商标争夺战

又有了"茶之梦"

我的创业像代际传递一样，团购网卖茶大赢是创业源头，继而催生出茶马网，茶马网的茶空间闲置延伸出汉合茶道，现在轮到汉合茶道诞生茶之梦了。

"茶之梦"是必然产生的，对我来说，商机出现时，是会在脑际滑过一道长长的流星线，拖曳着火光尾翼给我强烈刺目，一如汉合茶道诞生一样。这次强烈的信号，来自学生想购买汉合课堂用茶的呼声，这个呼声一次次在发出，愈来愈强烈。

汉合学员这个消费群体与茶马网的消费者绝对不是一个群落。如果用金字塔来形容他们的话，汉合学员就是塔尖消费者，消费小众而顶级的茶叶，而茶马网消费者则是雍阔的塔座，面向价廉茶叶的消费市场。仿照美国著名社会心理学家亚布拉罕·马斯洛在20世纪中提出的理论，人类需求像阶梯一样从低到高分为五种：生理需求、安全需求、社交需求、尊重需求和自我实现需求，一层一层得到满足，那么，汉合学员的消费层级已经到了自我实现需求一级了。

这个信号出现了一段时间后，我有一个自己设置的制度壁垒，一直没有找到突破方法，就是汉合茶道开办的时候，为了保证公正性，避免流于过度商业化，我曾经制定过一个制度，就是禁止教师在课堂上推销茶叶，现在要想对接汉合学员的需求，只有另创一个品牌，独立于汉合茶道之外，做一款高端茶，小众茶，也以此区别于大众茶。

想到就马上行动起来，但叫什么名字呢？我在起名字上好像得到神助一样，茶马网、汉合，都能脱口而出，朗朗上口，现在，如何给这个高端茶品牌，取个响当当又不落俗套的名字却难住了我。

正在我苦思冥想而不得的时候，有一次，我又被神助的灵感击中了。

我每天进出公司上班都要经过旁边一个工地，那是中国尊项目在如火如荼建设中，地基朝着地心的方向一直深挖，地面上工地被临时搭建的围墙围了起来。有一天我路过中国尊工地，沿着围墙往前走，不经意间抬头看见围墙上刷着一行标语，其中最吸引我的一句标语，有六个字：

"中国梦，我的梦"

这是政府号召全民建设，创造幸福生活的宣传语。而对我来说，我的梦是什么？毫无疑问是茶的梦，于是，"茶之梦"三个字瞬间就升腾上脑海。茶之梦是我的全部梦想和未来，上升到大的层面，茶之梦是繁荣中国茶产业，是中国梦愿景的一部分。它不仅是我个人的理想，还能体现助推"中国梦"的时代价值，我当即加快脚步，新的茶产品就叫作"茶之梦"。

接下来的步骤紧锣密鼓，就是注册商标。同时制定"茶之梦"品牌发展战略，金字塔塔尖需求如何体现？我用一个思路就体现了出来："茶之梦产品的生产模式，是茶园直接到茶杯的订制茶。""茶之梦"的茶，是从茶场到茶杯的全链条可追溯茶。茶树从发出一点新芽开始就置于透明化时空里，每一个环节都能通过视觉动态看到。"茶之梦"的茶是直接从大自然搬运到消费者茶杯里，中间就一条通道，没有任何其他环节，"用心注入"是"茶之梦"的品牌口号。

商标大混战

———

  我踌躇满志地给未来的"茶之梦"设计好了一切理念、行动目标、执行标准，以为一切都在自己掌控之中，"茶之梦"会像汉合茶道那样顺利，火焰也会更加昌炽，但在注册"茶之梦"商标后一系列的大混战，则大大超出我的意料，像宽阔大道突然在这里拐了几个大弯，阻碍了我大踏步前进。

  "茶之梦"一系列商标大混战，在 2014 年 4 月 10 日注册肇始之日，就已经埋下了地雷，当时我心目中的地雷是一颗，找到、去除掩土、剪断引信、拔除，就可了结心头之患，但绝没想到，地下埋藏的是一个地雷阵，牵一发而动全身，都在暗雷涌动。

  2014 年 4 月 10 日，"茶之梦"商标注册行动全面启动，按照惯例。我对"茶之梦"商标进行了全域覆盖注册，提交了包括注册 30 类、29 类、35 类、42类、21 类等。一年后，国家知识产权局商标局核准了除"茶之梦"30 类商标中的小类 3002 外所有的申请，商标代理公司负责人小朱也向我解释了为何 30类中小类 3002 没有成功注册的原因，一家北京机构，名曰"时代状态研究院"在一年前 2013 年 4 月 2 日已成功注册"梦之茶 30 类小类 3002 商标"，我们提交注册的"茶之梦"30 类商标中的小类 3002，与其构成近似，被国家商标局驳回，我们对此无可奈何。我当时听了无关痛痒，因为此时"茶之梦"一切都在起步阶段，"茶之梦 30 类 3002 小类商标"所包含的"茶：用作茶叶代用

品的花或叶"对我来说，和"茶之梦"其他已注册成功的种类一样，都只处于畅想未来的阶段。

但过了两年，情况发生了根本性的变化，"茶之梦"的发展战略和具体目标正在一步步落地实施，此时，我发现了"茶之梦 30 类小类 3002 商标"成了一个拦路虎，是一个随时要爆炸的定时炸弹。"茶之梦"想发展顺利，扬帆竞舸高歌猛进，就需要将这个拦路虎化为己有，我马上找商标代理公司小朱商量对策，小朱的一番话让我拨云见日，燃起了希望。"只要你下定决心要，我就有办法解决。"他神神秘秘地，但显得信心满满地告诉我。见我不理解他的用意，就不卖关子了，告诉我应对之策："《商标法》第四十九条第二款明确规定'注册商标成为其核定使用的商品的通用名称或者没有正当理由连续三年不使用的，任何单位和个人可以向商标局申请撤销该注册商标'。"小朱进一步给我解释《商标法》条款内容："商标连续三年不使用撤销制度的设立是为了鼓励和促使注册商标权人使用商标，避免商标资源闲置、浪费，而非惩罚注册商标权人。因此，只要注册商标权人在撤销商标核定使用的商品上进行了商标使用，即可认为构成了'连续三年不使用'中的使用"。我明白了他胸有成竹的对策是什么了。只要我们找出时代状态研究院在三年内，也就是 2016 年 4 月 2 日前没有使用他们自己已注册成功的"梦之茶 30 类小类3002 商标"，我们就可以向国家知识产权局申请注销该商标，拦路虎一去除，我们自然就可以成功注册。

"是不是申请撤销成功，我们就唾手可得了？"我进一步追问小朱，他却模棱两可起来，只是说："理论上是这样，但是别出意外。现在还是按照步骤一步一步走。"后来，事情的跌宕起伏、峰回路转，证明小朱的隐忧有先见之明。

我们第一步要找出确凿证据，证明"梦之茶 30 类小类 3002 商标"没有被商标持有人在 3 年内使用过。在互联网时代，以我的互联网思维，你想躲过互联网的追踪是不可能的，除非你压根儿就没有生活在这个时代。我用百度大范围搜索，又用人肉搜索一个个排除，最后得出结论：此商标类别没有在人间烟火下有任何使用过的痕迹。

接下来就是与时间赛跑，2018 年 4 月 23 日，我们向国家知识产权局发起了注册行动的第一步：注销申请，申请撤销"连续三年没有使用的梦之茶 30 类小类 3002 注册商标"。紧接着，2018 年 5 月 21 日，我们就提交了"茶之梦 30 类小类 3002 商标"的注册申请。我觉得节奏和步调都很紧凑，这次成功注册已是十拿九稳，稳操胜券，但事情没有朝我们预想的成功方向发展。

杀出程咬金

————

　　我很快就觉得小朱的未置可否是有道理的，他可能预感到现实的诡谲多变。事实上，早已出现了新的"山大王"拦住了我们的去路，广东华承公司于2017年8月14日提交申请注册30类"茶梦"商标，这是一个危险的信号，说明事情的复杂性正在增大，无论是我们刚递交申请的"茶之梦"，还是时代状态研究院成功注册但三年未用的"梦之茶"，都与"茶梦"商标名过于近似，且都集中在30类小类3002商标。三个近似商标暗无天日的大混战已不可避免。

　　接下来的故事呈现一系列的连环套式的戏中戏，是螳螂捕蝉黄雀在后的故事，也是以子之矛攻子之盾的故事，舞台上登台人物如过江之鲫、白马过隙，犬牙交错又互不相干，各怀心机地隔空对阵，简直好看如戏。

　　这时，我已经适应炸弹式拦路虎突然出现的惊悚，第一轮败下阵来的是茶梦。茶梦在2018年5月22日被国家知识产权局驳回申请，原因是不言而喻的，近似商标有两个之多，我的申请注册和停止使用时代状态研究院三年未用的"梦之茶"商标，是一前一后来的，有意思的是，我的注册受混战几方的延迟效应影响，还是失败了，但可喜的是，国家知识产权局接受了我们的证据，于2019年5月22日终止了时代状态研究院所持有"梦之茶30类小类3002商标"。

　　第一轮曙光出现了，因为关键人物出局了，舞台上的对手正在变少，虽然，我也暂时出局了。

第二次较量的对手是我完全没有想到的，而且如此固执和执着。这次的混战更加激烈，我们的主战场是北京市中、高两级人民法院，广东"茶梦"视我的"茶之梦"为假想敌，轮番起诉，在长达两年的时间里，不停复审、起诉，也不断败诉，我们像难兄难弟一样，谁也没有占到半点便宜，基本打了个平手，但靠着起诉，广东"茶梦"也成功撤销了3个近似商标。他们的战斗力惊人地顽强，不惜花费很大的经济成本清除近似商标。我们分析了广东"茶梦"的逻辑，它靠着强大的经济实力一个个定点清除近似商标，对最终揽入"茶梦30类小类3002商标"志在必得。

意识到我们身处险境后，我们反客为主，主动出击，毕竟战火暂时还没有烧到我们身上，于2019年9月12日再次提交"茶之梦30类商标申请"，这样的步骤和时间点，我和小朱是经过精确测算的，在夹缝里求生存。

但此时，我们的大决战正在一步一步靠拢，我们双方都对一审结果不满意，在北京知识产权法院一审结果上，我们都是输家，都没有得到"30类茶商标"，都先后将国家知识产权局上诉至北京高院，但我总是在起诉顺序上在先一步，这是很高明的地方，暂时还显现出这个伏笔的妙处。

在大决战之前，小朱侦察到广东"茶梦"的最新战况：他们于2019年6月5日向国家知识产局提交撤销新的商标"一茶梦30类"，这是一个全新的，我们不知道的对手，也是在原先视野之外的。而将"一茶梦"拉进战局，就是因为它有宝贵的"30类茶"商标，也许，"一茶梦"的存在，就是"茶梦"无法获得这一商标的原因。

这个信息给了我灵感，韩非子说："以子之矛攻子之盾"，我们现在要做的，就是让"一茶梦30类"商标撤销不成功，那么"茶梦30类"商标注册成功的希望就会消失，而我们商标成功注册的概率，将提高到史无前例的高度。

一句话：敌人的敌人是朋友。

波云再起

"一茶梦"是谁不重要,在哪里经营也不重要,重要的是它是"茶梦"正在申请撤销的商标,理由是堂而皇之的《商标法》"三年不使用即停止使用"法律规定,无疑它成了"茶梦"的拦路虎。那么,换个思维角度看待这场混战里不停冒出来的"程咬金",如何让这个陌生的"一茶梦"复活,竖起一面活着的"盾",让"茶梦"虎视眈眈操起的"矛",无懈可击,最后只能望洋兴叹。只要近似商标复活,"茶梦"就很难注册成功。这就是我和小朱商量出来的"以子之矛攻子之盾"策略:找到"一茶梦",帮助它复活。

一开始,我觉得互联网时代想找到一家商业性公司并非难事,还有,我总觉得"茶梦"在申请注销一个我们也不认识的商标,这个信息是对方急迫需要的,我们急公好义地施以援手,"一茶梦"肯定会感恩戴德感谢我们通风报信,所以我大包大揽地承担起寻找"一茶梦"的任务。

然而,令人惊讶的是,我穷尽了手段也没能找到"一茶梦"的人,互联网没有留下信息,根据工商注册留下的电话打过去也是空号,商标使用情况更是空白,估计"茶梦"也是基于这些情况判定"三年没有使用"。我开始疑窦丛生,甚至怀疑"一茶梦"会不会是个恶意抢注的商标。继续沿着淘宝思维向前寻觅,终于在淘宝网上搜索到一个"一茶梦"店铺,马上根据联系电话打过去,一个女店员一问三不知,半信半疑。我只能装起买茶客,围绕茶品问了几句就挂了。我将电话给小朱，让他打电话过去，专业讲解，晓以利害，但不想女店员听到不是买茶，冷漠地直接就挂了，根本不为所动。

我决定升级，小朱经过坚持不懈的电话，终于再次打通，单刀直入地告诉对方，我们可以出钱帮他走这些流程，目的就是要保住"一茶梦"商标。对方依然言语平淡无趣，根本没有激动感激的语气出现，在说完："知道了，你选好的茶下单了吗？"顿了一下，就直接挂了。

我已经无计可施了，与"一茶梦"接触感觉不到半点意外和惊讶，更何谈感激，他们的商业气息让我失望不已。对于熟悉业内生态的小朱来说，找到"一茶梦"还有一个撒手锏，就是联系"一茶梦"的商标代理公司：广州律动公司，也很快找到了他们的官网和电话。

小朱对同行之间交流有信心，但很快就败下阵来。虽然现在一致对外声称，所有费用都由我们承担，让广州代理公司递资料、走流程，为我们争取时间，但代理公司也是不太积极，只说没有印象代理过，找到资料再说。我听了小朱的介绍，对所有费用都由我们承担这句话的效果，产生了高度怀疑，因为这样地过于热情主动，在这个消费时代显得过于突兀，已经引起了他们的排斥和疑心。我对代理公司能促成高度怀疑，果不其然，小朱在两周后的电话证实了我的判断，代理公司说联系不上，且连"一茶梦"的资料也找不到了。我又陷入茫然中。

这是最后一根接近"一茶梦"的稻草，不能轻易言败，小朱与他们的专业交流失败了，正所谓"历史结束处，小说兴起时"，现在，轮到我上场，用某种直接诱惑打动广州代理公司负责人了。

电话接通广州律动商标代理公司负责人电话后，我只开口寒暄了一句，女负责人用粤语普通话带着责问我的腔调说："你这么上心这个商标，为什么不将一茶梦买下来呢？我可以牵线啊？！"我听了顿时被呛在原地，无话可说，尾音还在缭绕，特别刺耳。

正面交锋

广州之行看来已是箭在弦上，不得不发，这种动力来源于如果"茶梦"撤销"一茶梦"成功后，战争形态将改变的现实，而"茶梦"正咄咄逼人地一步步紧逼。但何时前往，我还抱有侥幸心理。我决定先派人面对面试探虚实，毕竟，"一茶梦"到现在为止，给我的印象太云山雾罩了。

第二天一早，深圳一个女性朋友应我的请求紧急赶往广州芳村茶叶市场，那里就是"一茶梦"的地址。经过寻找，一座茶馆的匾额上就写着"一茶梦"。女老板不咸不淡地与我朋友交流着，没有丝毫惊奇和感谢。我朋友为打破被冷漠的僵局，买了一些茶叶，付钱时女老板才露出一丝微微讪笑。继续磨着想改变女老板的想法，女老板却模棱两可地表示，这个商标可有可无。小朱曾经跟我研究过现在的局势，只要"一茶梦"提供使用证据，进入上传流程，就为我们争取时间，最后失败的肯定是"茶梦"。我将这个意思明确告知过深圳朋友，让她抓住时机，放出适量诱惑，劝导女老板改弦更张。但结果是任尔东西南北风，女老板就是咬定青山不放松，绝不吐口上传证据事宜。深圳朋友只得讪讪而退。

消息传到北京，这一段时间来，我被这家"一茶梦"折磨得焦躁不安达到最高潮。看来只有最后一招，就是我亲自前往，会会这个神秘的女老板，拿出魄力和胆略一次性解决这个女性"程咬金"的顾虑。

2019 年国庆节刚过，一切还沉浸在节日安静祥和的延续里，我突然生出一种大雨欲来风满楼的感觉，"茶梦"使出的绝招未破，各方都谍影重重，暗流涌动，北京高院的判决也悬而未决，哪个环节出错都有可能前功尽弃，这种忧心让我晚上坐卧不安，我盘算着两套方案，一套是满足"一茶梦"女老板的胃口，层层递进，第一层允诺合作采购茶品，第二层商谈价格买断商标；第二套方案是从广州律动公司入手，以诚感人，允诺一定酬金，上传证据阻止"茶梦"成功撤销。第一套方案要等我面对面"一茶梦"女老板，方能随机应变。第二套方案需要广州律动的地址和电话，等我登录他们的官网时发现，根本打不开网页，我愈加感到事态严重，两套方案转瞬之间就缩水成一套方案了。

　　形势逼人，我决定天一亮就出发。

　　我先飞往深圳，先前了解情况的深圳朋友接上我直奔广州，果然如上次所言，女老板戒备森严，不咸不淡，沟通不畅，半信半疑，无论我如何解释，还是一副无所谓的情态。我拿出名片和身份证，与茶马网、汉合茶道营业执照法人对应，向她证明所言非虚。紧接着，我顺势抛出了第一套方案的第一层，女老板脸颊顿时亮丽起来，眼神也游移不定，开始向我连珠炮式地问话，为什么要这样？你背后的目的是什么？我如实坦诚相告，和盘托出其中的奥妙，"一茶梦"上传证据就可以阻止"茶梦"得到"30 类茶商标"，而反之，你的"一茶梦"商标就将被永久注销，你的店面甚至都不能叫"一茶梦"茶馆，至于，我的"茶之梦"，是与"茶梦"的进取有直接关系。

　　我滔滔不绝地讲了一个多小时，自以为讲清楚了其中的奥妙，但看女老板的眼神还是茫然。我最后补了一句她能听懂其中含义的话："现在，我出所有费用，一周之内你提交证据，保住你的商标。作为合作，我买你一定数量的茶品，这样双方都能合作双赢，两全其美。"

　　没想到，女老板故态复萌，收起笑脸，还是无动于衷。自言自语说这个商标可有可无，丢了就丢了。

　　我知道她是以退为进，就抛出第一套方案的第二层：

　　"那么，你开个价，你的这个'一茶梦'商标，我买下了，我来去走这个流程。"掷地有声的话音还未结束，就惊动了在座的两个人，我朋友惊讶地看着我，女老板则一言不发离座出门打电话了。

结局为魔幻准备的

———

"这样吧，我看你也很有诚意，我仓库里有价值180万元的一茶梦普洱茶，你将它全部买下来，付完钱后，这个商标就是你的了。"

女老板在我背后走过，绕过我走向她的座位，一边走一边对我大声说。我还没看到她的正脸，180万元就已经炸裂我的耳膜。我朋友一脸惊慌，低头在手机上写着什么，手机一次次震动，我的大脑高速运转，无暇分心打开手机。

女老板坐下来，看着我的眼神底气十足，甚至有点挑衅。同坐一侧的朋友连踢我的脚，我知道她的用意。面对如此狮子大开口的贪心女老板，显然收到了电话那头人的明确指示，我不回答她的问题，只是冷静地说："你拿一片普洱茶给我看一看品质。"

女老板忙使眼色让服务员去拿，5分钟后，服务员拿来一提普洱茶来，我打开包装看清楚包装上有显眼的一茶梦字眼，我的心顿时镇定下来。

"成交，这一提多少钱？我全部买下。"

女老板马上就眉开眼笑，举起茶杯敬我。一边敬一边说："这提也就是一万八。"

"没问题，我一会儿就付给你，就当定金。"我爽快地答应了。

180万元绝对是一个催化剂，它融化了所有的无动于衷和冷漠虚伪、欺诈，一切都变得一团和气，喜气洋洋，在烟雾缭绕中，茶香更加浓郁。我一鼓作气趁热打铁："说定了，我们就按各自的步骤来。老实说，你要赶紧给你的宝贝商标系上保险绳，超过时间上传证据，它就被撤销了，到时一切都不作数了。"女老板喜笑颜开地连连称是。

接下来一系列的事情向着魔幻方向发展：女老板第二天就让代理公司去商标局办妥了一切事宜；2020 年 1 月 16 日，北京高院发出行政判决书，判决"茶梦"商标因违反 2013 年《商标法》第三十条（申请注册的商标，凡不符合本法有关规定或者同他人在同一种商品或者类似商品上已经注册的或者初步审定的商标相同或者近似的，由商标局驳回申请，不予公告），维持一审败诉判决。

而一个月后的 2020 年 2 月 16 日，同样是北京高院则依据 2013 年《商标法》第三十一条（两个或者两个以上的商标注册申请人，在同一种商品或者类似商品上，以相同或者近似的商标申请注册的，初步审定并公告申请在先的商标；同一天申请的，初步审定并公告使用在先的商标，驳回其他人的申请，不予公告），对我们的上诉请求予以支持，并撤销一审法院做出的败诉判决，判定茶之梦有权获得"茶之梦 30 类小类 3002 商标"，判决为终审判决。

我终于在一片谍影重重、喧嚣纷扰中，成为"茶之梦 30 类小类 3002 商标"的主人。

尾 声

　　我的故事远未结束，我的创业人生时时像刚刚拉开帷幕，就像中国古代儒家经典《礼记·大学》说的那样："苟日新，日日新，又日新"，一切都在路上，路上的亮丽风景和艰难险阻都阻挡不了我勇往直前的雄心……

致　谢

这本书的诞生，有如一棵小树到参天大树的成长过程，真不是一件容易的事情，我为此倾注了大量心力。

感谢我的父亲、我的母亲，充分相信并尊重他儿子的每一次人生选择，使我得以随心逆行地跨出第一步。

感谢周冰心老师，为书稿进行了指导和润色。周冰心老师是一位优秀的学者、文学评论家、作家和编剧。

感谢美林集团的张总，他是我人生关键时刻的伯乐，是他当初对我的赏识和关照，给了我平台开拓眼界和见识。张总成为了我的人生导师，他的这种精神我将传承下去。

感谢我西安的大舅爷、大表叔及家人，他们在我很小时就一直关心我，希望我去西安上大学，可惜我没有去。不过我相信很快就会把分公司开到西安去的。

感谢于姐给我推荐合适的出版社，为我提供相关意见和建议。于姐全名叫于秀娟，她是一位资深的图书出版人。

感谢汉合茶道的首席茶道老师诗瑜，她为书中汉合茶道内容提供素材。

诗瑜也是汉合茶道的合伙人、传承人。她尽心尽力，感谢她为汉合茶道发展做出的贡献。

感谢汉合茶道、汉合茶的全国各地的学员、会员，是他们的信任和支持，让汉合集团的发展充满了动力和活力！

感谢花生，花生是一个年轻的新媒体人。他配合我用了一年多的时间，做了无数次采访，才整理出了厚厚的素材。

感谢每一位为本书出版付出劳动的工作人员。

感谢那些在我生命历程中带给我新思想、给我指引、帮助过我的每一位朋友！

感谢我所读的每一本书背后的作者、大师，虽然我们根本未曾谋面！

感谢那个多梦少年，年轻时我的执着、坚持，没有挥霍时间，经历、折腾那么多事情，让生命充满了活性意义。

那个多梦少年一直在我心中，就像小王子一样。